Kalpana Swaminathan est chirurgien pour enfants. Elle vit à Bombay. *Saveurs assassines*, son premier livre publié en France, a inauguré une série de cinq romans policiers. *La Chanson du jardinier* est le deuxième volet.

DU MÊME AUTEUR

Saveurs assassines
Les enquêtes de Miss Lalli
Cherche Midi, 2007
et « Points », nº P1913

Kalpana Swaminathan

LA CHANSON DU JARDINIER

Les enquêtes de Miss Lalli

ROMAN

Traduit de l'anglais (Inde)
par Édith Ochs

le cherche midi

AVERTISSEMENT AU LECTEUR

Bombay est un labyrinthe d'histoires et, pour Kalpana Swaminathan, une vie ne saurait suffire à l'explorer. *La Chanson du jardinier* se situe dans un immeuble de Vile Parle, une banlieue branchée de Bombay, voisine de Juhu et de Santa Cruz. Utkrusha représente le visage cosmopolite de Bombay, avec son foisonnement de langues, de cultures et de religions.

À Bombay, chaque population possède ses propres coutumes.

Ainsi, Karunakar Rao est originaire du Karnataka, il parle le kannada. Patherphaker et sa femme Manda sont maharathis et parlent le marathe. Ramachandran et sa femme Ponni sont tamouls, parlent le tamoul. De même Padmanabhan. Tous ces gens sont hindous. En revanche, Benny D'Souza et sa femme Betty parlent un marathe différent de celui de Patherphaker, et ils sont catholiques. Ce sont des *East Indians*, qui tiennent leur nom de la East India Company. Sheriyar Patel, sa femme Alisha et sa belle-mère sont des parsis du Gujerat. Ils parlent le gujerati, sont zoroastriens mais, comme les D'Souza, ne sont pas végétariens. En revanche, même si Kumud est aussi du Gujerat dont elle parle la langue, elle est hindoue ou jaïn (rien ne le précise ici), et strictement végétarienne.

Le glossaire a été établi par la traductrice avec l'aide de l'auteur. Les notes de bas de page sont pour la plupart de la traductrice.

TEXTE INTÉGRAL

TITRE ORIGINAL
The Gardener's Song

ÉDITEUR ORIGINAL
IndiaInk, Roli Books, New Delhi, Inde

ISBN 978-2-7578-0586-2
(ISBN 978-2-7491-0955-8, 1re publication)

Remerciements

Ce livre est infiniment redevable aux habitants de Bombay qui sont sans cesse confrontés dans l'urgence à des situations de survie absurdes, et cela de façon totalement imprévisible. Bien qu'il n'ait jamais connu cette ville ni ses habitants, Lewis Carroll a su capter son rythme trépidant dans *La Chanson du jardinier*, un poème si habile que je me suis permis de le lui emprunter.

Pour ce prêt, aimable esprit, merci !

La chanson du jardinier[1]

Il croyait voir un éléphant
Qui jouait du fifre.
Il regarda à nouveau, et s'aperçut que c'était
Une lettre de sa femme.
« Enfin, je réalise, dit-il,
L'amertume de la vie. »

Il croyait voir un buffle
Sur le manteau de la cheminée.
Il regarda de nouveau et s'aperçut que c'était
La nièce du mari de sa sœur.
« Si vous ne quittez pas cette maison, dit-il,
J'appelle la police. »

Il croyait voir un serpent à sonnette
Qui lui posait des questions en grec.
Il regarda de nouveau et s'aperçut que c'était
Le milieu de la semaine prochaine.
« La seule chose que je regrette, dit-il,
Est que ça ne parle pas. »

Il croyait voir un employé de banque
Descendant de l'autobus.
Il regarda de nouveau et s'aperçut que c'était

1. *Sylvie et Bruno*, de Lewis Carroll (1889). Traduit, revu et corrigé par Fanny Deleuze. Préface de Jean Gattegno, Éd. Robert Laffont, coll. « Bouquins », 1989.

Un hippopotame.
« Si ceci restait à dîner, dit-il,
Il n'y aurait plus grand-chose pour nous ! »

Il croyait voir un kangourou
Qui tournait un moulin à café.
Il regarda de nouveau et s'aperçut que c'était
Une pilule à base de légumes.
« Si je devais avaler cela, dit-il,
Je serais très malade. »

Il croyait voir un carrosse à quatre chevaux
Qui se tenait à côté de son lit.
Il regarda de nouveau et s'aperçut que c'était
Un ours sans tête.
« Le pauvre, dit-il, le pauvre crétin,
Il attend qu'on le nourrisse. »

Il croyait voir un albatros
Voletant autour de la lampe.
Il regarda de nouveau et s'aperçut que c'était
Un timbre d'un penny.
« Vous feriez mieux de rentrer, dit-il,
Les nuits sont très humides. »

Il croyait voir une porte de jardin
Qui s'ouvrait avec une clé.
Il regarda de nouveau et s'aperçut que c'était
Une double règle de trois.
« Ses mystères pour moi, dit-il,
Sont clairs comme le jour. »

Il croyait voir un argument
Prouvant qu'il était pape.
Il regarda de nouveau et s'aperçut que c'était
Une barre de savon marbré.
« Un fait si terrible, dit-il faiblement,
Éteint toute espérance ! »

Prologue

À sept heures tapantes, la mort réquisitionna Mr Rao. En fait, elle aurait pu le rappeler un peu avant ou un peu après sept heures, mais Utkrusha n'entendait pas lui accorder cela.

– Le Building considère en général qu'on doit préciser l'heure exacte du décès, remarqua Patherphaker tandis qu'il concoctait l'avis de décès.

Utkrusha, alias le Building, est un maniaque pour ce genre de détails. Dans la vie, Mr Rao était un homme pointilleux. Il était donc juste que la mort lui rende la politesse.

L'annonce de Patherphaker devant l'ascenseur fatal disait :

TRISTE NOUVELLE

Mr Karunakar Rao de l'appartement 3-A nous a quittés pour la Demeure céleste ce matin à 7 heures.

On entoura l'ascenseur d'un cordon de sécurité et un agent balourd fut posté devant. Nous tournâmes en rond dans le hall avec une compassion inutile jusqu'à ce qu'on nous ordonne de réintégrer nos appartements. Et on nous intima l'ordre de ne pas en bouger avant que la police se soit fait sa religion.

Claude avait découvert le corps de Mr Rao, et Lalli et moi avions découvert Claude. Nous nous étions précipitées en l'entendant hurler. Son cri avait paru rebondir depuis le rez-de-chaussée jusqu'à nous.

Il faisait sombre dans l'entrée, mais, de l'autre côté du hall, la porte de l'ascenseur était béante et sa faible lumière dessinait les contours d'une masse obscure d'où émanait un hululement de terreur.

C'était Claude. Il était cramponné à quelque chose de noir et de lourd, et semblait incapable de lâcher ce qu'il tenait.

Lalli le sortit de là. La chose qu'il tenait s'effondra par terre. Je fis promptement un pas en arrière. Le soleil se glissa alors à l'intérieur et couvrit d'or le tas effondré sur le sol.

C'était une écharpe orange familière que le soleil effleurait, inondant de vermeil les gros replis accumulés près du corps frêle de Mr Rao. Il était affalé telle une étoffe abandonnée, les yeux fixés au plafond, une main levée, l'index tendu parodiant un geste accusateur.

Je levai les yeux avec appréhension dans cette direction.

Il n'y avait personne.

Je m'obligeai à regarder de nouveau Mr Rao. Il était tombé du strapontin en plastique de l'ascenseur, normalement réservé aux infirmes. Deux briques de lait avaient chuté avec lui. Elles commençaient à former une flaque glacée sous son oreille gauche. Quand je me détournai, j'eus l'impression que Mr Rao cachait un secret qui le faisait exulter ; pas même la mort ne pouvait le priver de cette jubilation.

Lalli se pencha sur Mr Rao. Je la vis réagir. Pardessus son épaule, elle me lança :

– Appelle la police.

Elle n'avait pas besoin de me le dire deux fois. J'avais déjà compris. D'autres pouvaient avoir besoin d'un rapport d'autopsie, mais la position de la mâchoire de ma tante était pour moi une preuve suffisante.

Mr Rao avait été assassiné.

Assassiné !

– Voilà donc ce que tout *ça* cachait ! Au bout du compte, c'était pour en arriver là !

L'air outré de Lalli me dit que j'avais parlé à haute voix. Je n'en avais pas eu l'intention, mais les mots m'avaient échappé, lourds de reproches.

Tout *ça* devait donc aboutir au meurtre.

Mon esprit partait dans tous les sens. Le magma grotesque des événements qui formaient ce *ça* me revint brusquement dans une succession de souvenirs macabres. Tous les agacements qui avaient jalonné ces derniers mois prirent l'allure d'une sombre prophétie.

Sur le coup, je ne pus en dire davantage. Les portes s'ouvrirent brusquement, les gens envahirent le couloir, et Claude fut embarqué par son père.

J'oubliai tout le reste. Je me sentis mal. J'étais secouée par des vagues de nausée tandis que les événements du mois passé bouleversaient mes pensées. Voilà donc le fin mot de l'affaire.

Dès le départ, les folles bizarreries sans queue ni tête qui s'étaient manifestées voulaient dire « meurtre », et personne ne l'avait compris ! Pas même Lalli.

– Tu aurais dû arrêter ça. Tu le pouvais ! éclatai-je.

Elle me fusilla du regard.

Je sentis la main de ma tante sur mon épaule. Comme toujours, sa présence me calma. Après l'horreur et le chagrin qu'elle avait un instant laissé paraître, la discipline reprenait le dessus.

– Appelle Savio, puis reste à la maison. Écris tout ce qui te vient à l'esprit, dit-elle. Fais-le tout de suite. Rentre chez nous et écris tout ce qui te revient. J'ai du travail à faire ici. Va-t'en et prends des notes.

Elle avait raison. J'avais un besoin vital de retrouver la clarté de la page blanche. Mais je ne pouvais pas simplement m'en aller et la planter là avec le cadavre. Enfin, façon de parler : elle était parfaitement dans son élément avec le meurtre. « D. R. » était le nom qu'on lui attribuait dans les dossiers de l'Homicide qui encombraient chaque soir la table de la salle à manger après le dîner. Ce n'étaient pas ses initiales. Cinq ans après sa retraite de la police, elle était encore leur « Dernier Recours ». L'ayant vue diriger Savio au cours de ses enquêtes, je ne m'étonnais plus. Même l'inspecteur Savio D'Sa, la grosse tête de la police, n'avait pu résoudre l'affaire Versova, et cela parce qu'il pouvait admettre la violence mais pas la dépravation. Lalli n'avait pas ce genre de scrupules. Avec le meurtre, elle était, je vous l'ai dit, comme un poisson dans l'eau.

Le tumulte sur le palier m'indiqua que les membres de la famille de Mr Rao venaient d'apprendre la nouvelle. Ils n'allaient pas tarder à débarquer. Je pris la fuite.

Et j'appelai Savio.

– Ne bougez pas de là, me dit-il, me traitant encore une fois comme une demeurée.

Quand je raccrochai, rien ne semblait tout à fait normal. Mes sens m'avaient abandonnée. La pièce familière, joyeuse sous le soleil matinal, l'odeur piquante du café montant de ma tasse solitaire, le tic-tac discret de la pendule, le tout figé dans un monde dont j'étais désormais exclue. Le mien avait une vie à part. J'étais en chute libre, dévalant un long tunnel avec seulement mon sixième sens, le moins fiable de tous, pour me guider.

Je trouvai une rame de papier de qualité supérieure, collai une feuille vierge dans la Brother et me reportai en imagination au jour où tout avait commencé. (Les touches collent. Bientôt, très bientôt, dès que j'aurai vendu mon roman, celui que je n'ai pas encore écrit, je m'achèterai un ordinateur.) Pour le moment, je commence par le commencement. Depuis deux ans que je cohabite avec Lalli, ma folie s'est dotée d'un semblant de méthode. Pas des tonnes, juste un léger saupoudrage. Vous ne pouvez partager un appartement avec une tante qui résout les meurtres d'une pichenette sans qu'une certaine logique vous gagne.

Tout a un commencement, même l'embrouillamini de coïncidences et de conséquences que je me proposais à présent de démêler.

J'aurais dû dresser une liste des dates, des faits et des noms. Lalli comptait sans doute là-dessus. J'essayais bien de le faire, mais mon attention ne cessait de s'écarter vers le labyrinthe des curieux événements qui la titillaient, tous liés entre eux d'une façon inexplicable et dont cependant aucun ne semblait en rapport avec la fin brutale de Mr Rao.

La police était arrivée. J'entendis un lourd véhicule passer péniblement le portail. Un silence tomba sur l'immeuble. On emportait Mr Rao. Un gémissement aigu, vite étouffé, quand le fourgon mortuaire fit marche arrière, et puis terminé, Mr Rao avait disparu. Les portes d'Utkrusha s'étaient définitivement refermées derrière lui.

Pour un homme qui avait occupé une telle place dans nos vies, il faisait un cadavre plutôt rikiki.

Allons, au diable cette liste ! La police était là pour ça, non ?

Me fiant à mon instinct, je plongeai tête la première dans le labyrinthe…

Et je commençai par…

1

La curieuse aventure de l'employé de banque

Tout avait commencé un beau matin, il y avait de cela deux mois environ. J'étais à la porte, prête à partir pour la meilleure boulangerie du quartier dont je comptais rapporter un tas de *pau*, des petits pains frais croustillants pour le petit déjeuner, quand Lalli m'arrêta.

– Prends l'ascenseur, me dit-elle en levant un œil de son livre. Tu découvriras peut-être ce qui s'est passé.

Vraiment ! Huit heures du matin n'est pas exactement une heure pour aller fouiner dans les coins.

– Ce n'est pas de la simple curiosité, précisa-t-elle, lisant dans mes pensées comme d'habitude. Il est arrivé quelque chose. Il y a eu un grand coup dans l'ascenseur, juste après cinq heures. Des pas qui montaient dans l'escalier aussi. Des chuchotements. Un va-et-vient dans l'appartement des Rao depuis six heures. Il est arrivé quelque chose à notre Mr Rao.

Je changeai brusquement d'idée concernant ma promenade. Des toasts feraient l'affaire. J'aime commencer ma journée par un moment de solitude, et Mr Rao était bien la dernière personne dont j'avais envie d'entendre parler.

Quand je quittai la maison à neuf heures, il y avait quelque chose de festif dans l'air. Des chuchotements et des rires étouffés, une note d'excitation grandissante. On se serait cru le matin d'un pique-nique. Lalli avait sans doute raison : il était arrivé quelque chose à Mr Rao.

Utkrusha est bâti en forme de L. Les habitants de l'aile A ne connaissent pas l'existence de l'aile B, et vice versa. Quand nous parlons du « Building », cela désigne uniquement Utkrusha-A. Nous sommes totalement et irrévocablement dissociés du B. En ce qui nous concerne, le bâtiment aurait pu avoir été catapulté dans l'espace depuis longtemps. Le Building a quatre étages – nous sommes au deuxième – et quatre appartements à chaque étage, autrement dit seize foyers en tout. Dont quinze éprouveraient un vrai frisson de délice à l'idée qu'il est arrivé quelque chose à ce cher Mr Rao.

Nous formons un groupe parfaitement hétéroclite à Utkrusha, bien que nous préférions employer le mot « cosmopolite ». Notre immeuble est le seul à Vile Parle East qui ne soit résolument pas un ghetto, mais nous nous conformons aux us et coutumes du quartier en laissant tomber les formules de politesse, genre « monsieur » ou « madame ». Votre nom de famille est votre seul titre de noblesse. Cependant, de mémoire d'homme, Karunakar Rao ne s'est jamais appelé simplement Rao. Quelque chose chez lui requiert qu'on lui dise « monsieur ».

Mr Rao se piquait de connaître tout le monde et, très vite, tout le monde se piquait de ne pas le connaître. Par profession, il était agent de change, mais il se présentait aux nouveaux venus sous un abord plus honorable. « Je suis travailleur social, disait-il invariablement. Le bien-être de chacun des habitants d'Utkrusha est mon premier souci. »

Le premier souci de Mr Rao s'était traduit par le prompt départ d'au moins six familles au cours des deux dernières années. Certains partaient convaincus que Mr Rao travaillait comme agent d'expulsion pour un *dada* du quartier, une brute, mais la plupart d'entre nous connaissaient trop bien Mr Rao pour le croire. L'art pour l'art, c'était le credo de Mr Rao, et peu importe le nom qu'on veut donner à cette forme particulière d'expression, personne ne pouvait nier qu'il l'avait portée au niveau d'un art.

De peur que vous n'alliez vous imaginer que Mr Rao était une espèce de caïd, laissez-moi vous dire qu'on ne saurait imaginer un air plus angélique. Cet homme gris et chétif, d'âge indéterminé, avait un crâne fin d'érudit, la mine timide et confiante, et quand il vous serrait la main, sa paume était furtive et moite. Sa voix se haussait à peine au-dessus d'un murmure, et il se mouvait avec infiniment de grâce. Les gens étaient souvent induits en erreur par ses yeux, qui étaient limpides et candides. Mais pour ce qui était de la curiosité, Mr Rao était l'Enfant d'Éléphant[1]. Ce que Patherphaker résumait avec grossièreté de la manière suivante :

– Qu'une mouche pète dans le Building, Mr Rao le saura avant même que la mouche ait pété.

Mr Rao croyait au droit à l'information de chaque citoyen. Son podium était la cage de l'ascenseur, lorsque celui-ci effectuait sa descente à neuf heures du matin. Au fil des ans, il avait constaté qu'il lui suffisait d'un public de trois ou quatre personnes pour assurer une bonne diffusion des nouvelles. Le soir venu, celles-ci s'étaient répandues par osmose non seulement sur les quatre étages d'Utkrusha, mais jusqu'à l'autre bout d'Adarsh Road.

C'était de Mr Rao qu'on tenait que le gynécologue de Mrs Kamath avait refusé catégoriquement d'effectuer un cinquième avortement. De lui aussi qu'on avait appris pourquoi le mariage de la fille de Ramachandran avait été annulé précipitamment. De lui toujours la cause de la retraite prématurée de Patherphaker et la vérité sur la dépression nerveuse de Kumudben[2].

1. Référence à « L'Enfant d'Éléphant », in *Histoires comme ça*, de Rudyard Kipling. *(Les notes sont de la traductrice avec l'aide de l'auteur.)*

2. Le prénom est « Kumud ». « Ben » est une terminaison qui signifie « sœur aînée » (gujerati).

Les détails de notre sinistre week-end à Ardeshir Villa[1] n'étaient plus un mystère pour personne, bien que ni Lalli ni moi n'en ayons soufflé mot. Au début, je l'avais vivement reproché à Felix Rego. Le récit d'un « témoin oculaire » sur quatre pages, avec des détails épouvantables sur l'autopsie, avait paru en exclusivité dans un journal à sensations, habilement programmé pour le lancement de son dernier roman, *On a refroidi le cuistot*. L'article parvint ultérieurement jusqu'au tableau d'affichage de notre hall d'entrée. Nos noms avaient été surlignés : celui de Lalli était en jaune, le mien en vert pomme. Le nom de Savio y figurait aussi, bien qu'il ne fût pas présent pendant le week-end. Il était entouré au stylo-bille et relié par une flèche au nom de Lalli.

Savio faisait presque partie des meubles et je n'avais jamais remis en cause sa présence, il était un membre de la famille. Mais après cette flèche, je me choquai moi-même en sondant Lalli à son sujet. Je blessai Lalli et n'appris rien. C'était le talent particulier de Mr Rao : il faisait sortir le pire de la nature humaine et cela le faisait jubiler.

Les Rao, homme et femme, se prenaient pour des parangons de vertu. Susheela Rao évitait de nous croiser depuis le jour où elle avait sonné à notre porte à cinq heures du matin et surpris Lalli, juchée comme toujours sur la banquette, en train de lire. Cela dérangeait son petit univers de découvrir qu'une femme de l'âge de Lalli pouvait être assez dépravée pour gaspiller dans la lecture les heures sacrées de la matinée. Susheela n'était que l'ombre blême de son seigneur et maître, et vivait ses journées dans une abnégation rituelle. Mais pas le jeune Vaibhav. Ses parents disaient à qui voulait l'entendre que leur fils était un génie. En effet, Vaibhav raflait tous les prix à tous les examens, mais on s'atten-

1. Voir *Saveurs assassines*, le cherche midi, 2007.

dait à ce qu'il craque avant d'avoir vingt ans. C'était l'avis de Patherphaker, et Patherphaker s'y connaissait. Tout le monde aimait Vaibhav. Le Building était généralement de l'avis que les fautes des parents ne devaient pas retomber sur les enfants.

Mr et Mrs Rao croyaient au contrôle. Cette curieuse vertu domestique s'exerçait souvent sur leur fils. Quand Vaibhav se révoltait, ils l'enfermaient à double tour. Curieusement, Vaibhav poussait bien quand même. Il y avait près de la fenêtre une gouttière fort commode qui conduisait au balcon de Ramachandran… et à la liberté.

Le Building était intimidé par Lalli. Personne ne savait avec certitude ce qui amenait des policiers chez nous à toute heure. Savio, en particulier, était l'objet de toutes les curiosités, mais peu avaient réussi à percer ce mystère. Les jeunes le repéraient à sa moto, et leurs parents ne se risquaient pas au-delà d'un sourire prudent. Dans notre ville, nous gardons la police à distance.

En tant que nièce de Lalli, je m'attendais à recevoir un accueil doublement chaleureux ce matin-là, et je ne fus pas déçue. Tout Utkrusha paraissait s'entasser dans l'ascenseur, mais Betty me tira d'un coup sec à l'intérieur et nous nous laissâmes transporter au rez-de-chaussée, en vacillant comme deux ivrognes.

– Lalli est-elle déjà au courant ? cria Kumudben par-dessus la tête de Padmanabhan. Qu'est-ce qu'elle en pense ?

– Tu n'as pas l'air d'être au courant, à voir la tête que tu fais, dit Betty D'Souza avec délectation. Quelqu'un a assommé ce cher Mr Rao. Il est resté dans le coaltar toute la nuit ! Le choc que ça a été pour Mrs Rao quand elle lui a ouvert la porte ce matin !

– Vous voulez dire qu'il n'est pas rentré de la nuit ? demandai-je. Cette pauvre Mrs Rao a dû imaginer le pire !

– Mr Rao est un monsieur très bien, bêla Padmanabhan, notre néophyte.

Nous fîmes tous la sourde oreille.

Dans le hall d'entrée, nous rencontrâmes Mrs Dikshit, l'avocate du Building, et j'eus de nouveau droit à toute l'histoire du début à la fin, cette fois narrée par le menu grâce à Patherphaker.

Mr Rao n'était pas rentré du bureau hier soir. Étant toujours sans nouvelles à neuf heures, Vaibhav appela avec inquiétude le neveu de Mr Rao, Shrikant. Personne ne répondit. À dix heures, Vaibhav, que sa mère avait jusque-là empêché d'alerter les voisins, insista pour téléphoner à la police. Mrs Rao devint hystérique et fit un chantage pour obliger Vaibhav à réintégrer sa prison habituelle. Il était alors près de minuit et Vaibhav renonça à se servir de la gouttière. Il finit par s'endormir.

À cinq heures du matin, Mrs Rao fut tirée d'un bref assoupissement par la sonnette. Son coupable mari se tenait devant elle. Il lui adressa un sourire idiot avant de s'écrouler par terre, complètement dans les pommes. Vaibhav fut délivré et Mr Rao traîné à l'intérieur. Soutenu par un café serré additionné de beaucoup de cognac, Mr Rao revint à la vie et fit le récit le plus étonnant.

En quittant son bureau de Flora Fountain la veille au soir, Mr Rao avait décidé qu'une bouffée d'air marin lui ferait le plus grand bien et il marcha vers la mer. Après avoir empli ses poumons d'une bonne dose d'iode, Mr Rao fit demi-tour en direction de la gare de Churchgate[1] en psalmodiant, selon son habitude, un *bhajan*[2] de Sai Baba.

Comme il passait devant le musée, Mr Rao aperçut quelque chose qui chassa Sai Baba de son esprit. De

1. Terminus de la ligne Western Railway qui va de Churchgate, la pointe sud de Bombay, à Virar.

2. Sai Baba était un mystique qui vivait au début du XXe siècle. Il était vénéré par les hindous et les musulmans, et la compassion était sa doctrine. Le *bhajan* est un hymne ou un chant religieux qui incarne la philosophie de celui ou celle qui l'a composé ou à qui il est consacré. En Inde, la plupart des sentiments religieux s'expriment par le chant.

l'autre côté de la rue, il vit, descendant d'un bus 1 Ltd., son neveu Shrikant.

Shrikant (expliqua Patherphaker) travaillait dans une banque de Santa Cruz – à un grade pas très élevé, absolument pas comme directeur. En toute justice, il aurait dû être en train de rentrer chez lui directement de Santa Cruz. Que diable fabriquait-il là, à l'autre bout de la ville ?

Un homme simple aurait abordé son neveu. Mr Rao le suivit.

Shrikant traversa la rue et marcha d'un pas vif en direction de Victoria Terminus. Mr Rao le prit en chasse. L'œil fixé sur le tee-shirt rouge de Shrikant (un choc en soi), Mr Rao fila son neveu à travers la foule grouillante.

C'est un long trajet jusqu'à Victoria Station, mais la distance ne faisait pas peur à Mr Rao. Son indignation avunculaire donnait du muscle à ses mollets. Shrikant aurait dû faire des heures supplémentaires à la banque, au lieu d'être là à gambader en tee-shirt rouge ! Mr Rao se sentait investi de lourdes responsabilités. Il décida de tirer l'affaire au clair.

Shrikant tourna dans Princess Street. Mr Rao le suivit à une distance respectable. La soirée était douce et Shrikant donna amplement à Mr Rao de quoi combler son besoin d'exercice. De la part de quelqu'un d'autre, une poursuite aussi acharnée aurait pu paraître étrange, mais (Patherphaker *dixit*) le Building sait que Mr Rao est comme ça.

Cela dit, avec la foule du soir et les nombreuses rues à traverser, Mr Rao eut beaucoup de mal à ne pas perdre de vue le tee-shirt rouge. Finalement, Shrikant entra dans la cour sombre d'un vieil immeuble d'Agiary Lane.

Princess Street est bordée de vieux immeubles qui paraissent sur le point de s'effondrer. Cependant les étages supérieurs grouillent de vie ; des ateliers, des bureaux, des appartements. Celui-ci, néanmoins, semblait avoir fermé pour la journée. La cour était d'un noir d'encre, il n'y avait pas de lumières au rez-de-chaussée, et Shrikant avait probablement gravi l'escalier de bois proche du portail.

Mr Rao s'apprêtait à imiter son exemple… quand une grande obscurité s'abattit sur lui et il ne sut plus rien.

Quand il se réveilla, il avait la tête comme une fonderie pleine de marteaux chauffés au rouge. Il avait un drôle de goût dans la bouche. Des petites bêtes poilues se frottaient contre ses chevilles et repartaient au galop. Il pouvait tout juste discerner, dans la faible lueur, une rangée après l'autre de compteurs électriques, qui cliquetaient et ronronnaient sur le mur derrière lui. La mémoire lui revint et il conclut qu'il était enfermé dans la salle des compteurs de la vieille bâtisse. Il s'avança d'un pas chancelant… la porte céda… et Mr Rao se retrouva dans Princess Street à l'heure la plus noire avant le point du jour. Il ne s'arrêta pas pour donner l'alarme, mais courut aussi vite que ses jambes chancelantes purent le transporter jusqu'à la gare, juste à temps pour sauter dans le premier train.

Son portefeuille était intact. De même sa montre et l'hideuse bague dont le Building avait souvent entendu dire par Mr Rao qu'elle n'avait pas de prix. L'agresseur de Mr Rao ne lui avait rien pris, lui laissant au contraire – au sommet du crâne – une grosseur de la taille d'un citron qui grandissait à vue d'œil.

– Pourquoi voudrait-on attaquer ce pauvre Mr Rao ? miaula encore le nouveau venu. Qui peut faire une chose aussi nulle ?

– Ces bienfaiteurs de l'humanité préfèrent souvent rester anonymes, marmonna Ramachandran.

Je me souvins que la semaine qui avait précédé l'annulation du mariage de la fille de ce dernier, Mr Rao avait été repéré à plusieurs reprises dans l'immeuble du futur marié.

– Chacun d'entre nous aurait pu le faire, affirma Kumudben. Je donnais un cours à une centaine d'étudiants à cette heure-là… sinon, je serais le suspect numéro un.

– C'est un récit très succinct, si vous voulez mon avis, déclara Alisha Patel. Il faut être malade pour croire aux histoires de Mr Rao.

Et sans crier gare, elle éclata en sanglots. Mr Patel, divorcé de fraîche date, avait pris au pied de la lettre chacun des propos de Mr Rao. Tout le monde aimait Alisha et était peiné par le divorce. Les jumelles avaient à peine trois ans.

Les larmes d'Alisha dispersèrent le conclave. Nous, les femmes, prîmes le temps de lui dire combien c'était une bonne chose d'être débarrassée d'un type avec une pareille mentalité.

Puis la journée démarra sur les chapeaux de roue, et quand je pus enfin me libérer dans l'après-midi, l'aventure de Mr Rao m'était presque sortie de la tête.

Lorsque Lalli en fit état plus tard, je l'écartai d'un geste.

– Il a eu ce qu'il méritait.

– Il veut m'en parler.

– Dis-lui que ton appareil auditif est en panne.

Lalli a l'ouïe la plus fine, mais c'était une excuse qu'elle avait présentée à Mr Rao la semaine passée quand il avait eu une histoire scandaleuse à lui raconter au sujet de sa nièce (moi).

À cet instant précis, le téléphone sonna. C'était mon frère Vasu, qui respirait le charme à chaque parole, autre ment dit, je pouvais m'attendre au pire. Vasu a un visage ouvert et un sourire éclatant d'innocence. Son charme n'a d'équivalent que l'absence totale de confiance qu'on peut avoir en lui. Nos parents, détectant de bonne heure chez lui des dispositions pour une belle carrière dans la délinquance, n'ont jamais surmonté leur soulagement devant l'attachement de Vasu à la voie de l'honnêteté. Ses frasques sont accueillies par des propos modérément élogieux, m'abandonnant généralement le soin de l'engueuler. Je m'apprête donc en ce moment à faire mon boulot de sœur.

– Non, laissai-je tomber.

– Quoi ? Tu refuses *Le Tonneau*[1] ?

– Quel tonneau ?

– *Le Tonneau* ! Je l'ai trouvé pour toi d'occase chez le bouquiniste. Je croyais que tu en avais envie. Je le rends alors ? Je peux l'échanger…

– Non, minute !

La voix de la concupiscence passa entre mes mâchoires serrées. Je suis au-dessus des pots-de-vin et totalement incorruptible, mais il est impossible, strictement impossible de dénicher un livre de Freeman Wills Croft dans toute la ville.

– … le vol est à quatre heures un quart, il est deux heures et demie maintenant, poursuivait Vasu. Ça te laisse tout le temps d'arriver à l'aéroport. Tu n'as qu'à les ramasser au passage. Enfin, tu t'occupes d'elles, quoi.

Je protestai, mais faiblement. Il voulait que j'aille prendre deux étrangères à l'aéroport pour les transporter dans un couvent à l'autre bout de la ville. Ce n'était même pas des amies à lui, il ne les avait jamais vues. Par-dessus le marché, deux jeunes Hollandaises qui savaient à peine baragouiner l'anglais…

– Super ! Vous aurez Vermeer en commun, non ? rétorqua-t-il allègrement en me donnant dans la foulée les indications de vol, et il raccrocha.

– Je ne savais pas que *Le Tonneau* t'intéressait, j'en

1. *Le Tonneau*, Éd. Rivages, 1997 (1970 en anglais). Freeman Wills Croft a commencé à publier dans les années 1920 et est un des pionniers du roman d'énigme. Doté d'un esprit mathématique, il a notamment inspiré Raymond Chandler et Léo Mallet.

ai un exemplaire, remarqua Lalli. Un bûcheur, cet inspecteur French.

– À quoi bon ? Maintenant, je suis bonne pour y aller, dis-je, bien décidée à boire la coupe jusqu'à la lie.

J'avais les cheveux en pétard, rien à me mettre, et ces deux-là étaient sûrement de grandes perches avec des jambes d'un mètre de long. Allez savoir pourquoi, à trois heures de l'après-midi, j'ai toujours l'impression d'être mal fringuée.

Le trajet me requinqua. Quand je me garai à l'aéroport, j'avais la pêche d'une douzaine de walkyries et j'étais prête à ne faire qu'une bouchée des deux petites Hollandaises. Avec ou sans tulipes.

Bien sûr, elles n'en avaient pas, mais je les repérai instantanément. Elles croulaient sous un monceau de bagages près de la clôture. Elles étaient très jeunes, vingt ans et des poussières. Et très grandes, très blondes et très effrayées, avec le visage qui tournait au cramoisi sous l'effet de la chaleur.

J'expliquai que j'étais déléguée par Vasu. Elena, l'œil bleu vif hargneux, me rembarra sèchement.

– Non, nous attendons. Vasu viendra. Il est notre ami.

Mais sa compagne, Christina, réussit à la faire changer d'avis par un feu nourri en néerlandais, et elles me suivirent, la mine sombre, jusqu'à la voiture.

– Je suis la sœur de Vasu, dis-je en me demandant comment il avait réussi à les conquérir à huit mille kilomètres de distance.

Cela les fit piailler, Christina sortit quelque chose d'absolument tordant en néerlandais. Quand leur fou rire cessa, Elena fit cette déclaration surprenante :

– Christina dit non.

Elles bourrèrent le coffre de leurs bagages.

– Vous comptez rester longtemps ? demandai-je en

envoyant aux quatre vents les règles les plus élémentaires de l'hospitalité. Vous avez beaucoup de bagages.

C'étaient des volontaires de la mission de mère Teresa à Byculla. Elena tapota affectueusement les sacs.

– Vieux vêtements, lait en poudre, vieux jouets aussi… nous apportons tout pour les petits enfants pauvres de l'Inde. Nous faisons une collecte de quatre semaines en Hollande pour cela.

Leurs yeux clairs se remplirent lentement de larmes. Visiblement, tout les contrariait : l'aéroport, la vieille Fiat de Lalli et, sans doute, moi-même. Elles papotaient à mi-voix, plongées dans leurs messes basses tandis que je rejoignais la route.

Sur le siège arrière, Christina s'empressa de passer aux aveux.

– Nous portons en Inde seulement des vieux vêtements. Nous apportons juste une robe en plus. Quand nous repartons, nous laissons encore deux robes ici pour une femme pauvre. Et aussi nos chaussures. Nous marchons beaucoup en Inde et après nous laissons les chaussures ici. En Hollande, nous avons d'autres chaussures.

Elles lorgnèrent sans indulgence mes superbes *kolhapuris*, des sandales coloris bronze, achetées la semaine dernière sur les conseils d'Alisha : c'était le dernier cri ethnique. Je faillis percuter un pousse-pousse, distraite à l'idée de deux créatures au port de reine, nues de la tête aux pieds, embarquant dans l'avion pour Amsterdam.

Je ralentis à cause d'un panneau et Elena pointa un doigt surexcité sur une femme qui se frayait un chemin à travers la circulation en traînant sa nichée réticente à l'école. Je remarquai avec intérêt qu'elle était nus pieds. Elena avait trouvé la première candidate pour ses chaussures.

Entre-temps, Christina avait sorti un livre. Elle me le flanqua sous le nez en ricanant.

– Nous lisons ce livre et aussitôt nous venons en Inde, m'expliqua Elena.

Christina s'empara d'un pli de mon *pallu* et tira dessus d'un air menaçant.

– Dans votre pays, beaucoup d'enfants n'ont pas de vêtements, me rappela Elena. En Hollande, une seule personne ne prend pas autant de tissu.

Quant au livre, il s'agissait, bien sûr, de *La Cité de la joie*, de Dominique Lapierre.

Non sans malice, je décidai de ne pas prendre l'autoroute et de rester sur la route principale, me réjouissant de voir leur mine éberluée tandis que nous dépassions les tours habillées de verre et les galeries commerciales rutilantes. Heureusement, c'était un des rares jours où la Bombay Municipal Corporation ne cassait pas l'asphalte à la recherche de canalisations, de câbles téléphoniques ou d'une mine d'or. Elles discutaient la situation d'un air grave, en consultant un petit livre. Ainsi Christophe Colomb dut-il se concerter avec son équipage quand, parti dans l'idée de piller des potentats, il s'égara vers des étendues froides et sauvages.

Finalement, quand je m'arrêtai aux feux de Linking Road, nous fûmes entourées par une nuée de gamins, mis en émoi par la vue de toute cette peau blanche, tandis que leur mère, un nourrisson encore au sein, jouait des coudes de façon experte pour tendre la main par la fenêtre. Je payai mon écot, me fis maudire pour la peine. Heureusement, les feux changèrent et nous décollâmes.

Elena et Christina me cuisinèrent comme deux animatrices de talk-show. Avais-je remarqué que le bébé était sous-alimenté ? Lui avais-je donné assez pour nourrir toute la famille ? N'aurais-je pas dû lui parler de la contraception ? Mais elles avaient cessé de se montrer hargneuses. Leurs voix chantonnaient, joyeuses, soulagées. L'Inde qu'elles connaissaient était arrivée.

Je m'arrêtai devant Sainte-Aspasie, taraudée par ma mauvaise conscience : j'avais des nausées à la seule idée de la nourriture que j'avais volée aux enfants affamés, mon sari se fanait sous l'œil torve des mendiants, empestant le parfum extrait du sang des masses en sueur, misérablement consciente que la vieille Fiat de Lalli aurait pu financer l'hébergement d'une famille de cinq personnes et leur payer un mois de déjeuner par-dessus le marché.

Calmée, je déchargeai leurs bagages. Elles restèrent pétrifiées à la vue d'une femme qui faisait la cuisine à l'intérieur d'une conduite abandonnée et ne firent plus attention à moi.

Sainte-Aspasie était presque aussi rébarbative que son nom. C'était simplement le premier étage d'un immeuble bringuebalant sur Princess Street. On y accédait par un escalier en bois sur le côté du bâtiment. Le restaurant *irani*[1] au rez-de-chaussée était bondé de clients qui prenaient un déjeuner tardif ou dînaient de bonne heure. Rien à voir avec des ruminants de *bun maska*, des petits pains beurrés. C'étaient là des amateurs de bonne chère qui épongeaient les neurones égarés de leur *bheja-masala*, un plat de cervelle, avec un morceau de *pau* bien croustillant. Un rot collectif me tomba dessus dans un grand jet de vapeur s'échappant d'une bouche d'aération tandis que j'escaladais péniblement les marches en traînant les valises.

Je sonnai à la porte et attendis qu'Elena et Christina me rattrapent. Sainte-Aspasie était une pension pauvre mais digne pour Européens itinérants d'un certain âge. Vasu me surprenait. Pourquoi ne leur avait-il pas recommandé un des hôtels pour étudiants en ville ? Je mourrais de dépression dans l'heure si je devais passer ne fût-ce

1. En Inde et au Pakistan, le terme *irani* désigne les zoroastriens originaires d'Iran. Au début du XXe siècle, beaucoup avaient ouvert des restaurants, récemment reconvertis en fast-foods.

qu'une nuit dans un endroit pareil. Je le confiai à Elena. Elle hocha la tête.

– Vasu, non, baragouina-t-elle. C'est *a-toll.*

Je ne pus me faire expliquer ce qu'elle entendait par là, car la porte s'ouvrit alors et une servante maussade nous fit entrer. Les deux filles plongèrent dans les fraîches profondeurs verdâtres de Sainte-Aspasie comme un couple d'Arabes assoiffés fondant sur l'oasis la plus proche.

À l'extrémité du couloir mal éclairé, une grosse urne en laiton bourrée de fleurs en plastique avait un éclat agressif. Elena eut un large sourire.

– En Hollande, on frotte aussi.

La pièce dans laquelle nous pénétrâmes portait la trace de ce goût indiscutable pour l'astiquage. Cela sentait le désinfectant et l'encaustique, et ces produits semblaient avoir décapé la chambre jusqu'au souvenir blême de son être. Pire encore, une antilope empaillée fixait la scène d'un air désespéré du haut du mur. Un grand placard vitré contenant un incroyable bric-à-brac nous renvoya nos visages curieux avec une lueur malveillante.

Une femme assise sur la banquette leva les yeux quand nous entrâmes. J'avais failli ne pas la voir tant son camouflage était parfait, elle était aussi décolorée et blême que le reste des lieux. Ses vêtements étaient une interprétation fanée des tentures. Elle adressa à ses deux jeunes pensionnaires un sourire éclatant, qui disparut aussi vite. Ses yeux en boutons de bottines me survolèrent rapidement tel un plumeau sur un meuble.

Nous vous attendions hier, lança-t-elle en guise de bienvenue. C'est ce que nous avions cru comprendre. Mardi matin, en provenance d'Amsterdam, avait dit ce monsieur. Il a appelé hier soir, vous savez.

Elena écarquilla les yeux.

– Vasu, c'est lui le téléphone, m'expliqua-t-elle de son mieux. (Elle ajouta que leur vol avait été retardé à

Beyrouth.) Nous devons attendre seize heures à l'aéroport de Beyrouth. De l'aéroport, nous téléphonons à Vasu, alors sa sœur vient aujourd'hui à l'aéroport et elle nous conduit ici un jour en retard.

La formule avait quelque chose d'accusateur et je me demandai si elle espérait des excuses de ma part au nom de la compagnie d'aviation.

Mrs Davidson (c'était son nom) autorisa son regard glacial à remarquer ma présence.

– Très aimable à vous d'être allée les chercher, fit-elle vaguement. Je crains malheureusement que nous n'acceptions pas de visites ici.

– Non, non, chez nos amis nous allons, nos amis ne vont pas chez nous, répondit Elena laborieusement. Demain matin chez les bonnes sœurs nous allons. Nous apportons vieux habits, et médicaments, et lait en poudre. Il y a beaucoup de besoins en Inde, beaucoup de pauvres.

Les commissures des lèvres de Mrs Davidson tombèrent et elle haussa les épaules.

– Ce pays est sans espoir, absolument sans espoir.

Elle fit un geste vers la fenêtre ouverte, indiquant la direction dans laquelle le pays était censé se précipiter.

– J'aurais besoin de recommandations, dit-elle en passant aux choses sérieuses.

Elena et Christina me fixèrent avec des yeux comme des lampions. Non sans malice, je donnai l'adresse de Vasu. Je ne tenais pas à passer un week-end hollandais si je pouvais l'éviter.

Je pris la fuite, les laissant se traîner jusqu'à leur chambre à la suite de ce cerbère. Je fus brièvement retardée à la porte par un homme très convaincant qui voulut m'annoncer la bonne nouvelle concernant Jésus. J'acceptai un tract pour me débarrasser de lui et, en descendant, j'expédiai la feuille par la voie d'aération dans le restaurant *irani*.

Qu'il était doux, l'air pollué de Princess Street, et

mélodieux, le son du klaxon des meilleurs chauffeurs devenus fous, et bienveillant, le sourire d'Aspi Irani derrière son comptoir, tandis qu'il vidait la bourse de ses clients en indiquant aux nouveaux venus le panneau « Interdit de cracher, de se peigner, de mettre les pieds sur la table ». Le soulagement me transportait d'allégresse, à moins que ce ne fût les gaz d'échappement. La vieille guimbarde démarra au quart de tour. Sans m'en rendre compte, je fredonnais et même si je dus piler immédiatement, il en aurait fallu davantage pour me saper le moral.

J'avais foncé droit dans un embrouillamini. La foule grouillait autour de moi. Je klaxonnai et criai pour qu'on me laisse passer. Deux armoires à glace, dont le dos musclé semblait sur le point de faire éclater un *banian*, un gilet en maille rouge, étaient retenues par un public aux dispositions pacifiques. L'objet de leur colère était encore dissimulé à mes regards. Puis la foule s'écarta, et il m'apparut.

À quelques centimètres à peine d'une fin douloureuse, le nez encore à portée d'un coup de poing, secoué de tremblements... Mr Rao. Ce n'était pas la peur qui le faisait trembler, mais la force de la conviction. À deux doigts d'être réduit en pâtée, Mr Rao continuait de discourir. Sa voix émergeait en une succession saccadée de sons blancs tandis qu'il s'efforçait de haranguer son public généralement sourd.

À moins que je ne vole à son secours, Mr Rao allait déguster pour la deuxième fois en vingt-quatre heures. Avant qu'il sache ce qui lui arrivait, je l'avais hissé dans la voiture. Je calmai les petites frappes en mimant le geste séculaire consistant à se taper le front de façon éloquente en roulant des yeux en direction de Mr Rao. Ils perdirent aussitôt leur agressivité. Ils n'avaient aucune envie d'attaquer un fou, mais on me conseilla de le ligoter. J'étais soufflée de voir qu'on me prenait pour sa fille. Plusieurs femmes me dirent que je devrais mieux m'occuper de lui, il avait l'air de ne pas avoir mangé depuis des jours. Je leur jurai que, à l'instant même où nous parlions, son médecin l'attendait pour lui prodiguer ses soins, acceptai leurs vœux de meilleure santé et écrasai le champignon d'un air grave. Mr Rao semblait être dans les vapes.

Comme nous voguions vers Haji Ali[1], il retrouva suffisamment ses esprits pour me raconter son affaire.

– C'est ici que j'ai été agressé hier. À Dwarkanath Bhavan.

– Et qu'est-ce que vous fabriquez ici aujourd'hui ? demandai-je. Vous devriez être n'importe où sauf ici.

– J'étais ici parce que je crois en la justice, déclara-t-il avec grandiloquence. Le criminel doit répondre de ses crimes devant la justice.

Je m'émerveillai d'une pareille idiotie.

– Des gens très peu serviables dans cet immeuble, constata-t-il. Pas un n'a voulu reconnaître qu'il avait vu Shrikant hier dans cet immeuble ! *Kaliyug !* Quelle époque ! Rien à en attendre que des mensonges.

– C'est ce que vous avez demandé à ces deux hommes ?

Mr Rao gloussa, très à l'aise.

– Ces types ? Ha ! Ce ne sont que des *goonda*, des petites frappes. Une des femmes les a appelés. Non, non, pourquoi leur aurais-je posé la question ? Toute leur cervelle se trouve dans leurs muscles, ces idiots sont incapables de raisonner. Non, j'ai demandé dans les bureaux, j'ai demandé dans les appartements… j'ai dû poser la question dans plus de cinquante appartements. J'ai appuyé sur la sonnette, frappé à la porte ou simplement je suis entré. Ce sont des gens simples, ça ne leur

1. Mosquée du XVIe siècle construite sur un îlot à cinq cents mètres du rivage.

fait rien ! Une de ces femmes a dû appeler ces voyous. Beaucoup regardaient la télé et les femmes n'aiment pas qu'on les dérange pendant qu'elles regardent leur série préférée. Même pour une urgence comme celle-là. *Kaliyug !* Que voulez-vous ?

– Vous ne croyez pas que vous devriez laisser ce genre de chose à la police ? suggérai-je.

Il renifla avec mépris.

– La police n'utilise que la force brutale. Alors que moi…

Sa voix s'estompa avec un haussement d'épaules modeste. Mais pas question de le laisser s'en tirer aussi facilement.

– Vous utilisez quoi ? insistai-je.

– La psychologie, déclara-t-il.

Sur quoi, s'adossant contre les coussins, il dormit durant le reste du trajet.

Ce soir-là, Mr Rao mena sa propre enquête. Le neveu fut convoqué et le Building sommé d'assister à la séance. Tous les invités, à part Lalli, étaient des hommes. Elle insista pour que je l'accompagne.

Quand nous arrivâmes, nous découvrîmes que Mr Rao ne s'était pas complètement remis des émotions de l'après-midi. « La victime se repose », annonça Ramachandran en nous faisant entrer. Benny D'Souza et Patherphaker étaient là aussi. Nous restâmes debout, nerveux, dans la salle de séjour, attendant le *darshan*. La jeune garde, composée d'Abhay, Claude et Vaibhav, me fit des signes de la main depuis le balcon.

La famille Rao était disposée comme pour une chorégraphie dans un mélo familial des années soixante.

Sur le grand lit double, soutenue par un traversin qui ressemblait à un tronc d'arbre abattu, la victime reposait. Pour la circonstance, celle-ci avait revêtu un *kurta*, une tunique d'un blanc virginal. Son pantalon rayé lui prêtait un air moins formel. (Le code vestimentaire à Utkrusha est inflexible. S'il avait rendu visite à son voisin, Mr Rao aurait également porté un pantalon blanc.) Il avait la tête emmaillotée dans une écharpe en laine qui lui donnait l'air d'un lapin.

Et curieusement, il portait aussi des lunettes de soleil.

– Une conjonctivite, Mr Rao ? s'enquit Ramachandran.

– Asseyez-vous, Ramachandran, ordonna Mr Rao d'une voix impérieuse. Ce ne sont pas de vulgaires lunettes de soleil. Ce sont des filtres spéciaux censés protéger les yeux fragiles contre une lumière trop forte. Mon neveu me les a apportés. « Très bien, ai-je dit, merci, Shrikant, c'est un geste que j'apprécie. Mais cela ne va pas arrêter mon enquête. »

Susheela s'activait autour de lui en faisant mine d'arranger l'écharpe et le traversin, un petit verre avec un doigt de *kashayam* à la main. Une odeur résineuse et poivrée s'en échappait. Assis au pied du lit, faisant face à Mr Rao, se trouvait son neveu Shrikant. Il était vêtu comme il sied à un banquier, en veste safari bleue et pantalon bleu marine. Ses cheveux étaient plaqués sur un crâne oblong assez étroit, fixés à l'huile capillaire à l'aide d'un peigne fin tenu d'une main de maître. Je ne pouvais voir sa tête de l'endroit où j'étais assise, mais son dos avait la raideur de la probité candide.

Sa femme Vanaja se tenait derrière Susheela. C'était une femme rondelette avec une jolie tête mais d'un naturel assez irascible. De même que sa tante, elle portait un fin sari en polyester, marron foncé, avec un corsage assorti qui laissait voir le décolleté et les poignées d'amour. Ses mains soignées et ses poignets délicats mettaient en valeur les bracelets en or et corail qu'elle portait.

Elle m'adressa un sourire chaleureux, interrompant le signal qu'elle adressait à son mari dans un morse conjugal effréné. Visiblement, Shrikant n'était pas sur la bonne longueur d'onde.

Les deux amis partageaient une petite banquette. Ramachandran, immaculé après le *puja*[1], oint de *chandan* (de la pâte de bois de santal) et de *vibhuti* (des cendres sacrées), et Patherphaker, crasseux après avoir vaqué à ses occupations toute la journée. Leurs bavardages incessants produisaient un grondement sourd qui s'arrêtait dès que Mr Rao levait les yeux. Benny D'Souza était assis sur un pouf et fixait, comme en transe, une gravure pieuse encadrée.

Vaibhav apporta une chaise pliante pour Lalli. Je me trouvai contre le mur, près de Vanaja Rao. Son mari, je m'en apercevais à présent, était de la même espèce étiolée que son oncle, avec une bouche pincée, guindée, et des petits yeux astucieux.

Notre arrivée avait interrompu le récital de Mr Rao. Il en était arrivé au moment où il s'était évadé de la salle des compteurs. Il marqua une pause spectaculaire en attendant que nous ayons sombré dans le silence.

– Ce n'est pas un quelconque petit voyou qui m'a frappé, je l'ai su immédiatement, déclara-t-il. La psychologie d'un voleur est très différente. Mon portefeuille était intact… tout mon argent était à sa place, il ne manquait pas une roupie. Et cette bague… (Il soumit à l'examen de Lalli un doigt noueux encombré d'une pierre noire carrée ornant un horrible bijou.) Cette pierre était à mon grand-père. Il l'a rapportée de Birmanie en 1896. Elle n'a pas de prix ! (Il se pencha en avant pour que Patherphaker et Ramachandran puissent l'admirer à loisir.) Tenez, je suis sûr que vous n'avez encore rien vu de tel, Patherphaker, ce n'est pas une pierre ordinaire !

1. Cérémonie de méditation, de prières, d'offrandes et d'adoration.

Patherphaker, ayant sorti des lunettes, lorgnait la chose d'un œil soupçonneux.

– Regardez, regardez donc, insista Mr Rao généreusement. Voyons si vous pourrez nous dire d'où vient cette pierre, Ramachandran.

– Cuddapah[1], décréta Ramachandran.

Ramachandran gloussa, mais la pierre sans prix avait bien l'air de venir de Cuddapah. Le revêtement en granite est pour les parvenus ; nous autres à Utkrusha préférons la sobriété d'un calcaire noir strié de Cuddapah. Qui sait si, dans un moment de pure malice domestique, Mr Rao n'avait pas ébréché le comptoir de la cuisine ? Ramachandran avait peut-être raison. Mr Rao fit semblant de ne pas l'entendre et il reprit son récit de bonne grâce.

– Aussi, dès que j'ai retrouvé cette précieuse bague à mon doigt, j'ai su que ce n'était pas un banal voleur. C'était quelqu'un qui voulait m'empêcher de te retrouver !

Il pointa un doigt accusateur sur son neveu et se laissa aller contre le traversin.

– Ce n'était pas moi, se défendit le neveu. Je te l'ai déjà dit deux fois et, maintenant, je te le répète.

Tel l'Homme à la cloche[2], il semblait tenir pour acquis ce qu'il avait énoncé trois fois, car, là-dessus, il se calma.

– Une erreur, un malentendu, me susurra Vanaja en branlant vigoureusement du chef, d'accord avec elle-même. (Son regard implorant chercha à croiser celui de Susheela, mais la maîtresse de maison regardait fixement le mur.) Dis-lui où tu étais hier soir, dis-le à l'oncle, siffla-t-elle entre ses dents à son mari.

1. Carrière de l'Andhra Pradesh produisant une pierre calcaire gris-noir servant au pavage et à la construction.

2. Référence à *La Chasse au snark*, poème de Lewis Carroll inspiré des comptines anglaises.

Mais Shrikant boudait avec hauteur et laissa à sa femme le soin de fournir des explications. Shrikant avait passé la soirée au *kirtan* avec l'assemblée des fidèles au temple de Rama, où il était resté jusqu'à la fin du *Harikatha*[1] à minuit. C'était son habitude durant ce mois chaque année. Depuis cinq ans, il n'avait pas raté un seul jour. Une fois, il y avait deux ans de cela, quand il avait eu une forte fièvre, il avait bravé les sévères mises en garde du docteur contre une pneumonie due à la rosée nocturne. Il s'était aventuré hardiment, emmitouflé dans une couverture et deux ou trois pulls. Son mari était comme ça. Un vrai fidèle. Oui, conclut Vanaja, son mari ne ratait jamais un jour.

– Alors comment se fait-il que vous n'y soyez pas allé aujourd'hui ? demanda Patherphaker finement.

– Le devoir ! s'exclama Vanaja. Le devoir familial passe avant tout !

Elle continua de célébrer les vertus de son mari pendant les dix minutes suivantes d'un ton prophétique strident, et, par ce seul assaut verbal, elle contraignit Susheela à exprimer une solidarité grincheuse.

– De toute façon, ça ne peut pas être Shrikant qui vous a frappé, affirma Ramachandran, coupant court impitoyablement aux exclamations horrifiées qui accueillirent sa remarque. Quelqu'un vous a frappé sur le dos du crâne, donc il devait être derrière vous. Peut-être ce quelqu'un vous a-t-il vu suivre Shrikant et s'est-il joint à la procession ?

– J'en ai assez entendu ! s'écria Shrikant Rao. Tu as invité tout l'immeuble chez toi pour procéder à un contre-interrogatoire ! Que voulez-vous savoir ? Et vous ? Et vous ? Écoutez, je vous le dis une bonne fois pour toutes : je n'ai pas de tee-shirt rouge. Ai-je l'air de quelqu'un qui

1. Ensemble de récits religieux d'inspiration épique, agrémentés de musique et de poésie.

porte un tee-shirt rouge ? Je n'ai pas de tee-shirt rouge et je ne le porterais pas pour travailler si j'en avais un. J'ai quitté la banque à cinq heures, j'ai avalé un en-cas dans un café situé dans les parages et j'ai filé droit au temple. Vous avez entendu ma femme vous raconter tout ça. Maintenant, j'en ai ras le bol !

Il se leva avec colère, mais ne parvint pas à atteindre la porte.

– Attends ! Oncle, ne soyez pas fâché contre Shrikant !

Sa femme me passa devant pour courir vers Susheela et lui prit la main. La tenant entre les siennes, elle l'attira au chevet de Mr Rao et se mit à genoux. Le reste de l'assistance détourna les yeux, gêné par ce qui devenait manifestement une querelle de famille aux proportions sismiques. Les jeunes abandonnèrent le balcon et s'efforcèrent de calmer Shrikant. Benny D'Souza sortit de son état de transe et déclara d'une voix sonore :

– Vous feriez mieux de laisser courir. Ça n'est jamais bon d'aller regarder de trop près ces choses-là.

Et aussitôt, il eut un air fautif. Ramachandran profita du vacarme pour verser son sorbet dans le verre vide de Patherphaker.

– Pourquoi ne pas nous dire ce que vous avez découvert cet après-midi-là, Mr Rao ?

La voix de Lalli rompit le tumulte, apportant un instant de calme après la tempête.

– Tu y es retourné ? s'exclama Shrikant, sidéré.

Vanaja et Susheela chantèrent brièvement en chœur le courage de Mr Rao. Vaibhav, le prodige, rassembla ses forces pour regagner, dégoûté, le balcon.

– Je ne renonce pas si facilement, gloussa notre Karunakar[1]. J'y suis retourné totalement préparé.

– À quoi ?

1. Prénom qui signifie « Plein de compassion ».

C'était Patherphaker, bien sûr.

– À toute éventualité, nous instruisit Mr Rao. Regardez ça !

Il ouvrit un tiroir de la table de chevet dont il retira une épaisse enveloppe blanche. Il y avait, écrits de la main précise de Mr Rao, ces mots excitants : *À ouvrir dans le cas de ma mort.*

Nous fûmes tous très impressionnés. Même Ramachandran parut soufflé. La femme du neveu fit immédiatement entendre un gémissement aigu.

– Ne parlez pas comme ça, mon oncle, ça porte malheur ! Oh, arrêtez-le, quelqu'un, il n'y a personne pour l'arrêter !

Elle joignit les mains dans un geste de folle supplique, le tronc penché en avant à partir de la taille, elle oscilla lentement à cent quatre-vingts degrés, quelque chose que je n'avais pas vu faire en dehors des bons vieux mélos des années soixante.

L'air légèrement ennuyé de Susheela Rao me surprit. Il allait de soi que la scène avait été jouée plusieurs fois auparavant. Sur le balcon, Vaibhav parlait motos avec la dernière énergie.

Mr Rao referma le tiroir d'un geste sec et tourna vers nous son sourire bienveillant.

– Vous voyez, je n'avais rien à craindre ! J'ai monté les marches en bois mais pas avant d'avoir vérifié la salle des compteurs dans laquelle j'ai été enfermé. Elle était verrouillée maintenant ! Qu'est-ce que vous dites de ça ? Mon agresseur est un membre du comité de l'immeuble ! Il a le cadenas et il a la clé.

Il y eut un murmure de protestation devant cette déduction facile. Mr Rao n'en tint aucun compte.

– J'ai choisi l'après-midi parce que les femmes seraient à la maison. Les femmes sont toujours disposées à parler.

Il nous coula un coup d'œil. Docile, Vanaja rit bêtement.

– J'ai rencontré toutes les femmes de Dwarkanath Bhavan – vous ai-je dit que c'était le nom de l'immeuble ? Chacune d'entre elles. Une cinquantaine d'appartements, voyons, quatre étages, seize familles, deux sous-locations. Certains sont des bureaux et là, bien entendu, je ne suis pas entré. Ils étaient tous fermés hier soir. J'ai demandé dans chaque foyer si on se souvenait d'avoir vu Shrikant dans l'immeuble hier soir. Et tout le monde m'a dit non !

– Ce n'est pas étonnant puisqu'ils ne me connaissent pas ! répondit Shrikant sèchement.

– Bien entendu, je n'ai pas donné ton nom, rétorqua son oncle en le foudroyant du regard. Je leur ai seulement montré ta photo.

Shrikant grogna. La bouche de Lalli se crispa et ses yeux se détournèrent des miens.

– Pas une n'a admis te reconnaître sur la photo ! Je suis sûr qu'une ou deux mentaient.

– Pourquoi ? (De nouveau Patherphaker.) Elles pouvaient être toutes chez elles en train de regarder la télé. Tout le monde n'a pas envie de surveiller ce qui se passe chez le voisin.

Ramachandran gloussa, et Benny s'oublia suffisamment pour s'esclaffer. Même Shrikant eut l'air content.

Mais ce cher Mr Rao n'allait pas déposer les armes aussi facilement. Il se tourna vers Lalli.

– Il y a toujours quelqu'un quelque part qui a vu quelque chose. Ce n'est pas comme ça que les inspecteurs travaillent ?

Lalli eut un haussement d'épaules évasif. Ce geste raviva l'éloquence de Mr Rao.

– Et moi alors, enfermé dans la salle des compteurs ? Quelqu'un a bien dû me voir. Je vous le demande, est-ce une scène banale ? Voir un homme respectable enfermé dans une salle des compteurs entre sept heures du soir et trois heures du matin, cela ne vaut-il pas qu'on le remarque ? Je vais vous dire, j'ai été traîné sur tout le trajet jusque dans cette pièce ! J'ai été malmené ! Oui, je le sens, vous savez ! (Et il changea de position délicatement, soulageant un point sensible. Pendant un moment affreux, je crus qu'il allait nous montrer ses meurtrissures mais, heureusement, il n'en fit rien.) J'ai été traîné ! J'ai été malmené ! J'étais inconscient ! Et vous me dites que personne n'a rien remarqué ? (Sa voix affligée se brisa en montant.) Ils sont tous dans le coup, croassa-t-il. Chacun d'entre eux !

Je vis la bouche de Benny articuler « paranoïa » à Ramachandran.

– Et par-dessus le marché, je le leur ai dit, conclut Mr Rao, triomphant.

Alors il ne fallait pas s'étonner de la présence des voyous. Les femmes des deux premiers étages avaient dû tenir à la hâte un conseil et envoyer chercher du renfort.

– Vous avez porté plainte ? s'enquit Lalli.

Mr Rao eut un air de reproche.

– Il vaut mieux que ces choses se règlent en famille, dit-il avec une infinie douceur.

Shrikant se redressa brusquement, très en colère.

– Que veux-tu dire exactement par : se régler en famille ?

– Sans vouloir t'insulter du tout, je voulais dire qu'Utkrusha est une grande famille et que nous pouvions facilement résoudre nous-mêmes le mystère.

– Oui, oui, l'oncle a parfaitement raison, pourquoi mêler la police à cette histoire, nous pouvons régler ça en famille, bredouilla Vanaja, qui continuait de jouer le chœur des vierges à une voix.

– Résoudre quoi ? demanda Lalli calmement. Il n'y a ici qu'un seul mystère, c'est : qui a agressé Mr Rao ?

Vous me demandez mon avis et le voici : allez porter plainte.

Et Lalli se leva brusquement.

Mr Rao ne cacha pas sa déception.

– Vous n'allez pas résoudre ce mystère pour moi ? demanda-t-il. On m'a dit que vous étiez inspectrice.

– Mais pas magicienne. Et n'allez plus fouiner, Mr Rao, cela peut se révéler dangereux. En outre, je suis sûre que votre docteur vous a recommandé de garder le lit. Alors bonne nuit !

Lalli s'apprêta à partir en échappant tant bien que mal aux protestations volubiles de Susheela. Je la suivis, emportant avec moi une dernière image du visage renfrogné de la victime.

Notre départ mit fin à l'enquête. De ce fait, tout le monde se pressa sur le palier et, à l'exception de ma tante, se trouva fort diverti par l'aventure de Mr Rao.

– Cela aurait pu être n'importe lequel des habitants de cet immeuble, éclata Shrikant Rao en crachant son venin. Beaucoup d'entre vous, j'en suis sûr, travaillent par là-bas.

– Sûrement pas, affirma Patherphaker. Nous sommes tous des citoyens pacifiques.

– Et puis nous, on aurait fini le boulot, assura Ramachandran non sans malice. Un petit coup pareil, ça rime à quoi ?

– Il doit porter plainte, dit Benny.

– Et m'envoyer derrière les barreaux ? protesta Shrikant. Merci bien ! Je ne sais pas quelle mouche l'a piqué. Il croit que c'est moi et il ne veut pas en démordre.

– Il était au temple pour le *kirtan*, intervint le chœur des vierges. Soupçonner un pareil homme ! Que faire, les temps sont ainsi !

– *Kaliyug !* soupira Patherphaker avec délectation.

Et sur cette parole creuse, nous nous séparâmes.

Au milieu de cette agitation, j'avais complètement oublié mon interlude hollandais et il me fallut un moment pour répondre aux questions de Vasu quand il me téléphona. Mais j'avais moi-même une question à lui poser.

– Pourquoi leur as-tu conseillé ce trou, Vasu ? Students International aurait été mieux. Il n'y avait plus de places ?

– Je ne leur ai jamais parlé de Sainte-Aspasie. Je ne savais même pas qu'il existait un endroit pareil. Bon sang, je ne savais même pas qu'il y avait une sainte de ce nom-là. C'est leur ami qui a tout organisé d'Amsterdam. Et puis elles sont tombées sur un ami à moi… Tu te souviens de Bill Myers ? Il leur a donné mon nom et mon téléphone. Je leur ai envoyé ma photo sur mon portable pour qu'elles puissent me reconnaître au milieu des prolos de l'aéroport. J'aurais mieux fait d'envoyer la tienne.

Ainsi c'était sans doute leur ami d'Amsterdam qui avait appelé Sainte-Aspasie hier soir pendant qu'elles étaient coincées à Beyrouth.

– Elles vont te plaire, dis-je à Vasu, pour répondre à ses interrogations pressantes. Elles ont apporté des vieux vêtements et du lait en poudre, et elles ont l'intention de te laisser leurs chaussures.

– J'ai bien vu que Mr Rao a trouvé suspecte ta visite à la pension, me lança Lalli. Tu n'as pas dit que c'était juste à côté de Dwarkanath Bhavan ?

À vrai dire, non. Mais réflexion faite… c'était exact.

2

L'étrange comportement de la nièce du mari de la sœur

Lalli était très occupée ces temps-ci, de même que Savio, par ce que la presse se plaisait à appeler l'« assassin au lifting ». Elle était dehors toute la journée et, quand elle rentrait tard le soir, c'était généralement avec Savio. Je m'étais habituée à me réveiller avec les grands pieds de ce dernier qui pointaient hors de la banquette beige et à trouver le nécessaire pour le café préparé à mon intention sur le comptoir de la cuisine. Lalli n'était généralement pas des nôtres le matin, mais j'avais cessé de m'inquiéter pour ça. Quand elle approchait du moment critique dans une affaire, elle dormait à peine. Elle pouvait prendre la voiture au petit matin et rentrer vers dix heures. Je le comprenais. Je partage cet intense besoin de solitude… encore que pas toujours.

Le jeudi était le jour de remise de ma chronique intitulée *Le Journal de bord de Lulu*. Mon intérêt pour Lulu, purement mercenaire au début (3 roupies le mot), avait évolué en une relation sérieuse. Actuellement, pourtant, j'étais enchaînée dans une servitude sans âme, de neuf heures à dix-sept heures, cinq jours sur sept. J'avais signé, dans un moment d'angoisse, un contrat d'un an pour un emploi de directrice des ressources humaines. Comment faire quand on va sur ses trente-quatre printemps et qu'on n'a pas de revenus stables en vue pour le reste de sa vie ? Avec finesse, j'avais négocié ma liberté le jeudi matin pour ma catharsis hebdomadaire. Lulu parvient généralement à rationaliser la semaine en six cents mots, et j'ai moins l'impression d'être un zombie quand je reprends le travail. Toutefois, ce jeudi, Lulu n'avait strictement rien à dire et je devais impérativement lui faire cracher les six cents mots avant le déjeuner. Cela n'arrangea pas les choses quand Savio glissa un œil trouble dans ma chambre à dix heures pour m'annoncer que Susheela m'attendait dans la salle de séjour.

– Ce n'est pas possible, protestai-je sans grand espoir. Je n'ai pas entendu la sonnette.

– Comme flic, vous êtes nulle, rétorqua-t-il. C'est parce qu'elle n'a pas sonné. Alors vous venez ou je lui dis que vous êtes occupée ?

Je réfléchis. Susheela venait de se rincer l'œil avec Savio qui allait et venait sans façon et légèrement vêtu d'une serviette drapée autour de la taille. Toute réticence à faire surface serait interprétée comme la preuve décisive que le ménage de Lalli était un lieu de débauche. Je fis surface.

– Ce monsieur ? demanda Susheela avec une politesse appuyée. Un parent de province en visite ?

– Oh, non. C'est l'inspecteur Savio. Vous le connaissez !

– Pas du tout. Je l'ai vu ici avec Lalli, bien sûr, toujours à aller et venir. Mais je ne l'avais jamais vu sans son uniforme.

– Moi si, lui assurai-je.

Heureusement, à cet instant, la sonnette retentit et Lalli entra. Susheela se détendit visiblement.

– Et comment Mr Rao se sent-il aujourd'hui ? s'enquit ma tante, question que j'avais prudemment évitée.

Nous endurâmes un bulletin de santé interminable. Si tout allait bien, le docteur lui autoriserait une courte promenade, très courte, dans le parc demain soir à une heure convenable. Non, ils n'avaient pas porté plainte.

Ils étaient des gens respectables, très pieux, toujours prêts à pardonner et à oublier. Peut-être nous étions-nous mépris sur l'attitude de Mr Rao vis-à-vis de Shrikant ? Mr Rao avait des principes stricts… neveu ou pas, si une enquête était nécessaire, celle-ci devait avoir lieu. Ce n'était pas que Mr Rao rendait de quelque manière Shrikant responsable de sa mésaventure. Pas du tout. Mr Rao tenait Shrikant en haute estime. Elle aussi. Shrikant était un homme à principes, comme Mr Rao, et, comme Vaibhav, il était lui aussi un génie. Ayant ainsi soulagé son Wonderbra carrossé, elle en vint finalement à l'objet de sa visite.

Les Rao attendaient une visite, celle de Latika, la nièce de madame, dont la voix se réduisit à un souffle à vous figer le sang : le mariage de Latika était en crise.

– Ce n'est pas ma nièce directe, rien de tel ! s'empressa-t-elle d'ajouter d'un ton aigu, de peur que nous ne suspections la sainte famille Rao d'un égarement aussi grave que le divorce. Aucun lien direct ! C'est la nièce du mari de ma sœur ! Elle dit que sa belle-famille l'embête. C'est ce qu'elle dit. Comment savoir la vérité ? Mr Rao ne veut pas s'en mêler. C'est sa version à elle. Demain, le monde dira peut-être autre chose. Pourquoi s'en mêler ? C'est ce que dit Mr Rao, mais comment refuser ? C'est tout le problème. Le mari de ma sœur a lui-même écrit à Mr Rao : pourriez-vous laisser Latika passer seulement deux jours chez vous ? Le père de Latika sera ici mercredi et il l'emmènera avec lui. Autrement dit, demain et après-demain. Elle va passer deux jours chez nous. C'est pourquoi je suis venue vous déranger.

– Avez-vous peur d'avoir des ennuis avec son mari ou sa belle-famille pendant qu'elle sera chez vous ? s'enquit Lalli.

– Certainement pas ! Quels ennuis ? Ils sont les bienvenus. Ils sont de la famille, après tout, ils ont parfaitement le droit de venir ici et c'est notre devoir de sauvegarder les valeurs familiales. Non, ce qui m'inquiète, c'est s'ils viennent ici et qu'ils demandent à Latika de revenir… et qu'elle refuse ? C'est tout à fait son genre, elle en est parfaitement capable. Elle fera un *tamasha*, un grand numéro. Nous ne voulons pas de ça. Alors je viens vous poser la question comme à une sœur aînée. Je vous en prie, parlez-lui et faites-lui comprendre. Dites-lui quel est son devoir envers son mari et sa belle-famille. Peu importe les petits malentendus, elle doit s'adapter. C'est son devoir de s'adapter. Vous, elle vous écoutera. Mr Rao et moi, nous ne pouvons lui parler aussi ouvertement, sinon il y aura une tension familiale. Mais vous, vous pouvez le lui dire.

Susheela joignit ses mains grassouillettes et nous adressa un sourire à menton multiple. Je me serais fait un plaisir de lui casser la figure.

– Je suis navrée, répondit Lalli. Vous n'avez pas l'air de vous rendre compte que cette jeune femme a le droit de faire comme elle l'entend. Elle a remis l'affaire entre les mains de ses parents et ils lui ont sagement conseillé de quitter le domicile conjugal. Son père sera bientôt là. Surtout, ne laissez pas son mari ou sa belle-famille la voir avant l'arrivée de son père. Pourriez-vous retarder leur venue ? Vous les connaissez bien ?

– Non, mais comment peut-on dire à quelqu'un de ne pas venir ? Et s'ils amènent la police et disent que nous avons enlevé leur belle-fille ? Mr Rao ne survivrait pas à une pareille honte.

– S'ils font venir la police, appelez-moi. Je leur parlerai. Je vous conseille de ne pas leur laisser voir cette jeune femme contre sa volonté. Son père ne va pas tarder, alors attendez qu'il arrive.

J'étais furieuse contre Lalli. Pourquoi se montrait-elle aussi arrangeante avec Susheela Rao ? Pourquoi n'invoquait-elle pas le courroux divin sur ces Rao qui se prenaient pour des saints ?

Cependant, cela ne calma pas l'exaspération de Mrs Rao. Elle partit en affichant un sourire glacial.

Lalli soupira et se mit à tripoter la bordure de son sari, signe évident qu'elle bouillonnait intérieurement. Elle avait la peau grisâtre, les paupières tombantes et le regard absent.

– Tu m'as vue me comporter avec des assassins, des escrocs, des maîtres chanteurs. Oui, c'est ce qu'ils sont mais, pour moi, ce sont simplement des gens. Des gens plongés dans une affreuse solitude qu'ils ne doivent qu'à eux-mêmes, mais des gens tout de même. À un moment donné, tu pénètres dans leur solitude et, alors, ce n'est plus le crime mais leur solitude qui te terrifie. C'est comme une longue route déserte sans rien sur le côté, rien au bout du chemin, rien à part l'horizon qui fuit tandis que tu fonces vers lui. Pas d'arbres, ni de réverbères, ni d'oiseaux, pas d'herbe ni de cailloux ni de galets sous tes pas. Seulement la route vide. Et tu es bouleversé de pitié pour celui ou celle qui est condamné à suivre ce chemin. Tu as peur pour lui. Pendant un moment terrible, tu es cet autre. Rapidement, tu te dégages de lui ou d'elle, mais tu n'es jamais complètement libre. Pendant un instant, aussi bref soit-il, tu as laissé la nudité de l'âme de cette personne se frotter à la tienne. Tu l'as débusquée et l'as adjurée de venir à toi. Chaque policier te dira ce que je viens de te dire. C'est un moment important. Sans ça, un policier n'est qu'un animal avec un *lathi*, un bâton.

« Tu te demandes pourquoi je me suis montrée aussi aimable avec Susheela. J'avais peur, voilà pourquoi. Avec des gens comme les Rao, je ne vaux pas mieux qu'un idiot de flic : un animal avec un *lathi*. Je dois surveiller ce que je dis, où je pose les mains. C'est si facile d'étrangler, tu sais ça ? Je l'ai fait, moi aussi. Regarde mes mains. Ce sont les mains d'une meurtrière. Je dois les surveiller. J'ai soixante-quatre ans. Je suis trop vieille pour la colère aveugle…

Ce n'était pas à moi qu'elle s'adressait, elle articulait les mots sans y penser, les yeux fixés sur ses paumes carrées. Je les observai à mon tour. Je les avais vues faire beaucoup de choses, des choses qui me donnaient la conviction qu'elles ne pouvaient pas tuer. Des mains de meurtrière, disait-elle. Et brusquement, je la crus. Sans raison, je la crus. Une voix dans ma tête balbutia, affolée : « L'autodéfense, c'est ça, ça peut arriver à n'importe qui. C'était un cas d'autodéfense. »

Je répondis à haute voix :

– À ta place, ça ne m'inquiéterait pas trop d'éprouver ce genre de sentiments envers les Rao. Ces gens-là, c'est… c'est Nosferatu !

Elle avait l'esprit ailleurs. Elle ne m'avait pas entendue.

– Un jour, peut-être, je te raconterai…, dit-elle distraitement.

Je la laissai assise dans le noir, ses fins cheveux brillants dressés comme le *zari* des précieuses broderies en fil d'argent là où le clair de lune effleurait les vagues.

L'arrivée de la nièce du mari de la sœur se fit en présence de tout Utkrusha le lendemain matin. Elle arriva alors que l'escouade des neuf heures-dix-sept heures jaillissait de l'ascenseur. C'était une grande fille pâle au regard apeuré qui vous fuyait. L'histoire avait déjà fait le tour de l'immeuble et Vaibhav le rebelle avait battu le rappel des troupes pour que nous apportions notre soutien à cette cousine qu'il n'avait jamais vue.

– Nous avons plein de place depuis que Sujata est partie, convint Ramachandran à voix basse. Nous pourrions facilement l'héberger pendant un jour ou deux.

– Ma femme dit aussi qu'on a trop de place, marmonna Patherphaker.

– Il n'y a pas de raison de chuchoter, proclama Kumudben d'une voix forte. Sans arrêt des messes basses. Pourquoi vous ne dites pas les choses clair et net ? Je dois encore voir ça avec Manda et Ponni, mais Lalli m'a parlé hier soir. Ce sera à nous, les plus vieilles, de nous charger de la belle-famille en cas de problèmes.

– Qui vous appelez « les plus vieilles » ? l'interpella Ramachandran. Ponni a trois ans de moins que moi.

– Et moi, j'en ai quatre de moins que Ponni, rétorqua Kumudben. Vous pouvez dire que vous êtes jeune si ça vous fait plaisir, je m'en balance !

– Manda ne m'a rien dit, répondit Patherphaker piteusement.

– Qu'est-ce qu'il y a à dire ? Il ne s'est encore rien passé, répliqua Kumudben. Il n'y a que les Rao pour discuter pendant des heures sur des choses pareilles. Ça me rend malade !

Et elle s'éloigna, vexée.

– Elle prend vite la mouche, cette dame, remarqua Patherphaker. Elle devrait faire attention sinon elle va encore avoir des ennuis.

– *Encore ?*

C'était Padmanabhan, notre néophyte.

– C'est ça. Ramachandran, tu crois vraiment ce que Mr Rao nous a raconté sur Kumud ?

– Qui sait ? Tu deviens aussi pipelette que notre Mr Rao, Patherphaker. On va être en retard, allons-y.

– D'Souza est à la bourre, comme d'hab.

– Alors, qu'il rate le train ! Tant pis, je file.

Tous les trois partirent pour la gare. Alisha et moi attendîmes Betty à la grille. Alisha était muette. Elle avait l'air mal en point, fatiguée, les yeux gonflés. Ses cheveux, qui étaient habituellement son principal atout, pendaient en mèches molles autour de son visage. Le corsage vert vif à manches courtes était affreux contre la pâleur de ses bras. Elle portait encore les bracelets en verre rouge de son mariage comme s'ils avaient poussé là. Sa mère avait emménagé chez elle pour s'occuper des jumelles. Nous pouvions l'entendre de notre cuisine (les Patel habitaient au quatrième étage) tantôt ronchonner et tantôt vociférer au sujet du divorce. Quand elle ne pouvait plus se contenir, la mère d'Alisha balançait les assiettes en métal, les cuillers et tout ce qui lui tombait sous la main pourvu que ce soit incassable. Cela ne me surprit nullement quand Alisha nous dit que les jumelles fayotaient un max en espérant que leur grand-mère les recruterait pour jouer avec elle à ce nouveau jeu épatant. À ce moment-là, leur mère était l'ennemi commun. Mrs Wadia et Alisha ne cessaient de se disputer à propos des jumelles : à cause de la crèche, des repas, du quatre-heures, des visites chez leur père et du travail d'Alisha. Pour Alisha, c'était sans répit.

– C'était quoi, cette histoire au sujet de Kumudben ? demanda Alisha sans entrain.

La réponse me fut épargnée par l'arrivée des D'Souza. Ils venaient manifestement de mettre un frein à une dispute phénoménale. Benny disparut promptement, mais Betty resta, hésitante, marmonnant à voix basse, le regard fixé sur ce dos qui s'éloignait.

– Il avait perdu les clés ! Elles étaient dans sa poche et, pendant tout ce temps, il m'a fait retourner la maison. Et là, il file comme s'il ne s'était rien passé ! Tel père, tel fils, les deux font la paire. Je ne trouve pas ci, j'ai perdu ça, où est mon ci, cherche-moi ça. Oh ! J'en ai marre de tous les deux ! (Elle envoya un coup de pied dans la roue de la bicyclette de Claude qui était rangée là et regarda d'un air piteux la tache sur sa chaussure beige impeccable.) Et voilà ! Regardez ce qu'ils ont réussi à me faire faire !

Nous éclatâmes de rire. Alisha lui reposa sa question.

– Je peux te le dire, expliqua Betty gaiement. Seulement un esprit tordu comme celui de Mr Rao pouvait inventer une histoire pareille ! Kumudben était malade en août dernier, tu te souviens ? Elle s'est absentée, elle était chez son frère… Alors Mr Rao raconte qu'elle a eu une fille ! Tu t'imagines ?

– Quoi ? Et moi qui lui donnais la cinquantaine ! s'exclama Alisha.

– Ne fais pas l'idiote. Il voulait dire : il y a longtemps. Une fille naturelle. Aller raconter une chose pareille ! Et puis la fille serait morte dans un accident et c'est à cause de ça que Kumudben a fait une dépression… Voilà ce qui se serait passé en août d'après Mr Rao. Elle est restée comme pétrifiée pendant une semaine. Il a fallu l'hospitaliser.

– Il est arrivé exactement la même chose à la cousine de mon amie, dit Alisha. Il a fallu lui faire des électrochocs, quinze.

– Mr Rao a dit qu'on voulait en faire à Kumudben aussi, mais elle n'a pas voulu en entendre parler. Elle a ramassé sa valise et elle a quitté l'hôpital. Kumud est super, croyez-moi ! Je n'aurais jamais eu le culot de le faire. Et en vêtements d'hôpital encore ! Ils ne permettent même pas qu'on porte un jupon dessous et les liens manquent souvent aux endroits essentiels !

– Kumudben a beaucoup de jugeote. Cette fille dont je t'ai parlé était un vrai pantin après tous ces électrochocs, elle disait oui à tout.

– Je parie qu'elle a un mariage parfait, assura Betty. Tiens, voilà la nièce.

La jeune femme descendait d'un pousse-pousse motorisé et considérait l'immeuble d'un œil plein d'appréhension, détournant nerveusement les yeux quand nous lui sourîmes.

– Que Dieu lui vienne en aide, soupira Betty avec chaleur. Ils vont l'avaler et la recracher toute crue avant la fin de la journée.

– La nièce du mari de la sœur est arrivée, annonçai-je ce soir-là à Lalli. (Elle était arrivée étonnamment tôt et semblait avoir besoin d'une semaine de sommeil.) Le Building est prêt à la défendre jusqu'à la mort, avec Kumudben en tête de la croisade. À propos, tu savais que Mr Rao a dit à tout le monde que Kumudben avait eu une fille naturelle qui est morte ?

– Non. Je n'en avais jamais entendu parler. Et Kumud ?

– Elle va l'assommer si elle l'apprend…

Et je m'arrêtai net en me rendant compte que quelqu'un l'avait déjà fait. Lalli éclata de rire.

– J'ai l'impression que Susheela a pris une décision. Elle a dû s'apercevoir que c'était une erreur de nous parler. J'espère ne pas avoir fait trop de mal en lui parlant comme je l'ai fait. J'étais en colère et, comme toujours, la colère me fait dire des bêtises.

La journée s'était passée de façon assez paisible. Vaibhav nous signala que la belle-famille ne s'était pas montrée à l'horizon. Susheela avait pris la jeune femme en main et la gardait pratiquement prisonnière dans l'espace du *puja*. Elle avait envoyé Vaibhav chercher des fleurs et du camphre. Nous apprîmes que Latika jeûnait pour se concilier les dieux de la félicité conjugale, et Susheela, partant du principe qu'on ne saurait abuser des bonnes choses, avait décidé de tenter le coup elle aussi.

Vaibhav avait été prévenu par son père qu'il ne devait pas avoir de conversations privées avec sa cousine car « ce genre de femmes » ne devaient pas être encouragées. Cela, Vaibhav le répéta à Abhay avec une fureur à peine contenue, comme tout le Building put l'entendre.

Des *troglodytes*, voilà comment il appela ses parents. Patherphaker chercha le mot dans le dictionnaire.

– La nièce de Mr Rao est en de bonnes mains, révéla Ramachandran dans l'ascenseur le lendemain matin. Le Tout-Puissant a été mis à contribution.

– Le *bhajan* a commencé à six heures. Chez eux, la chambre du *puja* est à côté de notre chambre. Ils m'ont carrément soufflé la conque dans l'oreille ! grommela Patherphaker.

– Tu devrais avoir une superjournée, Patherphaker. C'est bon signe d'être réveillé comme ça ! affirma Ramachandran avec entrain.

– Tellement bon que dès l'instant où j'ai ouvert les yeux, il n'y a eu que des embêtements. Premièrement, plus de gaz ni de pétrole, et pas de bonbonne de rechange. Le thé du matin fait à l'eau de geyser ! Après ça, pas de journal. Comme Paperwalla[1], le vendeur de journaux, marie sa fille, il a apporté l'invitation à la place du journal. Cinquante roupies par la fenêtre…

Le reste des déboires domestiques de Patherphaker nous fut épargné car, quand l'ascenseur nous cracha au rez-de-chaussée, nous fûmes accueillis par Vanaja Rao. Elle m'empoigna par le bras et me tira à part.

– Vous avez entendu ça, au sujet de la nièce de Susheela ? Terrible, terrible, pauvre petite !

Sur le coup, je restai interloquée. Quoi ? Une Rao exprimait de la compassion pour Latika ?

– La tante Susheela m'a appelée ce matin. « Tu ferais mieux de venir, m'a-t-elle dit. Je ne m'en sors pas toute seule, tu dois faire quelque chose. » Alors j'ai aussitôt averti le bureau. J'ai dû prendre sur mes jours de congé, mais que voulez-vous ? La famille d'abord !

– Pourquoi ? Quel est le problème ? demandai-je, vaguement inquiète. Latika ne va pas bien ?

1. Wallah : « l'homme ». Ici, « le vendeur de journaux ».

– Je n'en sais rien encore. C'est peut-être psychique. C'est ce que pense Susheela. Laissez-moi me rendre compte de la situation. Tout faire pour sauver son mariage. C'est le but principal. Quel scandale ! Une chose pareille n'était jamais arrivée dans la famille !

– Alors je ferais mieux de ne pas vous retarder, remarquai-je, écœurée.

Quand je rentrai ce soir-là, le Building était en émoi. Pour reprendre les mots d'Abhay : Latika s'était échappée !

Je trouvai Vanaja et Susheela dans notre salle de séjour. Elles avaient tiré Lalli d'une sieste réparatrice. Je savais qu'elle serait de nouveau penchée sur les rapports d'autopsie avec Savio à sept heures. Elle m'exaspérait.

– Qu'est-ce que tu fabriques ? glapis-je, ou plus exactement aboyai-je. Tu es censée être à cette réunion dans une demi-heure ! Tu ferais mieux de te préparer.

Elle s'éclipsa, docile comme un agneau.

– Pourquoi lui avez-vous dit de partir ? couina Susheela. Qu'est-ce que ça change, ce rendez-vous ? Ceci est plus important ! Vers qui allons-nous nous tourner à présent ? Oh, qui va nous aider ? Nous sommes perdus ! Complètement perdus !

Elle se frappa le front pour accentuer l'effet.

– À quoi ça sert de continuer comme ça ? demanda Vanaja, agacée. Combien de temps pourrons-nous le cacher à mon oncle ? Il est déjà six heures, Shrikant doit être à la maison. Je ferais mieux d'y aller maintenant.

– Non, reste ! Ne me quitte pas ! Que vais-je devenir si tu m'abandonnes ?

Je me sentis mauvaise conscience en pensant aux mélos du petit écran dont je ricanais si souvent : ils étaient l'essence même de la vie !

Vanaja eut l'air plus irritée que jamais. Elle n'était pas loin de se laver les mains de la suite des opérations.

N'ayant pas de marteau pour réclamer l'attention de l'auditoire, je fis ce qui en était le plus proche. J'allumai la télévision et mis Chhaya Geet[1] à fond.

Je haussai la voix au-dessus du grondement rauque de Kishore Kumar[2].

– Vous pourriez me dire exactement ce qui s'est passé ?

– Oui, je vais vous dire exactement, une chose après l'autre, ce qui s'est passé et vous en jugerez, vous me direz s'il y a des reproches à me faire.

– Je ne t'ai fait aucun reproche, se lamenta sa tante. Que la terre s'ouvre maintenant et m'engloutisse si je t'en ai fait !

Aucun cataclysme de ce genre ne se produisant, Susheela, dont la sincérité était désormais acquise, cessa de geindre.

Par égard pour les Rao, Vanaja avait pris Latika sous son aile de bonne épouse. Elle montra à Latika la sottise de sa conduite. Elle lui dit que la place d'une femme était auprès de son mari, qu'il soit pécheur ou saint. « Je lui ai tout expliqué », affirma-t-elle. Citant en exemple Savithri, Sita, Draupadi et plusieurs autres grandes figures épiques dont elle troussa adroitement l'histoire pour les adapter à la situation, Vanaja avait fermement convié Latika à rejoindre leur étincelante assemblée.

– Tout cela pour rien, conclut Vanaja. Tellement cette fille est effrontée !

Comprenant qu'elles avaient un cas difficile sur les bras, les deux femmes avaient décidé que Latika avait besoin d'un supplément d'élévation d'âme. C'est ainsi que Vanaja l'avait conduite au temple.

1. Émission de télévision programmant des séquences musicales extraites de films indiens.

2. Chanteur populaire des années 1980, il chantait surtout en play-back dans les films.

– Cela tombait on ne peut plus mal, précisa Vanaja en jetant un regard furieux à sa tante. J'avais un travail urgent à onze heures, mais que voulez-vous, la famille d'abord…

Je coupai court au chœur des pleureuses.

– Vous l'avez donc conduite au temple. Que s'est-il passé alors ?

Latika ne manifesta aucun intérêt particulier pour l'un ou l'autre des autels du temple de Ram. Elle ne voulut pas accomplir l'*arati* ni faire d'offrande de fleurs et de noix de coco. Elle se contenta de traîner derrière Vanaja avec une tête d'enterrement.

Puis Vanaja se rappela qu'elle devait vérifier avec le *pujari* la date de l'Ekadashi[1]. Elle laissa donc Latika sur le banc en ciment devant le sanctuaire d'Hanuman[2], et partit à la recherche du *pujari*. À son retour, Latika avait disparu.

– J'ai dû m'absenter dix, quinze minutes maximum, bafouilla Vanaja. Qu'est-ce que c'est, dix minutes ? Une personne normale peut patienter sans problème. Mais cette fille ! Je l'ai cherchée partout. Aucun signe nulle part. Et personne ne l'avait vue partir, ses *chappal* étaient encore là, à l'entrée, à côté des miennes. Envolée, elle s'était volatilisée !

– Maintenant, vous savez à quel genre de fille on a affaire, se lamenta Susheela. Je l'ai dit hier à Mr Rao, pourquoi sa belle-famille l'ennuierait sans aucune raison ? Ils sont humains, non ? C'est facile de dire la dot, la dot, et ci et ça. On est trop laxiste de nos jours. Aucun contrôle !

Vaibhav surgit soudain pour annoncer la nouvelle : la cousine était de retour et tenait des propos bizarres. Comme on avait décidé de ne rien dire à papa, pouvait-il la faire entrer ici ?

1. Le onzième jour jeûné toutes les deux semaines d'un mois lunaire.
2. Également appelé Anjaneya (fils d'Anjana), un héros du *Ramayana*.

Latika entra, l'air groggy. Elle se laissa tomber dans le fauteuil le plus proche et fixa le sol, comme hébétée.

– Elle dit qu'elle s'est retrouvée à Chembur il y a une demi-heure, expliqua Vaibhav.

– Que veux-tu dire par : elle s'est retrouvée ? couina sa mère. Comment a-t-elle pu se perdre dans Vile Parle et se retrouver à Chembur ?

– Elle ne s'en souvient pas. Elle a l'air abruti, fit Vaibhav.

– Et maintenant, elle a perdu sa langue et tu dois parler à sa place ? Va t'occuper de tes affaires. Va ! Va !

Elle poussa pratiquement Vaibhav hors de la pièce et claqua la porte derrière lui, puis se tourna vers nous, son énorme derrière bloquant l'entrée.

Le regard traqué de Latika passait d'un visage à l'autre. Elle tremblait.

– Dis-nous ce que tu cherchais, fille impudente... ou veux-tu que je le dise pour toi ? Tu peux abuser un enfant comme Vaibhav, mais pas des gens comme nous. Nous savons la vérité sur des créatures comme toi. Je ne te garderai pas sous mon toit une minute de plus, tu m'entends ? J'appelle tes beaux-parents immédiatement. Qu'ils viennent te chercher le plus vite possible.

Susheela se dirigea vers le téléphone d'un pas décidé. Latika laissa échapper un râle sourd et enfouit son visage dans ses mains.

– Vous vous oubliez, Mrs Rao, fit la voix de Lalli qui fendit l'air opaque comme un scalpel pratiquant une saignée. Latika est chez moi. Ceci est mon téléphone. Vous ne l'utiliserez pas pour appeler ses beaux-parents. Latika peut rester ici ou chez Kumud ou chez Ponni, comme il lui convient, en attendant que son père vienne la chercher. Entre-temps, elle est sous ma protection. Je ne tolérerai pas que vous la harceliez.

Susheela Rao faisait douze bons centimètres et une trentaine de kilos de plus que Lalli, mais elle parut se ratatiner et fondre sur place sous l'interdiction que Lalli venait de formuler tranquillement. Quand elle parla de nouveau, elle avait une petite voix comme un enfant qui s'est fait gronder.

– Enfin, je ne pensais qu'à son bien. Nous étions tellement inquiètes ! Qu'est-ce que je peux répondre à ton mari quand il me demandera où tu es allée ? Quelle explication ?

Le soutien de Lalli avait miraculeusement ramené Latika à la vie.

– Qu'est-ce qui vous oblige à lui répondre ? s'insurgea-t-elle avec véhémence. De quel droit poserait-il des questions ? Je ne lui appartiens pas ! Je n'ai pas l'intention de le revoir, ni lui ni sa famille. J'en ai assez ! (Elle pivota brusquement et se pencha par-dessus le dossier du fauteuil, des éclairs dans les yeux et la bouche amère.) Je regrette que mon père vous ait écrit, qu'il vous ait impliquée là-dedans. J'accepte l'offre de cette dame. Je vais apporter mon sac et rester ici jusqu'à l'arrivée de mon père.

– Ne pars pas, ne pars pas, gémit Susheela. Que dirai-je à ton père ? Que dirai-je à ton oncle ? Que dirai-je à ton beau-père ?

– Ne lui dites surtout rien, répliqua Latika sèchement. Laissez-moi le soin de lui parler.

J'allai à la cuisine et revins avec le thé. Latika me remercia avec reconnaissance. Un semblant d'ordre était revenu. L'histoire du retour de Latika s'était répandue et Kumudben, Ponni Mami[1], Betty et Alisha avaient rejoint la compagnie. J'entendis Manda Tai[2] crier à Abhay d'éteindre le réchaud quand ça aurait sifflé trois

1. Formule de politesse tamoule pour s'adresser à une femme plus âgée.

2. Formule de politesse marathe pour s'adresser à une femme plus âgée.

fois et elle arriva aussi. Je refis du thé. Tout le monde s'affaira autour de Latika qui, pour toute réponse, éclata en sanglots. Pour finir, nous parvînmes à lui arracher son histoire.

– Vanaja a dû vous dire qu'elle m'a laissée assise sous le porche du sanctuaire d'Hanuman. J'étais soulagée. Je n'ai pas eu un moment à moi depuis que je suis arrivée ici. Tout le monde s'est montré gentil, mais j'avais besoin d'être seule. Vous comprenez, je me suis enfuie de chez mon mari, de chez mes beaux-parents. Il m'était impossible d'appeler cet endroit ma maison. Je me suis enfuie.

Susheela leva un doigt prophétique.

– Je te l'avais dit, Vanaja ! Souviens-toi, je m'en doutais !

– Taisez-vous donc, Susheela, lui intima Kumudben.

– J'ai fait mes plans avec Sunanda, notre *bhajiwali*, notre vendeuse de légumes. Elle a toujours été mon amie. Si je suis encore en vie aujourd'hui, c'est grâce à elle. Elle envoyait mes lettres à mon père, c'est chez elle qu'il m'adressait les siennes. Elle me les faisait passer en cachette et les reprenait quand je les avais lues. Ils refusaient de me laisser lire les lettres qui venaient de chez moi. Ils les déchiraient ou mon mari les lisait et disait des choses terribles. Je ne voulais pas m'enfuir. J'avais prévu de leur dire que j'allais rendre visite à mon oncle et ma tante, c'était le plan de mon père, et c'est pourquoi il a écrit à l'oncle Karunakar. Mais je savais que cela finirait de cette façon, alors, par précaution, j'ai demandé à mon père de m'envoyer de l'argent à l'adresse de Sunanda et j'ai emporté en cachette un sac avec mes vêtements.

« Hier soir, quand je leur ai dit que je voulais venir ici en visite, ils m'ont enfermée à clé. C'est habituel, ils m'enferment à clé dans la cuisine quand ils me trouvent entêtée. Il y a des rats dans la cuisine, ils savent que les rats me terrifient. Mais je me suis échappée… l'aérateur est assez grand pour moi. Je suis partie à quatre heures du matin et j'ai couru sur tout le trajet jusqu'à chez Sunanda, tellement je craignais de la rater parce qu'elle prend le premier train pour le marché de Dadar. Mais elle n'était pas encore partie. Je suis d'abord allée avec elle à Dadar, j'avais trop peur pour venir directement ici. Voilà comment j'ai quitté la maison de mon mari. Je ne veux plus jamais retourner là-bas.

« C'est facile de vous raconter tout ça maintenant, ça paraît simple. Mais c'était terriblement dur de partir comme je l'ai fait. J'étais terrifiée à l'idée que mon mari me retrouve. Je suis encore terrifiée à cette idée.

« Aussi, ce matin, quand Vanaja m'a laissée seule, j'ai sauté sur ce moment de solitude. Je devais réfléchir à ce qui m'arrivait. En un instant, je me suis sentie mieux. Vanaja m'avait laissé un petit panier avec des fleurs, un *vat mala*, du camphre et l'*agarbatti*, des bâtons d'encens.

« J'ai déposé le chapelet sur le *murti* – la statue – d'Hanuman et lui ai fait offrande des fleurs. J'ai mis le camphre dans l'encensoir et allumé l'*agarbatti*. Puis je me suis assise, apaisée.

« Tout ce que je sais, c'est qu'ensuite j'ai senti le soleil sur mon visage. C'était le soleil couchant. J'étais à moitié endormie sur un banc dans un parc, dans un endroit inconnu. Je me suis vite levée. J'ai dû me rasseoir tellement j'étais étourdie. Puis j'ai eu mal au cœur, là-bas, sur l'herbe. J'ai vomi tout ce que j'ai pu. Après ça, je me suis sentie mieux. Des retardataires dans le parc me regardaient avec curiosité. L'un d'eux a dit : "Elle est ivre." J'ai quitté l'endroit aussi vite que j'ai pu, malgré mes jambes flageolantes. Quand je me suis retrouvée dans la rue, je me suis rendu compte que j'étais à Chembur. J'avais toujours mon sac, ma montre, mes bracelets, il ne me manquait rien. La seule chose qui me manquait, c'était mes *chappal*. J'ai dû les oublier dans le parc. Mais je n'ai pas pu me résoudre à retourner les chercher. On ne m'a pas fait de mal non plus… »

Ponni Mami s'écria :

– Mais si, Latika, on vous a fait du mal… on dirait une brûlure !

En effet, elle portait au bras une zébrure violette et une tache rouge tout autour.

Latika sourit, un sourire atroce, pire qu'un million de larmes.

– Ça, c'est une brûlure, c'est comme ça que mon mari règle les disputes. Ne vous inquiétez pas, ça va guérir, j'en ai eu tellement ! Mais pour en revenir à aujourd'hui… c'est la fin de mon histoire. Dès l'instant où Vanaja m'a laissée au temple jusqu'au moment où je me suis réveillée dans Chembur, j'ai un vide !

– Tu t'es enfuie du temple, je suppose ? Personne ne t'a vue partir. J'ai attendu là-bas jusqu'à deux heures, j'ai gâché toute ma matinée ! gronda Vanaja.

– Je n'ai rien à ajouter à ça, décréta Susheela d'un ton sans réplique en quittant son siège. Ainsi vous pouvez toutes voir à quel genre de femme nous avons affaire. Qui sait où elle a passé l'après-midi ? Avec qui ? Ce qu'elle a fait ? Qui peut le dire ? Notre famille n'a rien à voir là-dedans. Mr Rao n'en saura rien, il est d'une santé très délicate, je ne peux pas prendre de risques.

Elle s'en prit méchamment à Lalli.

– Si ses beaux-parents me posent des questions, je leur dirai de s'adresser à vous. S'ils amènent la police, je les enverrai ici aussi. Assez est assez !

– Envoyez-moi donc aussi son mari, rétorqua Lalli, l'air sombre. Je suis impatiente de faire sa connaissance.

– Ce sont des gens très importants, très riches, très influents. Vous verrez ! Vous ne les impressionnerez pas. Il leur suffira de glisser un mot à l'oreille de la haute autorité, la plus haute, remarquez bien, et vous ne serez plus rien. Laissez-moi vous dire clairement quel risque vous prenez en hébergeant cette fille. Un mot seulement : Latika. Je ne te reproche rien. Tout est de la faute de tes parents. La façon dont ils t'ont élevée ! Aucun contrôle !

– Vous feriez mieux d'apprendre à vous contrôler vous-même, Susheela. Vous vous rendez ridicule, observa Kumudben.

Avec un petit jappement aigu, Susheela s'en prit à Kumud.

– Oh, vous ! Tout le monde sait quel genre de femme vous êtes. Le monde entier se moque de vous dans votre dos. Vous êtes folle ! Folle à lier ! Votre propre frère ne veut rien avoir à faire avec vous. Il vous a mise à la porte. Attendez un peu, Kumud, mon mari réussira bien à vous faire jeter hors du Building ! Partez d'ici et allez vivre dans le bazar, c'est votre place !

Cette fois, Lalli perdit la tête et faillit pousser Susheela dehors quand Kumud l'arrêta.

– Pas si vite, Lalli, laissez-la dire ce qu'elle a sur le cœur. J'en ai ras le bol des commérages, des cancans tout le temps. Allez-y, Mrs Rao, videz votre sac, dites-leur mon terrible secret.

– Laissez tomber, Kumud, protestèrent Ponni et Manda en chœur. On ne veut rien entendre de la part de Mrs Rao.

– Mrs Rao nous quitte, claironna Betty. Par la fenêtre si elle ne veut pas prendre la porte.

Mais Kumud restait intraitable, son large visage aussi lisse et dur que la pierre.

– Écoutez-moi, Susheela, dit-elle d'une voix douce. Vous voulez leur parler de moi, n'est-ce pas ? Mr Rao a dit à tout le monde ici que j'avais une fille illégitime qui avait été tuée dans un accident. Et c'est pour ça que je suis devenue « folle », comme vous dites. C'est bien ça ? N'est-ce pas ce que vous voulez qu'on sache ?

Enfin gênée, Susheela bredouilla :

– C'est vrai. Je ne peux pas le nier. Mr Rao a vu sa photo chez vous. Tout le monde sait que vous êtes ce genre de femme.

– Alors là, je me demande ce que vous entendez par cette expression ! Enfin, laissez tomber. Je ne sais que trop bien ce que vous voulez dire. Eh bien, tout cela est faux. Il est vrai que mon frère ne veut plus me parler et que la photo en est la cause. Mais cette enfant était sa fille, pas la mienne, bien que je l'aie élevée comme la mienne. Il y a cinq ans, il l'a mariée, en tombant dans le piège habituel : une bonne famille, des horoscopes assortis. J'ai voulu faire objection, mais qui m'aurait écoutée ? Puis les exigences ont commencé. Pendant deux ans, mon frère est resté sourd aux appels à l'aide de Sonu. Deux fois quand je suis intervenue, mon frère a porté plainte contre moi. Ils n'arrêtaient pas de dire que Sonu devait s'adapter. S'adapter ! Mon Dieu, comme j'exècre ce mot !

« Elle est morte. Et ce n'était pas un accident. Le réchaud… c'était un Primus, mais qui se sert encore d'un Primus de nos jours, je vous le demande ? Eh bien, ils en avaient un… et le réchaud a explosé. Pourquoi s'est-elle servi de ce réchaud au lieu de la gazinière comme elle le faisait d'habitude ? Je le lui ai demandé pendant qu'elle agonisait. Je le lui ai demandé, Lalli, et elle me l'a dit. Sa belle-mère a installé le réchaud et lui a demandé de l'allumer. Puis elle l'a enfermée à clé dans la cuisine et elle est partie. Une histoire parfaitement banale. Un meurtre on ne peut plus banal. Dans ce pays, nous n'appelons pas ça un meurtre mais nous l'affublons d'un euphémisme écœurant : la mort par la dot ! Qu'est-ce que ça veut dire ? Ça vous dit que c'est un meurtre ?

« Après ça, mon esprit est parti battre la campagne et s'est mis à la poursuite de questions sans réponses. Puis je suis revenue. J'étais en vie. La fille dont Mr Rao m'a gratifiée dans sa bonté, cette fille était morte. Mais j'ai d'autres filles désormais. Je me suis mise en quête de jeunes femmes comme Sonu, comme Latika, je suis partie à leur rencontre et je leur apprends à rester en vie. Je ne vous laisserai pas lui faire de mal, Susheela. Je ne les laisserai pas lui faire de mal comme on a fait du mal à ma Sonu. À l'époque, j'étais désarmée. Maintenant si vous voulez la bagarre, venez me trouver.

Ce n'était pas seulement son histoire que Kumud racontait. Elle était telle une très vieille femme psalmodiant la mémoire collective de sa tribu et toutes celles qui l'entouraient se remémoraient et pleuraient. Je m'étonnai encore une fois de cette communauté de souffrance que nous portons en nous. Cela ne peut provenir que d'une mémoire partagée et, à l'intérieur de cette mémoire, combien de filles sont mortes et de mères ont eu le cœur brisé pour elles ?

Susheela et Vanaja s'éclipsèrent discrètement. Le reste de l'assemblée garda le silence, bercé dans le hamac arachnéen de la mémoire. Au bout d'un moment, Ponni dit :

– Quand ton père doit-il venir, mon enfant ? Nous lui parlerons, ne te fais plus de soucis. Va te reposer sinon tu tomberas malade.

– Je ne vois pas très bien. Les yeux me brûlent, dit Latika. Excusez-moi pour tout le dérangement que…

– Ça va, laisse tomber, dis-je. (Elle s'était suffisamment excusée pour le restant de sa vie, cet après-midi-là !) Si tu allais faire la sieste avant le dîner ?

Je lui préparai des toasts et la regardai manger, puis je l'installai confortablement dans mon lit. Elle dormait avant que j'aie refermé la porte.

Il y avait un débat passionné dans le séjour.

– C'était l'*agarbatti*, criait Betty, l'air inspiré. Elle nous a dit qu'elle l'avait allumé, on lit des affaires de ce genre tous les jours dans les journaux… à Bombay un jour, à Poona le lendemain. Dieu merci, elle n'a pas dépassé Chembur.

– C'est idiot ! (Ponni repoussait toujours ce qui paraissait bizarre.) Un *agarbatti* tout à fait ordinaire provenant de la boutique du temple. On en achète tous.

– Mais non, Vanaja avait apporté l'*agarbatti* avec elle, affirma Manda d'une voix tranquille. Je lui ai demandé…

– Quel dommage qu'elle ne l'ait pas allumé chez son oncle, l'interrompit Alisha. Ça lui aurait réglé son compte une fois pour toutes !

Tout le monde éclata de rire. J'avais également entendu parler de ces « kidnappings à l'*agarbatti* ». La presse à scandale en rapporte dûment au moins un par mois. L'histoire paraît toujours incroyable. La victime, généralement une femme, se réveille dans un lieu inconnu et crie au viol. Une bonne bouffée d'*agarbatti* est son dernier souvenir fiable.

J'entendis Manda dire à Lalli que l'*agarbatti* de Vanaja était inoffensif, qu'il était de la même sorte que celui que Susheela fabriquait elle-même en pressant une poudre parfumée dans un moule de forme conique.

– Mais pourquoi ne pas en acheter ? demandai-je. Chaque échoppe sur la route vend de l'*agarbatti*.

– Susheela dit que c'est cent pour cent végétal et que Mr Rao est allergique aux produits chimiques. Mais si vous voulez mon avis, elle les fait elle-même parce que c'est moins cher, précisa Manda avec un haussement d'épaules.

Ponni, toujours dans le déni, affirma vigoureusement :

– Mais pourquoi aller s'imaginer qu'elle s'est évanouie parce qu'elle a respiré de la fumée d'*agarbatti* ? Ils l'ont privée de nourriture. Ils l'ont fait jeûner tout hier et ce matin aussi. C'est assez pour que quelqu'un tombe dans les pommes ! Tous ces jeûnes sont suspects ! Tous inventés par des ancêtres machos pour rendre les femmes si faibles qu'elles acquiesceront à tout et n'importe quoi.

– Le contrôle, c'est comme ça que Mrs Rao l'appelle, lui signalai-je.

Plus tard, quand tout le monde fut parti, Lalli leva un œil sombre.

– Tu sais que j'ai bien failli frapper Susheela Rao ?

– Les risques du métier, affirmai-je pour la rassurer.

Elle eut un geste de dénégation. Elle avait dans les yeux une lueur sourde dont j'avais appris à me méfier. Cela voulait dire qu'elle ne livrait pas le fond de sa pensée.

– C'est étrange, non ? Il est arrivé presque la même chose à Mr Rao ! Bien sûr, personne n'a pensé à mettre en doute son récit !

Lalli hocha la tête, toujours distante.

– Comment se fait-il que personne n'ait vu Latika quitter le temple ? (Je ne pouvais pas m'arrêter.) Vanaja est restée là à attendre devant l'entrée jusqu'à deux heures !

Lalli parvint à s'arracher un petit sourire.

– Qu'est-ce qui est derrière l'autel d'Hanuman ? Une clôture basse. Il suffit de l'enjamber pour être dans la rue de Koldongri, exactement à l'opposé du portail du temple.

Le père de Latika arriva le lendemain et eut une longue conversation avec Kumudben, Lalli et Mrs Dikshit. Nous remarquâmes qu'il ne passa pas plus de cinq minutes chez les Rao, juste assez pour les remercier de leur hospitalité envers sa fille, et encore ! À présent, Latika avait retrouvé le moral. La police nous fit une visite de pure forme pour enquêter sur la plainte déposée par les beaux-parents de Latika. Ils perdirent rapidement tout intérêt après un mot ou deux de Lalli.

Rien d'autre n'apparut au grand jour et, après le départ de Latika, l'étrange comportement de la nièce du mari de la sœur entra dans l'anthologie des mystères non résolus d'Utkrusha.

3

Un ours sans tête

La vie aurait dû redevenir paisible après cet épisode mais, curieusement, ce ne fut pas le cas. Ça se chamaillait beaucoup ces temps-ci à Utkrusha. Les Rao refusèrent résolument de reconnaître qu'il s'était passé quelque chose de particulier et continuèrent à nous accabler de leur prêchi-prêcha. Privé d'une bonne querelle, le Building frémissait de rancœur. Mr Rao vaquait, un sourire aux lèvres, avec un mystérieux hochement de tête qui nous disait qu'il était sur la piste d'une nouvelle ignominie.

« Pardonner et oublier, pardonner et oublier, psalmodiait-il le premier matin où il se trouva avec nous dans l'ascenseur. Pardonner et oublier, mais je préfère fermer les yeux ! »

Il se tâta prudemment le dos du crâne. Sa bosse n'était plus qu'un souvenir.

– Faites attention à vous et ne suivez plus d'étrangers, lui recommanda Ramachandran quand ils se séparèrent à la grille. Nous ne voulons pas que vous vous fassiez de nouveau assommer.

– Vous feriez mieux de mettre une casquette, lui conseilla Patherphaker. Ou mieux, un casque de scooter. Abhay peut vous en prêter, il en a deux. Il en a un avec un crâne et des os peints exactement aux bons endroits. Ça devrait vous plaire.

– Je ne vais pas me laisser impressionner et porter une

casquette ou un casque, répondit Rao, méprisant. Venez vous battre au grand jour ! Voilà ce que je dis à mes ennemis, montrez-vous et venez vous battre !

– Bravo ! applaudit Padmanabhan sans réfléchir.

Et il se ratatina sous notre mépris collectif. Avec un doux sourire, Mr Rao s'éloigna au trot.

– Et le voilà de nouveau lâché dans la ville ! remarqua Alisha, lugubre. Il devrait y avoir une loi contre ce genre de types.

Elle se tourna vers Mrs Dikshit, qui se contenta de hausser les épaules.

– Il a de nouveau parlé à ma mère.

Alisha avait l'air déprimée.

– Il lui faudrait une activité intéressante à faire en plein air.

Ça, c'était une idée lumineuse de Patherphaker.

– Il piste les gens, soulignai-je. Ça lui donne assez d'exercice comme ça.

Mais l'idée de Patherphaker emballa Ramachandran et elle fit son chemin. Ensemble, ils la firent adopter par Mr Rao. Le résultat fut désastreux. Mr Rao se mit à faire de l'exercice… sur la terrasse de notre Building construit en L. La terrasse B devint le poste d'observation de Mr Rao. De là, il pouvait regarder dans autant d'appartements du bâtiment A qu'il en avait envie.

– C'est de votre faute, cria Alisha à Patherphaker deux jours plus tard. Je dois garder les rideaux tirés toute la journée de peur de croiser le regard de ce type.

Betty était furieuse.

– Il est là tous les matins ! Heureusement qu'il rentre tard chez lui, sinon il y serait le soir aussi. Seigneur ! Il est peut-être là la nuit ! Je n'y avais pas pensé. Pauvre Benny, il a failli se trancher la gorge à cause de Mr Rao. Oui ! Il a brusquement levé les yeux pendant qu'il se rasait et Mr Rao était là, à l'observer. Heureusement, il s'en est tiré avec une coupure sur la joue. Mais il a cassé la glace et ça, ça porte malheur.

Ramachandran ne dit rien. Ponni se plaignit qu'il s'était mis à suivre Mr Rao. Je sortis pour observer ce curieux retournement de fortune. Sur la terrasse, Mr Rao déambulait avec un air de suprême indifférence, à l'étage en dessous, fonçant d'une fenêtre à l'autre, on voyait pointer la tête de Ramachandran. Ponni avait raison, c'était assez troublant. Mais ça ne semblait pas déranger Mr Rao le moins du monde.

La raison du comportement bizarre de Ramachandran apparut bientôt : quelqu'un avait tiré au lance-pierres sur Mr Rao. On en eut pour preuve une impressionnante quantité de lentilles, de pois chiches et de cacahuètes récoltée sur la terrasse. On le reprocha aux jeunes, par principe. Ils prirent l'accusation avec stoïcisme. Mais Mr Rao préféra ne plus exposer son crâne. Il renonça à arpenter la terrasse et le Building put enfin se relaxer, pour reprendre le mot de Patherphaker.

Mais nous en étions tous d'accord, il y avait quelque chose dans l'air. Je me sentis mal à l'aise toute la matinée et fus en fait soulagée de découvrir, à mon retour, qu'il ne s'était rien passé de pire que l'arrivée des deux jeunes Hollandaises. Je trouvai Lalli servant le thé et écoutant Elena, tandis que Christina promenait un œil calculateur dans la pièce. Elles se précipitèrent sur moi sans me laisser souffler, parlant néerlandais dans leur excitation.

– On est volées, baragouina Elena. Cambriolées. Nous allons de Vasu à votre tante dans la police. De la mission des sœurs, nous venons direct.

– Que s'est-il passé ? On vous a volé vos bagages dans le bus ou dans le train ?

– Non, non, vous ne comprenez pas ! C'est la chambre à Sainte-Aspasie. Chaque jour nous fermons et la clé nous donnons à Mrs Davidson. Aujourd'hui nous rentrons et la porte est ouverte et nos bagages ? Disparus ! Partis ! Pfuitt ! Comme ça… envolés ! Deux sacs de jouets et de vieux vêtements pour les pauvres, nous les apportons… maintenant ils sont volés, cambriolés ! Mrs Davidson ne sait pas, elle ne sait rien. Elle ne veut pas qu'on appelle la police. Alors nous on téléphone à Vasu et à votre tante qu'on vient.

– En Inde, tout le monde vole, précisa Christina, furieuse. À la mission des sœurs aussi, nous voyons du lait en poudre, des antibiotiques, ils sont volés.

C'était, pour elle, une longue phrase en anglais et elle en fut très fière, à juste titre.

– Pourquoi aviez-vous encore les vieux habits et les jouets avec vous ? demandai-je. Vous ne les aviez pas donnés aux sœurs ?

Elles me considérèrent avec mépris.

– La mission, elle est pour les vieilles personnes seulement, expliqua Elena. Vous à Bombay, vous ne savez pas ça ? Les vieilles personnes sur les trottoirs peuvent mourir en paix grâce à la mission. Pour elles, nous apportons le lait en poudre. Les vieux habits et les jouets nous apportons pour les enfants. La semaine prochaine nous donnons ceux-là à *Bottle Boy*.

Elle voulait parler de Batliboi, bien sûr, l'énorme hôpital de Byculla.

– Maintenant, plus d'habits pour les enfants, plus de jouets ! se lamenta Christina.

– Nos bagages se vendront à Chor Bazar, dit Elena d'un ton catégorique.

– Mrs Davidson, elle retrouve l'horloge du grand-père à Chor Bazar, insista Christina.

– Mrs Davidson, elle ne sait rien. Vous voyez la serrure, elle nous dit tranquillement. Par la fenêtre, le voleur il entre. Très facile.

– Tenez, voici l'inspecteur Savio, annonça Lalli non sans soulagement.

Savio entra avec nonchalance et se redressa pendant qu'on faisait les présentations. Elena et Christina furent visiblement impressionnées et lui attribuèrent sur-le-champ le rôle du brave sauveur. Toutefois, Savio prit un air faussement timide. Il s'adressa exclusivement à Lalli et dit qu'il était pressé.

– Pas mon secteur, je crains, dit-il en réponse à la supplique d'Elena. Mais j'en toucherai un mot à la police de Kalbadevi.

– Non, Mrs Davidson, elle dit pas de police, gémirent les deux filles en chœur.

– La procédure, vous savez ce que c'est, dit-il, buté.

Puis, ayant remis à Lalli les documents qu'elle avait réclamés, il proposa de me déposer à Santa Cruz, ce que je dus refuser à regret.

– À Santa Cruz ? Moi, je vais là, proclama Elena, laissant Christina ébahie. Moi, je vais à la mission des sœurs de Santa Cruz.

Pour une fois, Christina resta sans voix tandis qu'Elena pilotait résolument Savio jusqu'au rez-de-chaussée. Nous observâmes Savio faire rugir sa moto avec une cuisse rose d'un mètre et demi de long posée de chaque côté du siège arrière, opposant un air renfrogné aux sifflets des jeunes qui jouaient au cricket dans la rue.

– Votre ami, il plaît à Elena, remarqua Christina.

Tandis que je lavais les tasses et la théière, je l'entendis raconter à Lalli combien les médicaments et les bandages avaient été d'un grand secours pour les mourants de l'Œuvre. Il y avait eu plusieurs bagarres pour le lait en poudre.

– Nous pouvons comprendre, dit-elle, l'air compatissant. En Inde, c'est la vache sacrée.

Le téléphone sonna. C'était Elena, qui piaillait avec indignation. Savio l'avait abandonnée près du poste de police de Santa Cruz, elle n'avait pas d'argent et ne savait pas du tout où se trouvait la mission, que devait-elle faire ? Savio était très grossier, très arrogant. Il avait filé avant même qu'elle puisse lui expliquer où elle voulait aller.

– Restez où vous êtes, lui dis-je. Je viens à votre secours.

– Allons jeter un coup d'œil sur les lieux du crime, décréta Lalli. Christina, je viens avec vous.

Là, ça dépassait les bornes ! Princess Street est à l'autre bout de la ville. Nous ne serions pas de retour avant neuf heures.

Je ramassai Elena au passage et le reste du trajet fut consacré à déplorer les manières détestables des Indiens de sexe masculin. J'étais incapable de comprendre pourquoi Lalli se mettait tout ça sur le dos.

Sainte-Aspasie paraissait sinistre au crépuscule. Mrs Davidson restait introuvable et le couloir empestait le camphre. Christina retira sa clé au bureau de la réception et ouvrit sa porte. Elle alluma la lumière… et poussa un cri !

Nous nous précipitâmes à l'intérieur, l'écartant au passage. Elle baragouinait en néerlandais en pointant un doigt tremblant sur la chaise près de la fenêtre. Dessus se trouvait un des sacs marron que je me souvenais d'avoir trimballé dans l'escalier. Il était ouvert, bourré de vêtements en bataille, avec des manches et des jambes de pantalons qui pendaient par l'ouverture béante, traînant derrière lui ce qui semblait être un python mais n'était, en fin de compte, qu'une longue écharpe tricotée. Les deux filles bondirent sur le sac et le renversèrent sur le lit.

– Tous les vieux habits, ils sont revenus, cria Elena, furieuse. Les Indiens sont trop fiers pour porter des vieux habits. Trop fiers pour manger des restes. Hier l'assistante sociale jette mon sandwich. Trop pour moi, j'ai dit, finissez-le et je lui donne le sandwich… et elle met dans la poubelle ! Trop fière !

Christina fouilla obstinément dans la pile de vêtements. Brusquement, elle poussa un cri et jeta un objet brun vers Lalli. Puis elle remit ça avec un autre cri à vous figer le sang. Je posai une main sur son épaule. Elle tremblait. Elle tomba de tout son long sur le lit. Elena se pencha sur elle et l'interrogea rapidement en néerlandais. Les réponses de Christina étaient voilées par l'oreiller avec lequel elle était bien décidée à s'étouffer, mais Elena finit par saisir le fond de l'affaire.

– Vaudou, souffla-t-elle. La magie noire. C'était pour nous tuer ! En Hollande, nous avons des amis de Sumatra et eux nous expliquent.

Entre-temps, Lalli avait récupéré la chose marron. Elle éclata de rire.

– Allons, Christina, ce n'est pas de la magie noire, dit-elle gentiment. C'est seulement un de vos jouets. Il a été déchiré, c'est tout.

– Sans tête, articula Christina d'une voix blanche. Il n'a pas de tête.

– Certainement. Mais je ne pense pas que ce soit pour vous faire du mal !

– Mais pourquoi le leur rendre ? demandai-je, curieuse.

– Oh, je ne pense pas qu'on ait voulu le rendre ! L'objet a dû suivre quand on a fourré les vêtements dans le sac. Et pourquoi a-t-on rendu les vêtements ? Parce qu'on n'en voulait pas !

Le nounours avait un torse mou en peluche marron qui béait de façon pathétique là où la tête manquait. Elena le ramassa précautionneusement.

– C'est méchant, dit-elle.

– Oui, c'est malveillant, convint Lalli à ma grande surprise. Faire ça à un jouet d'enfant, c'est méchant. D'où viennent ces jouets ?

– Pendant quatre jours, on fait la collecte en Hollande. On met une affiche dans la vitrine d'un magasin et les gens, ils viennent. On écrit qu'on part pour l'Inde à cette date, ce vol, seulement pour donner aux pauvres. Beaucoup de gens apportent des jouets, des vieux habits, du lait en poudre, plus qu'on ne peut en porter. Certains, on doit refuser. Les Hollandais se sentent concernés. Pas comme les Indiens, ça vous est égal de voir les gens mourir sur le trottoir.

– Et comment vous avez récolté les jouets ?

– Dans un grand panier, ils le gardent pour nous sur le comptoir. Tout le monde met quelque chose. Anonyme.

Lalli étira le cou par la fenêtre et tendit le bras. Elena avait raison. C'était très facile... l'immeuble voisin était à moins d'un mètre. La fenêtre d'en face était à présent solidement close.

– Il s'agit de nouveau de Dwarkanath Bhavan. Reste ici, je te prie. Je jette un œil de l'autre côté. (Lalli nous laissa sur place. Elle partit dix minutes et revint, l'air perplexe.) La pièce est vide, nous dit-elle. L'appartement n'est même pas occupé. D'aussi loin que les voisins s'en souviennent, il a toujours été vide et généralement fermé à clé, d'après eux. Il n'y a que des bureaux dans cette aile, la plupart des gens sont rentrés chez eux à cette heure-ci, il ne reste que deux ou trois personnes qui travaillent tard. Beaucoup de locataires sont partis récemment, car l'immeuble a été déclaré insalubre. Un balcon s'est effondré pendant la mousson.

Mrs Davidson apparut.

– Que se passe-t-il ? demanda-t-elle. Pas de visites, je vous prie !

– Notre sac, le voleur l'a rendu, bredouilla Elena. Et ça ! Ça !

Elle attrapa l'ours en peluche qu'elle brandit sous le nez de Mrs Davidson.

Celle-ci poussa un cri aigu et se laissa tomber sur le lit.

– Ce n'est pas du vaudou, lui dit Elena. C'est seulement le nounours abîmé.

– Jamais une chose pareille n'est encore arrivée ! affirma Mrs Davidson avec véhémence. Ça fera vingt ans à Noël que je dirige cet endroit. Nous avons toujours été en sécurité ici.

Lalli murmura un petit speech évasif qu'elle réservait pour les départs précipités. Cela marchait toujours et nous fûmes rendues au rez-de-chaussée en un rien de temps. Comme elle faisait démarrer la voiture, j'aperçus un visage familier devant le restaurant *irani*.

– Regarde ! Revoilà notre Mr Rao !

Lalli appuya sur le champignon. Nous fonçâmes devant Mr Rao qui venait de nous remarquer à son tour et disposait soigneusement un sourire sur sa face. Lalli conserva un mutisme farouche.

Je lui jetai un coup d'œil. Elle regardait droit devant elle, bien que ses traits fussent détendus. Elle était plongée dans un labyrinthe intérieur, et seule une fraction de son esprit réagissait à ce qui l'entourait. Ces derniers temps, elle était portée vers l'introspection : tous ces problèmes avec les Rao l'avaient remplie d'amertume sans que j'en comprenne la raison. Comme d'habitude, elle lut dans mes pensées.

– Tu trouves que ce n'était pas gentil de ma part de ne pas proposer à Mr Rao de le ramener en voiture, hein ? Qu'il rentre à pied, je m'en fiche !

Sa façon de grogner me fit sourire.

– Que t'a dit Vasu sur ces deux filles ? Il les connaît ou ce sont des amies d'amis ?

– C'est à peu près ça, je crois. Il ne les connaît pas vraiment. Pourquoi ?

– Pure curiosité. Elles sont gentilles, mais un peu nunuches.

Quand il téléphona après le dîner, Savio fut partagé entre les reproches et les excuses.

– Je ne pouvais pas supporter cette nana, finit-il par sortir. Je l'ai lâchée à Santa Cruz, de quoi elle se plaint ?

Lalli lui parla de l'ours sans tête.

– Je déjeune avec Shahade demain, lui annonça-t-elle. Je lui demanderai d'y regarder de plus près.

Résultat de ce déjeuner, Savio fut délégué pour jeter un œil sur ce cambriolage. Il fit son rapport à Lalli pendant le dîner, l'air parfaitement outré. Vasu était passé voir Lalli et cela ne fit qu'aggraver le mécontentement de Savio qui avait du mal à supporter la désinvolture de mon frère.

– Tiens, voilà le flic de la maternelle, annonça Vasu, mettant de l'huile sur le feu. Comment progresse l'affaire du petit nounours ?

Savio préféra ne pas relever et se concentra sur un plat de *venn pongal*[1] qu'il démolit avec application en réquisitionnant prestement le gros bol de *raita* posé du côté de Vasu. Enfin, quand les opérations de ratissage furent suspendues, il leva les yeux.

– Ce n'est rien, déclara-t-il. C'était une blague.

– Une blague ? Ça me paraît une drôle de blague.

– Quelqu'un a pris ces jouets pour embêter les filles.

– Mais elles ne nous ont pas dit qu'on les harcelait, m'insurgeai-je.

– Elles étaient en petites culottes, dit-il d'un air bégueule.

Il déclara cela d'un ton tellement solennel que je n'osai pas rire. Vasu avala rapidement un verre d'eau et me fit un clin d'œil.

– Elles étaient en culottes et se tenaient devant la fenêtre ouverte. En culottes et en soutien-gorge. Un tas de garçons dans l'immeuble d'en face.

1. Mélange de riz et lentilles.

– Et l'un d'eux s'est introduit dans la chambre ?

– Et quoi d'autre ? Une blague. (Il me regarda d'un air professoral.) Les garçons sont comme ça.

– Vous avez expliqué ça aux jeunes filles ? insista Lalli, impassible.

Savio soupira.

– J'ai bien essayé, mais elles n'ont pas compris. Elles se sont senties insultées.

– Les hommes indiens ne voient jamais les jambes ? Qu'est-ce qu'il y a, les garçons ne voient jamais les jambes des filles ? Regardez, je vous montre, minauda Vasu en imitant la voix d'Elena.

Savio lui jeta un regard reconnaissant.

– Alors vous aussi, vous avez entendu ça ? C'est exactement ce qu'elles m'ont dit !

Vasu eut un large sourire.

– Non, je l'ai inventé, en fait. Mais c'est bien leur genre, non ? À vrai dire, je ne suis plus en odeur de sainteté. Je leur ai rapté une de leurs chouchous. Il y a deux jours, elles m'ont traîné jusqu'à la mission pour assister à leur numéro d'anges de bonté. Il y avait une vieille femme qui agonisait dans un coin sur un sommier qui faisait autant de bruit qu'un train de marchandises. Elle s'est débrouillée pour attirer mon attention, alors quand les filles sont sorties voir leur poivrot repenti préféré, je me suis glissé jusqu'au lit.

« Elle avait la respiration sifflante, mais elle a réussi à me raconter son histoire. Elles l'avaient ramassée sur le trottoir devant l'hôpital de Batliboi et transportée là pour qu'elle meure dans un lit propre. Sauf qu'elle n'était pas tout à fait prête à jeter l'éponge. Elle ne connaissait pas trop le savon, mais elle avait l'habitude de se glisser aux urgences à Batliboi dès qu'elle sentait venir la crise. Deux jours sous oxygène et elle regagnait son coin de bitume avec sa petite réserve de comprimés jusqu'à la prochaine alerte. C'était sa vie et elle y tenait. Ici les bonnes sœurs avaient beaucoup d'amour, mais pas d'oxygène et les cachets étrangers avaient l'air supercool, mais ils ne lui faisaient pas d'effet. Est-ce que je voulais bien l'aider ?

« Alors je suis sorti au galop, j'ai filé la pièce au gardien pour qu'il regarde ailleurs, j'ai sifflé un taxi et je l'ai ramenée sur le trottoir.

Lalli éclata de rire.

– Et elle a pu recevoir de l'oxygène ?

– Je pense bien ! Je l'ai conduite aux urgences. Elle était trop faible pour marcher, mais elle a foncé sur son lit habituel comme un pigeon voyageur rentrant au nid. Je suis repassé la voir ce soir. Elle était superpeinarde. Elle avait même réussi à se procurer un paquet de cigarettes, des *bidi*, et elle baignait dans le luxe : l'oxygène dans une narine, la fumée de tabac sortant par l'autre. Tant que vous ne faites pas tout sauter, je lui ai dit !

– Les filles ont dû se faire des amis dans l'avion, remarqua Lalli, songeuse. Elles sont très jolies.

– Elles s'en sont fait au moins un, expliqua Vasu. Elena est complètement folle de ce type. C'est celui qui les a envoyées à Sainte-Aspasie.

– C'est du rapide pour quelqu'un qu'elles ont juste rencontré à l'aéroport, fis-je remarquer.

– Apparemment, elles le connaissaient déjà. Il avait vu leur annonce dans la vitrine du magasin et s'était arrêté pour leur dire tout le bien qu'il pensait de leur intérêt pour son pays.

– Ah bon ! Il est indien ?

– Tout à fait, et même de Bombay ! C'est ce que m'a dit Elena. Dans une ville de seize millions d'habitants, elle s'attend à ne trouver qu'un seul Atul Shah. J'en connais au moins vingt !

Le mystérieux *a-toll* d'Elena me revint en mémoire.

– Alors pourquoi n'est-il pas là ? demandai-je.

– Il n'a voyagé avec elles que jusqu'à Beyrouth.

– Et où en est Shahade avec les diamants du sang ? demanda Savio à Lalli.

– Quoi ? nous récriâmes-nous, Vasu et moi. Des diamants du sang !

– Il ne peut pas y avoir de diamants de guerre en Inde, protesta Vasu.

Savio éclata de rire sans se gêner.

– Nous ne sommes pas censés en avoir, concéda Lalli. Surtout si l'Inde ambitionne de présider le Processus de Kimberley !

– Mais la vérité, c'est que..., l'invita à poursuivre mon frère.

– Nous n'avons que ça ! précisa Savio avec un large sourire.

– Vous voulez dire que si j'achète un diamant, il peut être souillé par le sang ? Les pierres ne doivent-elles pas être accompagnées d'un certificat d'origine ou ce genre de chose ? Je croyais que c'était obligatoire depuis le Processus de Kimberley[1].

– Vous semblez en savoir un rayon sur la question, remarqua Savio d'un air soupçonneux.

– Je connais l'UNITA. J'ai entendu parler des enfants soldats et des amputations.

Vasu est un pacifiste militant et il sait tout ce qu'il faut savoir sur les effets physiques du carnage.

– Pour répondre à ta question, Vasu : oui, tout diamant que tu achètes aujourd'hui peut être un diamant de guerre. Mais personne ne le reconnaîtra. Essaie de parler à un diamantaire et tu verras ce que je veux dire. Tous reconnaissent qu'il y a des diamants du sang sur le marché mais, avec eux, mieux vaut ne pas poser de questions si tu ne veux pas entendre de mensonges.

1. Le Processus de Kimberley est une initiative internationale sous l'égide de l'ONU, interdisant la commercialisation de diamants provenant d'une zone de conflit.

Finalement, je parvins à placer un mot.

– C'est quoi, un diamant du sang ?

Il y eut un silence stupéfait.

Puis Savio prit la parole.

– Les diamants du sang viennent d'Angola et de la Sierra Leone. L'expression polie est « diamant de guerre ». Les armées rebelles se battent pour prendre le contrôle des mines, on torture et on réduit les mineurs à l'esclavage et, pire que tout, on mutile les civils. Leurs soldats sont à peine sortis de l'enfance. En Sierra Leone, le RUF croit aux amputations… la moitié du pays n'a qu'un bras ou une jambe…

– Et ces diamants ?

– Ils sont vendus contre des armes, contre de l'argent, dans les grosses Bourses de diamants partout dans le monde. Ça n'intéressait personne avant le 11 Septembre. Tu connais la musique. Un millier de gamins sont torturés et réduits en esclavage en Afrique ou en Inde, et tout le monde s'en fiche. Quelques personnes sont touchées en Amérique et le monde entier réagit.

– Qu'est-ce que le 9/11 a à voir avec les diamants du sang ?

– Eh bien, d'où Oussama tient-il sa fortune, d'après toi ?

Je sifflai entre mes dents.

– Maintenant tu sais pourquoi nous sommes tellement excédés par les diamants du sang ici, poursuivit Lalli lentement. Ils s'introduisent chez nous petit à petit, aucun doute là-dessus. C'est du 11 juillet[1] que je parle, pas du 11 septembre – le 11/7, pas le 9/11 ! Je ne comprends pas pourquoi les Américains placent le mois en premier pour indiquer une date, et maintenant tous nos journaux les imitent et nous bassinent avec le 7/11.

1. Attentats à la bombe le 11 juillet 2006 sur la Western Line à Bombay qui firent plus de deux cents morts.

– Tu crois que l'attentat à la bombe du mois dernier était financé par les diamants du sang ?

– Si tu veux tout savoir, laisse-moi te le dire en un mot : oui.

– Je regrette d'avoir soulevé la question, marmonna Savio.

Un silence pesant s'installa, mais personne ne voulut quitter la table.

Comme si elle sortait d'une transe, Lalli dit brusquement :

– Savio, faites parler un peu plus Elena sur cet Atul Shah, vous voulez ?

– Qui, moi ? Laissez tomber. Je ne veux plus revoir ces deux nanas. L'affaire est réglée en ce qui me concerne.

Je me demandai ce qu'elle lui avait dit pour le rendre aussi furieux. Savio n'avait pas l'habitude que les femmes soient désagréables avec lui. J'avais essayé, mais il arrivait toujours à éviter la bagarre.

– Alors à toi de te dévouer, Vasu.

Vasu ne peut rien refuser à Lalli. C'est un de ses points faibles. Savio, bénéficiant d'un répit, devint brusquement joyeux, ce qui veut dire qu'il ne tarda pas à chanter et la soirée s'acheva sur un fado mélancolique qu'il entonna d'une basse sonore.

4

Le serpent à sonnette qui posait des questions en grec

Mr Rao entama la semaine en se dotant publiquement d'un pseudo. Utkrusha fut enchanté par son nouveau nom et ne perdit pas une occasion de répéter à qui voulait l'entendre comment il lui était venu. Il le tenait de la source la plus invraisemblable : notre néophyte, Padmanabhan.

C'est séparé de sa femme que Padmanabhan avait commencé sa carrière au Building. Celle-ci, Malini, nous dit-il, était « recluse ». Il vivait dans l'attente de ses nouvelles. Chaque soir le trouvait au cybercafé local, guettant fiévreusement un message de sa femme sur Internet. Un bulletin obstétrique était affiché tous les deux jours à neuf heures un quart et comme un bébé est toujours intéressant, soyez sûrs que Padmanabhan ne fut pas privé de ses moments de gloire.

Pour le reste, le Building tolérait tout juste Padmanabhan. Cela tenait moins à ses manières – qui ne faisaient de mal à personne – qu'à son admiration non dissimulée pour Mr Rao. Padmanabhan désapprouvait notre attitude cavalière à son égard, et ne s'en cachait pas. Ramachandran avait été attiré par lui au départ parce qu'il était un trésor ambulant de barbarismes. Mais après l'incident de la nièce du mari de la sœur, dans lequel Padmanabhan avait pris parti pour les Rao, Ramachandran lui opposa un silence méprisant. Padmanabhan le ver de terre, l'appela-t-il dans un moment d'inattention et, bien sûr, le nom lui resta.

Mais au cours du week-end, Padmanabhan prit du galon en devenant le père d'une petite fille de six livres. Le Building lui pardonna sa perfidie, mangea ses *peda* et attendit impatiemment l'arrivée du bébé. Même Ramachandran se dérida quand Padmanabhan déclara :

– Il n'y a que des garçons dans notre famille… alors elle sera la *pupille* de mes yeux !

Il félicita Padmanabhan (plus pour son lapsus que pour le bébé) et l'invita à dîner. C'était un dimanche soir, sur le palier, presque tout le monde étant rassemblé pour s'empiffrer de *peda* de Padmanabhan.

Patherphaker, Ramachandran et Padmanabhan partirent pour célébrer l'événement.

– C'est merveilleux d'avoir de nouveau un bébé dans le Building, soupira Betty. Mon Claude était si mignon quand il était bébé… je dois vous montrer des photos de lui un de ces jours.

– Les bébés ont la fâcheuse manie de devenir des bambins, remarqua Kumudben qui avait fait du babysitting toute la soirée pour Alisha. Enfin, vos petites ont fini par s'endormir, Dieu merci.

– Je vais rester un moment avec elles, vous pouvez aller à votre travail, proposa Manda.

Elles partirent. Je m'attardais avec Betty en parlant de la nouvelle coiffure d'Alisha quand les Rao apparurent dans l'escalier, tous les deux tirés à quatre épingles.

– Vous avez appris la bonne nouvelle ? demanda Mrs Rao en souriant. Il faut fêter ça !

– Nous passons voir Padmanabhan pour lui présenter nos vœux, expliqua Mr Rao, magnanime. Quelle réussite, vraiment, pour Padmanabhan ! Quel exploit !

– Ce n'est sûrement pas ce qu'il voulait dire ? marmonna Betty, perplexe.

Cela, comme je vous le disais, c'était dimanche soir.

Lundi matin, dans l'ascenseur, j'en appris davantage sur le bébé.

– Tu sais ce que voulait dire Mr Rao ? demanda Betty à mi-voix. Ça faisait dix ans que les Padmanabhan essayaient de faire un enfant.

– On dit que c'est un bébé-éprouvette, chuchota Alisha d'une voix frémissante. Pas le GIFT[1] habituel, vous savez, où le père n'est pas exactement…

– Qui dit ça ? demandai-je irritée. Ça ne regarde que les Padmanabhan.

– Pas la peine de prendre la mouche ! C'est Mrs Rao qui me l'a dit, si tu veux savoir.

– Depuis quand tu crois aux commérages de Mrs Rao ? s'insurgea Betty. À ta place, j'aurais étranglé cette femme depuis longtemps.

Alisha aspira bruyamment entre ses dents. Ce n'était guère gentil de la part de Betty de lui rappeler avec quelle délectation Mrs Rao avait colporté les ragots de son mari. Après tout, Sheriyar Patel n'aurait jamais demandé le divorce si le Building n'avait pas trouvé curieux que les jumelles aient les yeux verts de ce bon à rien de Darab, le cousin d'Alisha. Le temps qu'ils reçoivent les résultats des tests ADN, Sheriyar et Alisha ne se supportaient plus.

– Vous tchatchez de quoi, les filles ? s'enquit Kumudben en nous rejoignant. Si c'est au sujet du bébé de Padmanabhan, soyez sûres que Mr Rao aura découvert avant ce soir que ce sont des sœurs siamoises !

Elle continua son chemin dans le crépitement hautain de son sari d'organdi.

– Tiens, le voilà, marmonna Betty en se mettant à

1. Transfert des gamètes dans la trompe, une technique dérivée de la fécondation *in vitro*.

fouiller dans son sac pendant qu'Alisha se découvrait un intérêt soudain pour l'horizon.

Mais ce matin-là, Mr Rao était résolu à se montrer galant. Tenant d'une main de maître le coude de Patherphaker, il le pilotait dans notre direction.

– La science médicale est une chose merveilleuse ! scandait-il. J'en discutais justement avec Patherphaker. Vous avez enseigné la biologie, je crois, Patherphaker ? Dans le passé ? Bien sûr, seulement au niveau du lycée. Pourtant, de nos jours, les enfants sont très curieux. Un jour, la fille de Padmanabhan va demander qui est ma mère, qui est mon père, et quelle réponse la science pourra-t-elle lui apporter ? Qu'en dites-vous, Patherphaker ? Voyons ce que ces dames en pensent.

– Je suis en retard, il faut que je file, déclara Alisha qui coupa court et partit en toute hâte.

Mr Rao dit dans son dos : sans vouloir l'offenser, elle ne peut qu'être particulièrement sensible sur ce sujet, même si dans son cas rien n'a été prouvé, mais enfin, la question s'est posée... Cela dit, qu'en pensait Mrs D'Souza... et moi-même ? Bien sûr, j'étais célibataire mais, prophétisa Mr Rao, mon tour viendrait.

– Je ne comprends pas ce que vous dites, laissa échapper Betty. J'enseigne les mathématiques.

Mr Rao rit avec aisance.

– Bien sûr, ça n'a rien à voir avec le programme de votre collège ! Nous parlons du cas de Padmanabhan. Un véritable exploit, en fait un triomphe de la science médicale ! Un apport paternel de source inconnue, celui de la mère aussi peut-être, et, finalement, une naissance naturelle ! Magnifique, magnifique ! Mais ce n'est pas nouveau. Rien de nouveau là-dedans. Il n'y a rien dans la science occidentale que l'Inde ne possédait pas déjà il y a des milliers et des milliers d'années. Je viens justement d'en parler à Patherphaker, la technique est mentionnée dans le Mahabharata, elle est mentionnée dans nos Purana. Absolument, Mrs D'Souza, elle est même dans votre Bible. C'est dire !

Et, en opinant d'un air entendu, il s'éloigna d'un pas nonchalant vers la gare.

Plus tard ce soir-là, il y eut du tapage à l'étage des Rao et toutes les portes s'ouvrirent avec curiosité.

Padmanabhan tambourinait à la porte des Rao… La circonstance était de trop grande importance, j'imagine, pour un simple coup de sonnette. Avant que Lalli et moi l'ayons rejoint, Padmanabhan avait poussé Mr Rao contre le mur et lui aboyait dessus furieusement, avançant et reculant à petits pas dans une chorégraphie assez subtile. Le petit homme était hors de ses gonds.

– Vous êtes un serpent à sonnette, Mr Rao, voilà ce que vous êtes ! glapissait Padmanabhan. Un vrai serpent à sonnette qui rampe dans l'herbe !

Et là-dessus il se rua très sérieusement sur Mr Rao. Mrs Rao se mit à hurler. Vaibhav se jeta sur Padmanabhan et essaya de le détacher de la poitrine de son père, mais Padmanabhan s'accrochait comme une patelle au rocher.

Vaibhav essaya alors une attaque arrière et plongea les doigts dans le crâne bouclé de Padmanabhan. Mrs Rao et Padmanabhan criaient maintenant façon *jugalbandi* et le reste d'Utkrusha resta déconcerté par cet intermède musical inattendu.

Finalement, Ramachandran et Patherphaker prirent chacun un coude et tirèrent, et Padmanabhan tomba à la renverse, faisant une chute confortablement amortie par la brioche de Benny. Les trois hommes le retinrent et le conduisirent, toujours vociférant, dans l'appartement le plus proche qui, comme toujours, était le nôtre. Mr Rao, ayant été rendu à la protection de sa femme et de son fils, se remit suffisamment pour brandir un poing bien faible vers son ennemi.

– Voies de fait ! Ce sont des délits graves. Il y a des témoins ! Je vais trouver Mrs Dikshit de ce pas !

– Allez voir le ministre de la Justice, je m'en contrefiche ! brailla Padmanabhan. Espèce de serpent à sonnette !

Lalli entra sur mes talons et referma la porte. Manda, Betty et Kumudben étaient déjà là. Elles essayaient d'obliger Padmanabhan à boire un verre d'eau dont il ne voulait pas. S'étant débarrassé de ses sauveteurs, il prit une posture héroïque au milieu de la pièce.

– Je vais le tuer, déclara-t-il quand il croisa le regard de Lalli. J'avoue avant les faits.

– Ne faites pas l'idiot, Padmanabhan, rétorqua rondement Lalli. Chacun de nous a eu envie de le faire un jour ou l'autre. Buvez cette eau et asseyez-vous, au nom du ciel.

Et là, le croirez-vous ? Il prit docilement le verre que lui tendait Manda Tai et répandit largement le liquide dans son gosier comme un brave Tamoul. Puis il se laissa tomber dans le fauteuil en toile et tira sur son col. Il avait l'air penaud.

– Bienvenue au club, renchérit gentiment Ramachandran. Et si vous nous racontiez ce qui s'est passé ?

Padmanabhan s'empressa de répondre :

– Je ne demande pas mieux ! Je suis heureux que vous soyez tous rassemblés. Je vois à votre tête que Mr Rao vous a parlé du bébé.

À part Lalli, qui ne savait encore rien, tout le monde détourna le regard, l'air coupable.

– Peuh ! fit Benny en soufflant puissamment. Qui écoute ses racontars ?

– Tous autant que nous sommes, répliqua Kumudben.

Padmanabhan hocha la tête.

– Vous avez bien raison, madame. Moi aussi, j'ai prêté l'oreille à ce serpent à sonnette. Moi aussi, j'ai entendu des histoires sur vous tous. Comme dit Ramachandran, nous faisons partie du même club. Je suis rentré il y a juste une demi-heure et j'ai été accueilli par Mr Patherphaker. Il m'a demandé si ma photo serait dans les journaux, ou si j'allais être interviewé à la télévision… non, monsieur, croyez-moi, ne vous excusez pas. Je ne vous reproche rien. Puis j'ai compris que Mr Rao avait raconté dans le Building que mon bébé était un miracle de la technologie médicale… et alors, tout est devenu clair pour moi !

« Lundi dernier, je suis allé, comme d'habitude, au cybercafé pour relever mes messages. Je lisais mon courrier quand, brusquement, j'ai senti une odeur de naphtaline. D'abord, j'ai continué à lire. Puis l'idée m'est venue que Mrs Rao ne jurait que par la naphtaline. Alors je me suis retourné et, derrière moi, souriant comme un *sannyasi*, se tenait Mr Rao. « J'attendais que vous ayez fini de lire votre courrier », me dit-il. Ça ne m'a pas frappé sur le coup, mais il avait lu toute la lettre par-dessus mon épaule ! La lettre comprenait en attaché un scanner de rapports médicaux et j'étais en train de les parcourir. Mr Rao avait pu tout lire. Qu'il lise, nous n'avons rien à cacher, mais voyez comment il s'en sert !

« Or, il y a juste dix minutes j'ai eu un coup de fil de mes parents. Ils habitent à Vashi et vous savez quoi ? Mr Rao est allé les voir cet après-midi !

En fait, la curiosité de Mr Rao était insatiable. Pour la millionième fois, je me demandai ce qui le poussait à agir ainsi.

– Et il leur a dit quoi, d'après vous ? poursuivit Padmanabhan.

Nous aurions pu le deviner, mais il nous le dit quand même. Mr Rao avait expliqué aux parents de Padmanabhan précisément ce qu'il nous avait dit ce matin-là : que le bébé était un miracle de la technologie médicale, de père inconnu et, peut-être même, de mère inconnue aussi, et que leur belle-fille avait accompli tout bonnement la tâche d'une servante en portant un enfant étranger dans son sein.

– On ne voulait pas que mes parents le sachent, expliqua Padmanabhan, tout malheureux. Ils sont très conservateurs, très orthodoxes. Ils ne peuvent pas comprendre.

– Ça ne les regarde pas, remarqua Benny. Ça ne regarde que votre femme et vous.

Il y eut un murmure approbateur.

– Mes parents ne comprennent pas ça, dit-il avec colère. Ils m'ont dit des choses terribles au téléphone. Et le pire, c'est que Mr Rao se trompe complètement. Nous avons adopté notre bébé. Si ma femme reste tout ce temps à Pune, c'est que nous en avons assez des allusions incessantes de mes parents. Ce message que Mr Rao a lu comportait le dossier médical de notre bébé, depuis l'échographie jusqu'à la naissance. Et il a extrapolé. Qu'est-ce que je vais dire à mes parents maintenant ? Comment je peux leur expliquer ça ? Je n'oublierai jamais les reproches de ma mère au téléphone. Comment vais-je expliquer ça à Malini ? marmonna- t-il, torturé par l'angoisse.

– Vous ne pouvez pas leur dire que c'est une histoire d'hormones ou ce genre de chose ? Ça pourrait marcher, hasarda Alisha.

Cela provoqua un autre grognement de la part de Padmanabhan.

– Vous devez leur dire la vérité, déclara Manda. Tant pis si ça ne leur plaît pas !

Padmanabhan eut l'air encore plus atterré.

Et alors, nous surprenant tous, Shrikant Rao débarqua. Il avait toute l'apparence d'un homme respectable. Même son huile capillaire empestait la rectitude morale.

– D'où vient cette agitation ? demanda-t-il avec humeur. Quelle mouche a encore piqué mon oncle ?

– Votre oncle est un serpent à sonnette, l'informa Padmanabhan. Un serpent à sonnette qui rampe dans l'herbe. Je vous conseille pour votre sécurité, ne lui confiez jamais un secret… si vous ne voulez pas d'histoires.

– Je ne comprends rien à ce que vous racontez, répliqua Shrikant hargneusement. Je n'ai pas de secrets. Mais mon oncle tient des propos étranges ! Il pose des questions qui sont tout simplement du grec pour moi.

– Comme quoi ? s'enquit vivement Patherphaker.

– Au sujet de ma ferme à Alibag ! Mon appartement à Worli ! Et ma nouvelle Mercedes Benz ! Il est devenu fou ! Je ne posséderai jamais des choses pareilles, même en rêve.

Ramachandran toussota.

– Je ne sais pas pour le reste mais, en effet, il m'a parlé de votre appartement à Worli… à moins que ce ne soit à Shivaji Park ? Je ne m'en souviens pas.

– Nous avons bien entendu dire que vous projetiez d'acheter une ferme à Alibag, avança Benny précautionneusement.

Shrikant parut sur le point de s'étrangler.

– J'en ai ras le bol de ces divagations ! Non seulement il m'embête avec ses questions complètement démentes, mais en plus il en parle à tout le monde ! Je pense que c'est à cause de sa blessure à la tête.

– Des hallucinations ! s'écria Betty. On a vu ce film, tu t'en souviens, Benny, sur la TNT ?

– Ah oui ! Grace Kelly, répondit Benny rêveur.

Sa femme lui lança un regard sombre, mais Shrikant avait l'air soucieux.

– Il faut que je voie ça de près. C'est mon oncle, après tout. Et s'il devenait complètement fou ? Peut-être qu'il devrait voir un psychiatre.

– Il devrait surtout voir un charmeur de serpents, insinua Padmanabhan avec dégoût.

La discussion changea rapidement de cap. On compara des histoires concernant des rêves, des prémonitions et des hallucinations de divers membres de la famille. Patherphaker évoqua une tante voyante qui avait empêché son fils unique de monter dans un avion, lequel s'était finalement écrasé. Cela fut considéré comme une sorte de triomphe, et les bizarreries de la tante furent passées au crible une à une sous la houlette de Manda Tai.

– Peut-être devrais-tu proposer à ta tante de te rendre visite, Patherphaker, suggéra Ramachandran. Elle pourrait examiner tranquillement l'esprit de Mr Rao.

Mais c'était trop tard. La tante était morte. Elle avait omis de prédire sa propre mort et, regrettée de tous, avait succombé à une maladie cardiaque.

– Un seul élément pourrait compter, affirma Patherphaker de l'air du dompteur de lion dont le lion refuse obstinément de sauter dans le cerceau. Elle adorait le *puranpoli*. Mais, la veille de sa mort, elle a refusé d'y toucher. Cela peut avoir un sens.

La maison examina la motion d'un air sceptique et la rejeta.

– Elle n'aurait pas pu s'empêcher de mourir même si elle l'avait su, trancha Betty. C'était sa destinée.

Et sur cette note consolatrice, la tante fut rendue au repos éternel.

– Je me demande ce que Mr Rao va encore inventer, s'interrogea Lalli quand ils furent tous partis. La vie n'a plus jamais été la même depuis qu'il a reçu ce coup sur la tête.

– Peut-être Shrikant a-t-il raison. Rao a peut-être des hallucinations.

– Dans ce cas, elles suivent un drôle de schéma, non ?

Je la regardai fixement. Je ne voyais aucun schéma reconnaissable dans la folie de Mr Rao.

– Ah non ? Ça prend forme, ça prend joliment forme. Mr Rao est bien décidé à imposer ce très curieux schéma, affirma Lalli en riant sous cape.

– Mais… il a toujours été un sale type, Lalli ! protestai-je.

– C'est vrai, mais pas tout à fait de cette façon…

J'étais un peu contrariée par Lalli. Ce n'était pas du tout son genre de se délecter d'événements qui sont à la limite du sordide. Elle n'en dit pas plus à ce moment-là et nous ne revînmes pas sur le sujet.

Ce soir-là, alors que je cherchais *La Chasse au snark*, mon refuge habituel contre les inepties de la vie, le livre tomba ouvert à la hauteur de *Sylvie et Bruno*. Je reçus un coup au cœur quand je lus :

Il croyait voir un employé de banque
Descendant de l'autobus…

5

Une lettre de sa femme

Le jeune Vaibhav Rao était pris dans un dilemme. La loyauté filiale l'avait incité à prendre le parti de son père. À présent, il était confronté à la tâche inconfortable de sauver son amitié avec Abhay et Claude, qui avaient assisté avec indifférence à la scène entre Padmanabhan et Mr Rao. Susheela, à qui cette perfidie n'avait pas échappé, mit en garde son fils à voix haute contre les fréquentations en dessous de sa condition. Il méritait mieux, vociféra-t-elle. Il était boursier, pas à mi-temps contrairement à d'autres garçons dont elle préférait taire le nom, et il devait garder sa dignité. Les Rao faisaient grand cas de la dignité. Ça leur collait à la peau comme du Velcro, et ils mettaient le Building au défi de la leur arracher.

Le génie opta d'abord pour la moindre résistance et passa trois jours sans sortir jusqu'à ce que le bon sens reprenne le dessus. Le Building se détendit, soulagé, tandis qu'on pouvait de nouveau voir les trois garçons faire du vélo ensemble.

Ce soir-là, je fus surprise de voir Abhay m'adresser un signe furtif de son balcon. Quand je sortis, je les trouvai en train de grimper précipitamment sur la terrasse. Je les y rejoignis.

– C'est assez gênant, c'est pourquoi on veut que tu t'en occupes, expliqua Abhay.

– Bien sûr, c'est trop facile, se hâta de dire Claude.

Mais si tu pouvais le dire à tante Lalli avant que les autres en entendent parler…

– Euh, je parie que Mr Karunakar Rao est déjà au courant de tout, remarqua son cadet déloyal. C'est lui qui a provoqué le foutoir au départ.

– Maintenant que vous m'avez bien éclairci tout ça, qu'est-ce que vous attendez de moi ? demandai-je.

Ils levèrent les yeux, déconcertés.

– *S'il arrive par malheur, à moi ou à elle,*
D'être impliqué dans ce procès
Il a décidé de nous donner des ailes,
De nous délivrer, c'est assez[1], expliquai-je.

Abhay eut l'air en rogne.

– Ça va, on a compris l'idée. Je vais te dire ce qui s'est passé. On se trouvait au comptoir à journaux, Claude voulait un magazine pour sa maman, quand un type nous a dit qu'un ami nous attendait au coin de la rue et voulait nous parler, quoi.

– C'était qui, ce type ?

– Juste un type, un pote. Le genre messager. Alors on est allés jusqu'au coin comme il nous avait dit et il était là, assis dans sa bagnole. Je ne l'ai pas reconnu tout de suite, il avait des lunettes et tout.

– Il se fait pousser une moustache, intervint Claude, et une barbe, sauf que c'est pas super.

– Mais non, il avait oublié de se raser, corrigea Abhay. Claude croit que tout le monde veut avoir la barbe parce qu'il a essayé et que ça n'a pas marché.

– Tu dois te mettre de l'huile ayurvédique sur la figure. Maman s'en met sur sa tête, je veux dire, pour faire pousser ses cheveux et c'est génial.

– Ouais, je connais le truc. T'as vu la fille dans la pub ? Ses cheveux font des kilomètres.

– Je parie que c'est une perruque, dit Abhay le scep-

1. *Alice au pays des merveilles*, de Lewis Carroll, trad. André Bay.

tique. C'est comme ces pubs pour shampooing. J'ai essayé tout un flacon une fois, la salle de bain était pleine de mousse, mais à part ça ? Les cheveux étaient exactement pareils. (Il planta un stylo dans une de ses boucles élastiques pour illustrer ses propos. Le stylo resta stoïquement accroché pendant qu'il secouait et tournait la tête.) Vous voyez ?

– Tu devrais mettre du gel, mon vieux…

Je mis un frein à ce débat « capilliculturel ».

– Entendu, alors il portait des lunettes noires et il se faisait pousser une barbe. Qui est-ce ?

Abhay eut l'air peiné.

– On ne te l'a pas dit ? C'était Sheriyar, voyons, l'ex d'Alisha.

– Ouais. Il nous a fait signe et il nous a dit de monter, qu'on irait acheter des pizzas. C'est ce qu'on a fait.

– Si on avait su ce qu'il voulait qu'on fasse, on n'aurait pas touché à sa bouffe, affirma Claude dans un élan vertueux.

C'en était trop pour le sens pratique d'Abhay.

– Et comment on aurait fait pour payer la note ? On n'a pas vingt tickets à nous trois.

Vaibhav coupa net :

– On laisse tomber l'histoire de la bouffe.

– C'est ça, dis-je. Sinon, je ne saurai jamais le fin mot de l'affaire concernant Mr Patel.

– Il voulait qu'on espionne Alisha, dit Claude. Il ne nous l'a dit que quand on avait presque terminé nos glaces.

– Et qu'est ce que vous avez répondu ?

– On a dit non, bien sûr, s'écrièrent-ils en chœur, un peu trop vite.

J'attendis.

– Ce n'était pas exactement espionner, temporisa Abhay. Il voulait seulement savoir pour les petites.

– Ce sont ses gosses, après tout.

– Ouais, il a le droit de savoir.

– C'est sûr, il a le droit de savoir. C'est le père, mon pote, balança Claude. Il voulait qu'on conduise les gosses dans le parc ou ce genre, pour qu'il puisse les voir.

– De loin.

– Ouais, c'est ça, de loin, quoi. Il voulait savoir si elles allaient bien.

– Il les voit chaque semaine, soulignai-je. Il a un droit de visite.

– Sûr, mais il était particulièrement inquiet cette semaine. Il a reçu un avertissement, dit Abhay.

– Allons bon !

– Je te jure que c'est vrai. Il nous l'a montré. C'est une lettre. Les mots sont découpés dans du journal et collés sur du papier quadrillé. Le message dit : *Savez-vous qui est avec vos enfants ces temps-ci ?*

Ils poussèrent du coude Vaibhav, qui dit avec modestie :

– Je crois que c'était fait avec des mots découpés dans différents journaux. Il y avait des morceaux un peu roses, comme les journaux financiers, d'autres glacés. On les avait découpés avec de gros ciseaux et collés à la colle.

– Et l'enveloppe ?

– Tapée à la machine. Postée à Dadar[1].

– Il n'a pas besoin d'espionner les gosses, insistai-je, s'il est inquiet, il lui suffit de sonner à la porte.

– Oh, il ne veut pas embêter Alisha, assura Claude le crédule.

– C'est qu'elle ne le laissera pas entrer, rectifia Abhay. Et il ne veut pas aller à la police.

– À quoi rime cette enquête ? demandai-je, en colère. Et s'il les a déjà espionnées, il doit savoir qui s'occupe

1. Banlieue de Bombay, où se trouve la gare la plus bondée du réseau suburbain.

des gamines. On fait tous ici du baby-sitting pour Alisha à tour de rôle. Il n'est rien arrivé de nouveau, pour autant que je sache.

Les jeunes étaient à court d'explications. Ils avaient fait du bon travail de détective, mais ne s'attendaient pas à une inquisition. Je promis de transmettre les informations à Lalli et les laissai débattre du problème éthique qu'il y aurait à l'avenir à accepter des pizzas de la part de Sheriyar Patel.

L'ex d'Alisha reçut trois autres messages cette semaine-là. Après le deuxième, Alisha en fut alertée par Betty. Elle avait réussi à tirer les vers du nez de Claude qui était brusquement devenu anorexique au dîner.

Alisha supplia les garçons de ne pas écouter Sheriyar. Elle me dit plus tard que Sheriyar était devenu aussi nerveux qu'un chat depuis qu'il était apparu que l'ADN des jumelles était identique au sien. C'était presque comme s'il ne devait plus les quitter des yeux pour se rassurer. Il n'arrêtait pas de téléphoner pour demander si les enfants allaient bien. Il avait appelé le pédiatre et demandé qu'il lui lise tout leur dossier. Il s'était jeté sur la mère d'Alisha quand elle se rendait au marché aux poissons et celle-ci s'était défendue avec un *pomfret*. Mrs Wadia avait pris l'habitude de s'asseoir le matin devant l'école des petites. Tout cela avait commencé avant même qu'il fût censé recevoir ces lettres. Alisha voyait dans celles-ci un prolongement de son état d'esprit. Mrs Dikshit, qui s'était occupée du divorce, appela Sheriyar à son bureau à l'Opéra. Il ne s'était pas présenté au travail, lui dit-on. Il avait pris une semaine de congé.

Les quatre lettres étaient identiques. Les garçons en avaient demandé une à Sheriyar pour pouvoir la montrer à Lalli, mais il avait refusé.

– Ça ne m'intéresse pas de savoir qui les a envoyées, avait-il dit. Celui qui le fait est un ami mystérieux. Sans ses avertissements, comment aurais-je été prévenu ?

Cette attitude était suspecte. Patherphaker dit que ça sentait le coup foireux. Bientôt, Sheriyar fut repéré dans le parc à six heures du matin, à l'heure exacte où Mr Rao faisait sa petite promenade de santé. Peut-être Sheriyar était-il redevenu un admirateur de Mr Rao pour pouvoir suivre les heurs et malheurs de son ex-femme. Auquel cas il pourrait se servir de ces missives menaçantes pour réclamer la garde des jumelles… À moins qu'il ne soit allé trouver Mr Rao pour avoir une explication à ces mises en garde. Dans tous les cas, à présent, Sheriyar Patel et Mr Rao étaient de mèche. La conspiration était avérée. Patherphaker s'en porta garant et comme le Building l'avait souvent remarqué, Patherphaker savait ce qu'il disait.

Le serpent à sonnette s'était provisoirement retiré de la vie publique à la suite de l'épisode Padmanabhan. Utkrusha avait annoncé sur le tableau d'affichage un grand dîner pour célébrer l'arrivée du bébé de Padmanabhan (adultes 50 roupies, enfants 25 roupies, bébés et seniors, gratuit). C'en était trop pour les Rao. Susheela claqua la porte au nez d'Abhay quand il frappa pour réclamer leur participation.

Le lendemain matin, quand Ramachandran essaya de briser la glace en demandant à Mr Rao ce qu'il pensait de la nouvelle pompe à eau, il fut sèchement informé que Mr Rao se lavait les mains d'Utkrusha.

– C'est très facile de se laver les mains de tout, remarqua Patherphaker, sublime. Maintenant que nous avons de l'eau vingt-quatre heures sur vingt-quatre.

Cela lui valut une mention honorable de la part de Mr Rao, qui fit cette réflexion à Ramachandran : si un homme naît avec une queue, il est condamné à la remuer. Ramachandran n'avait toujours pas compris le rapport.

Aussi, quand Patherphaker déclara que le délit de conspiration était clair et avéré, le Building décida de dénoncer le comportement de Mr Rao au grand jour.

– On va le débusquer, annonça Patherphaker avec délectation.

Les négociations furent ouvertes avec tact le jeudi matin. Benny D'Souza fut diligenté comme premier messager.

– C'est vraiment curieux, ces lettres que Mr Patel reçoit, avança-t-il prudemment.

– Quelles lettres ? s'enquit Mr Rao avec force. C'est la première fois que j'en entends parler.

Cette réflexion fut accueillie avec un scepticisme de bon aloi.

– Mais tout le monde est au courant, voyons ! Ce n'est un secret pour personne, protesta Patherphaker.

– Personne ne me dit jamais rien ! geignit Mr Rao. Je suis un exclu. Oui, Patherphaker, un véritable exclu.

Cela fut suivi d'un petit murmure de protestation, mais suffit pour que Mr Rao se sente rétabli dans ses fonctions d'oracle du Building.

– Que disent les lettres ? demanda-t-il avec un air de douce innocence qui ne trompa personne. Est-ce Mrs Patel qui les a écrites ?

Ramachandran expliqua, avec une retenue admirable, que c'était des lettres anonymes.

– *Savezvousquiestavecvosenfantscestempsci ?* récita Patherphaker d'un trait.

– Ah, je vois, fit Mr Rao, songeur. On le prépare à une catastrophe. Quelle pitié, c'est terrible ! mais si c'est écrit dans les étoiles, il est obligé que cela arrive. C'est i-né-vi-ta-ble !

De quoi vous parlez ? demanda Patherphaker.

– De la catastrophe qui guette ses enfants, affirma Mr Rao très à l'aise.

Là-dessus, le niveau d'inquiétude grimpa brusquement. La stratégie s'envola aux quatre vents tandis que tout le monde se lançait dans des commentaires enflammés.

Mais il apparut bientôt que Mr Rao parlait astrologie. L'avenir des deux petites Patel était sombre comme devait le savoir quiconque avait lu leur horoscope. Nous savions tous à quel point Sheriyar croyait en l'astrologie. Un bon ami, ayant lu l'horoscope des fillettes, avait sans doute voulu prévenir les parents à temps.

– Impossible, affirma Patherphaker. Sheriyar devait savoir tout ça dès l'instant où il a fait établir leur horoscope. Je me souviens qu'il nous a montré le *kundali*, l'horoscope des petites, quand elles avaient à peine deux mois. Laissez tomber, lui ai-je dit, l'astrologie, c'est du pipeau. Il m'a répondu : non, c'est une science exacte. Je lui ai répondu qu'il confondait avec l'astronomie. Nous avons eu une discussion assez animée. Tu t'en souviens, Ramachandran ?

– Absolument ! Alors, Mr Rao, trouvez une autre explication à ces lettres.

– *Saade sathi !* Sept ans de malheur ! décréta Mr Rao sentencieusement. Saturne, vous savez. Son influence est très néfaste. On n'y peut rien.

Et, ayant esquivé la question, Mr Rao s'éloigna.

– Vous avez tout fichu en l'air, reprocha Betty aux hommes, vous auriez dû nous laisser faire.

– Et s'il disait la vérité ? Il ne sait peut-être rien, dit Benny, perplexe, mais il fut réduit au silence.

– Mrs Patel est morte d'inquiétude. Mrs Dikshit affirme qu'il peut se servir de ces lettres devant le tribunal pour prouver qu'elle est incapable d'élever les enfants. Il faut absolument faire quelque chose ! s'insurgea Ramachandran.

– Les enfants du Building sont sous notre responsabilité, renchérit Patherphaker.

Nous convînmes qu'il fallait absolument agir et, renforcés par cette vague résolution, nous allâmes vaquer à nos affaires.

Ce fut une semaine occupée pour moi, et c'est à peine si j'aperçus Alisha. De même, Mr Rao se fit rare, bien que Betty me dît qu'on l'avait entendu demander s'il n'était rien arrivé chez les Patel *jusque-là* ?

– Il est à la fête, comme toujours, remarqua Lalli, l'air grave. Mr Rao mène la danse.

– Alors, d'après toi, c'est bien lui qui a écrit ces lettres ?

– Ce qui compte, ce n'est pas qui les a écrites, mais... pourquoi ? Réfléchis !

– Pour que Sheriyar puisse facilement obtenir la garde. Ce n'est pas compliqué !

Lalli sourit. Son sourire me mit mal à l'aise. Il était plein d'ironie.

Savio passa pour nous dire qu'il n'y avait rien de nouveau concernant le voleur d'ours en peluche. Mais Lalli avait eu de la chance. Elle avait trouvé l'adresse d'un Atul Shah, passager du vol Amsterdam-Beyrouth. Elle était située à Anvers et Lalli attendait à présent des informations de la part de la police belge.

– Tu prends cette affaire très au sérieux, on dirait, remarquai-je, surprise.

Lalli haussa les épaules.

– Jusqu'à nouvel ordre, oui.

Je m'étais assoupie sur l'épisode du *Journal de bord de Lulu* de la semaine à venir quand la sonnette retentit. Il était minuit passé. Je passai à pas de loup devant la porte de Lalli et allai voir qui pouvait venir à cette heure. J'eus la surprise de découvrir Shrikant Rao. Il semblait affolé.

– Ouvrez-moi, je vous en prie, je dois parler d'urgence à votre tante.

– Quelque chose ne va pas ?

C'était une question stupide, qu'il laissa sans réponse. Il entra, me poussant presque au passage et prit place nerveusement au bord du sofa. Il tapotait son genou avec une feuille repliée et m'interrogeait du regard.

Je ne bronchai pas. Je n'étais pas prête à réveiller Lalli pour une lubie d'un Rao.

– Il est minuit passé, fis-je remarquer froidement.

– Je suis absolument désolé de vous déranger, mais je dois parler à votre tante immédiatement.

Décomposé est un terme relatif. La plupart des hommes sont sens dessus dessous quand ils s'affolent. Mais pas Shrikant Rao. Il avait le visage rouge et gonflé, mais il avait le cheveu étincelant du seul effet de la conviction de sa vertu. Ses poings se fermaient et s'ouvraient tout seuls, mais ses poignets de chemise étaient ouverts et immaculés. Voilà jusqu'où nous conduit l'émotion, semblaient dire ses vêtements. Ici, et pas plus loin.

– Que se passe-t-il, Shrikant ? demanda Lalli dans l'embrasure de la porte. Pour quelle raison nous dérangez-vous à une heure aussi tardive ?

Celui-ci se leva nerveusement. La commissure de ses lèvres se crispait comme s'il avait un tic.

– J'ai reçu une lettre de ma femme, commença-t-il.

Lalli et moi échangeâmes un regard.

– Vanaja n'était pas à la maison quand je suis rentré du bureau. J'ai trouvé cette lettre.

Il la tendit à Lalli. Elle ne fit aucun geste pour la prendre.

– Vous ne pourrez peut-être pas la lire, poursuivit-il en retirant sa main. C'est en kannada.

– Je ne lis pas le kannada. Vous devez me dire ce qu'elle contient.

Il essaya de parler, mais les mots s'étranglèrent dans sa gorge. Il fixa un coin du plafond et prit une profonde inspiration.

– Il y a un malentendu, je ne sais pas lequel. Elle me dit… ce n'est pas possible, je sais, mais elle me dit qu'elle quitte la maison, seulement pour le moment. Seulement jusqu'à ce que je sois capable d'obéir aux souhaits de mon oncle. Je dois faire ce qu'il dit, et ensuite elle reviendra. C'est ce qu'elle dit.

– Et que désire votre oncle ?

– C'est ce que je ne sais pas ! Dès que j'ai lu ça, je me suis précipité ici. Je suis là depuis huit heures du soir. Quelle heure est-il maintenant ? Bientôt une heure ! Cinq heures que je supplie mon oncle de me dire quel est le problème. Pas de réponse ! Il dit seulement : « Vanaja veut ce que je veux et ce que Susheela veut. Nous voulons que tu prennes le bon tournant. »

– Qu'est-ce que ça veut dire ? lui demandai-je, le bon tournant par rapport à quoi ?

– « Je te le dirai quand le moment sera venu, répond mon oncle. Prends le bon tournant, Shrikant, avant que ce ne soit trop tard ! » Alors dis-moi, mon oncle ? Que dois-je faire ? Où dois-je tourner ? je lui demande. « Tu as pris la mauvaise direction, me répète-t-il. Prends le bon tournant. » Finalement, j'ai pensé à vous demander votre avis.

Lalli fronça les sourcils.

– Où est Vanaja ?

– Chez ses parents. Elle a bien précisé dans sa lettre : Ne viens pas ici. Son père est cardiaque, alors je ne veux pas les perturber. Mais quelle est cette nouvelle énigme au sujet de mon oncle ? Il m'a dit : « Ne discute pas de cette question avec Vanaja, tu la laisses en dehors de ça. » En dehors de quoi ? Ils parlent tous de quelque chose dont je n'ai pas la moindre idée. Que faire ?

– C'est une question grave. Je dirais : rentrez chez vous et prenez un peu de repos. Vanaja vous appellera sans doute demain. Ça fait combien de temps que vous êtes mariés ?

– Six ans.

– Et c'est votre première scène de ménage ?

– Non, non, ce n'est pas une scène de ménage. Il n'y a pas de désaccord, rien du tout !

Sous mes yeux dégoûtés, il plongea son visage dans ses mains et essaya de pleurer. C'était pitoyable.

Lalli parut du même avis. Elle appliqua sa tactique habituelle dans ce genre de situations : parlant dans un murmure apaisant, elle le raccompagna à la porte. Ne me demandez pas comment elle s'y prend.

Le lendemain matin, Mr Rao semblait totalement inconscient de l'agitation qui régnait chez les Rao de la branche de Santa Cruz. Et Alisha avait disparu… Kumudben dit qu'elle avait emmené les enfants chez sa mère.

Nous n'en sûmes pas davantage sur la situation délicate de Shrikant, mais il y eut un curieux final à celle de Sheriyar.

Alisha téléphona pendant le dîner.

– Tu sais quoi ? Il est ici ! claironna-t-elle.

« Ici » désignant la maison de sa mère à Santa Cruz, et « il », son ex. Alisha ne semblait pas inquiète le moins du monde. Il y avait une inflexion mélodieuse dans sa voix.

– Il est arrivé à six heures, juste au moment où je rentrais du boulot… il a reçu un fax, cette fois.

– Un fax ? Tu veux dire un autre avertissement ?

– Oui, et ça disait : Zinnia état grave, viens immédiatement chez ma mère. Alors il a foncé. Il n'a pas quitté les enfants depuis, il ne les quitte pas d'une semelle.

– Mais Zinnia va bien ?

– Bien sûr. Des vrais petits singes, toutes les deux. Bien sûr, on a commencé par se bagarrer. Il m'a reproché le fax. Jamais je n'enverrais un message pareil, je lui ai dit. Pourquoi parlerais-je de « chez ma mère » ? On a toujours dit Sunflower ! Et ainsi de suite, mais maintenant on a fait la paix. Maman accepte de nouveau qu'il passe la nuit ici. Qu'est-ce que tu penses de ça ? Seulement sur le sofa, j'ai dit. Là, il s'occupe de coucher les enfants. Il faut que j'y aille, sinon il va s'endormir avec elles et c'est moi qui devrai dormir sur le sofa ! Bye !

Le lendemain, tout le Building semblait être au courant. Mr Rao devint d'humeur poétique pour décrire les angoisses de Sheriyar.

– Qui peut comprendre les sentiments d'un père ? susurra-t-il, en se tapotant la poitrine.

– Une lettre de corbeau, marmonna Betty juste assez distinctement.

– C'est à moi que vous parlez, Mrs D'Souza ? chuinta Mr Rao.

– C'est demain le dernier jour pour régler la note d'électricité, claironna Ramachandran. Je vais aller payer la mienne maintenant. Je peux prendre les vôtres si vous voulez.

Et bien sûr, tout le monde, y compris Mr Rao, voulut s'épargner une demi-heure de queue. De sorte que ce qui promettait de prendre des proportions épiques s'envola en fumée quand nous nous dispersâmes pour récupérer chèques et factures.

6

Excursion par une nuit humide

Les quelques jours suivants furent frénétiques, avec des événements qui n'avaient aucun rapport entre eux. La nouvelle pompe lâcha, et Utkrusha fut en panne d'eau. Le seul robinet en marche était au rez-de-chaussée et assiégé en permanence par une queue sinueuse de seaux, *dabba, hadi*, bidons et même de *lota*. L'ascenseur n'était jamais disponible et, après les premiers jours de labeur, il rendit carrément l'âme. Le mercredi, Susheela réquisitionna le robinet à cinq heures du matin et, en entretenant Vaibhav à un niveau de transpiration maximal, elle eut terminé toute sa lessive avant six heures. Ce qui était l'heure normale du réveil à Utkrusha. À ce moment-là, le robinet ne crachait plus qu'un filet d'eau piteux.

Utkrusha avait les nerfs à vif ce matin-là. De brèves piques féroces claquaient comme des jappements de caniches prêts à planter leurs petits crocs pointus dans la première cheville qui voudrait musarder au robinet. Un riche flot d'injures domestiques circulait dans l'air mêlé aux odeurs de cuisine. À huit heures et demie, un strict rationnement de deux seaux par foyer fut réquisitionné auprès de trois immeubles voisins. Tout le monde était en retard, on rata le bus scolaire, enfants et maris se faisant houspiller pour chaque goutte prélevée sur les corvées domestiques.

Au-dessus de cette clameur, dans la douce brise matinale, flottaient les fières oriflammes de la lessive de Mrs Rao. Un rang mouillé au-dessus de l'autre pendait à leur balcon et dégoulinait sur le nôtre. Toute la garde-robe familiale, semblait-il, était passée à la lessive, et l'ameublement aussi, l'affreuse housse grise de la banquette, les rideaux marron et même les torchons tachés de la cuisine qui voletaient telles des banderoles décolorées destinées à célébrer quelque fête domestique de nature ésotérique.

Comme nous remontions laborieusement les étages avec nos seaux pleins, nous croisâmes Mr Rao dans l'escalier, serein et fringant, prêt à éblouir le monde par sa mansuétude.

– Ah, Ramachandran, vous avez besoin d'exercice. C'est très mauvais de rester penché toute la journée sur les livres. Il faut faire travailler vos muscles.

Padmanabhan (de service auprès de Kumudben) resta de marbre.

Patherphaker l'attendait sur le palier.

– Votre Vaibhav devrait être ici pour nous donner un coup de main, l'interpella-t-il d'un ton de reproche. Tous les jeunes sont là pour aider. Où est Vaibhav ?

– Nous excuserons Vaibhav pour aujourd'hui, il a un examen, déclara Mr Rao qui, aussitôt, glissa sur une petite flaque d'eau aux pieds de Patherphaker.

Avec une grande présence d'esprit, il se redressa en prenant appui sur l'épaule de Patherphaker et, avec un regard accusateur à ce monsieur, il continua de descendre posément les marches.

– Dire qu'un peu plus, juste un peu plus, Mr Rao se serait rompu le cou, soupira Patherphaker, un rien mélancolique. Tout est une question de destin.

– Mr Rao paraît être notre destin, approuva la voix de Ramachandran qui flotta jusqu'au bas de la cage d'escalier. (Claude l'avait débarrassé de son seau et il s'affala sur le palier, à bout de souffle.) Nous ne sommes que de petits enfants trébuchant dans la nuit.

Il dut percevoir mon étonnement, car il ajouta dans ma direction :

– Vous qui êtes écrivain, vous auriez dû vous en apercevoir depuis le début ! Il est le *sutradhar*, le destin. Il nous fait bouger à sa guise. Nous pouvons nous moquer de lui, le traîner dans la boue, voire faire comme s'il n'existait pas, c'est toujours lui qui mène la danse.

Patherphaker hocha la tête.

– Oui, c'est vrai, même dans mon cas…

Il fut interrompu par la voix de Betty qui appelait Claude.

Je gardai à l'esprit les paroles de Ramachandran toute la matinée. Lalli avait dit quelque chose de similaire la semaine dernière. Je me retrouvai à me demander ce que Mr Rao tirait de tout ça. Car Ramachandran n'avait pas tout à fait tort ; les Parques conspiraient avec Mr Rao. Avec un frisson superstitieux, je m'aperçus que notre toit était le seul que Mr Rao, tel Midas, n'avait pas encore transformé en or.

J'en parlai à Lalli plus tard et me fis rudement rabrouer. À force de logique, Lalli peut manquer complètement de tact, me dis-je.

– Tu ne peux pas nier qu'il n'arrête pas de se passer quelque chose à Utkrusha, dis-je avec entêtement. Nous en sommes presque arrivés à penser que ça fait partie de la vie normale… tu te rends compte que, partout ailleurs, on trouverait ça bizarre ?

– Pas du tout. Même si les événements semblent s'emboîter, crois-moi, il y a une cause très terre à terre à ça. Tu dois être plus analytique.

Elle ne semblait pas être beaucoup plus avancée dans sa propre analyse, pour autant que je pusse en juger.

– Dernièrement, Mr Rao a agi d'une façon qui ne lui ressemblait pas du tout, remarqua-t-elle.

– Une façon qui ne lui ressemblait pas ? Il a toujours posé des problèmes, du plus loin que je me souvienne.

– C'est vrai, mais pas comme ça.

– Je ne comprends pas ce que tu veux dire. Tout ce que je vois, c'est que Mr Rao est un fauteur de troubles qui crée des problèmes à droite, à gauche et au milieu…

– Parfaitement. C'est tout ce que tu peux *voir*.

Je ne comprenais pas ce qu'elle voulait dire, mais cela me laissa avec un vague sentiment d'effroi.

Je fus encore plus démoralisée par ma rencontre avec Vaibhav cet après-midi-là. Le jeune prodige rentrait d'une matinée hautement cérébrale dans la salle d'examen.

– Je déteste les maths, me confia-t-il. Papa veut que je devienne comptable agréé.

Ça allait de soi, non ?

– Parfois, je ne peux plus respirer… tu sais ce que je veux dire ? À la maison.

– Bien sûr.

– Ce n'est pas juste !

– Non, sans doute.

– J'en ai ras le bol. Dès que j'aurai fini le lycée, je me casse.

– Ah bon ? Où ça ?

– N'importe où ! N'importe quoi plutôt que de rester à la maison. Je deviendrai fou si je dois rester. Tu sais, Sujata se débrouille superbien.

Sujata était la fille de Ramachandran, actuellement à Francfort.

– L'oncle Ramachandran m'a montré les photos qu'elle lui a envoyées. Elle a l'air vraiment heureuse ! Mais après tout, elle était heureuse ici aussi. Elle n'avait pas de problèmes avec son père ! Il est très gentil avec moi… je veux dire, il me fiche la paix, quoi. Il me laisse respirer. J'ai toujours l'impression qu'il y a plein d'air chez eux… Et maintenant, même ça, c'est fichu ! Je ne peux plus y aller. J'en ai marre.

– Pourquoi ? Qu'est-ce qui est arrivé ?

La situation était grave. Cela voulait dire que Vaibhav perdrait son dernier refuge.

Vaibhav eut l'air mal à l'aise. Il glissa au pied de son vélo et commença à jouer avec la pédale.

– Je ne peux plus le regarder en face, marmonna-t-il sans lever les yeux. C'est à cause de mon père. Tout ça est la faute de mon père.

C'était une nouvelle machination de Mr Rao qui n'était pas encore connue de tous.

– Même quand tu ne veux pas croire ce qu'il te dit sur quelqu'un, tu changes d'attitude, expliqua Vaibhav. Quand tu rencontres la personne, tu te dis : je ne crois pas ces idioties, mais tu ne peux pas écarter une idée à moins de reconnaître qu'elle est là. Tu dois t'en rappeler pour la repousser.

Il y avait une vérité dans ce paradoxe inconscient, mais combien d'adultes seraient prêts à l'admettre ? Kumudben, peut-être ?

– Sauf que ce qu'il a dit de l'oncle Ramachandran est vrai. Je l'ai vu de mes yeux. Et d'une certaine manière, ça détruit tout. Je n'arrive plus à ressentir la même chose pour lui. Je ne peux même plus supporter de le voir.

– Explique-moi.

– Non, non, je ne peux pas. C'est trop affreux. À son âge ! Je veux dire, ça va à notre âge, dit-il, m'incluant généreusement dans son groupe. C'est porno, dit-il, honteux. (Le mot me parut bizarre, mais je n'osai le montrer. Toute manifestation d'ignorance m'aurait fait passer pour une extraterrestre. La lumière se fit lentement dans mon esprit pendant qu'il continuait à parler.) Mon Dieu, il a bien cinquante ans ! Imagine-toi en train de lire des revues pornos à cinquante piges. Mon père dit qu'il les achète aux étals sur le trottoir. Il est toujours fourré chez les *raddi*, maintenant je sais pourquoi.

Je suis toujours fourrée dans les boutiques de *raddi*, moi aussi. C'est à elles que je dois ma précieuse collection de Penguin à couverture verte et les White Circle, la série complète des contes de fées d'Andrew Lang, *The Diary of a Nobody*[1] et deux horribles livres par Charlotte Yonge, que le jeune Khorshed Modi, dix ans, avait reçus comme prix en l'an 1896. Les vieux livres nous donnent tellement plus que l'histoire imprimée à l'intérieur… mais peut-être Ramachandran avait-il d'autres raisons.

Je ravalai mes remarques acides et pris l'air détaché.

– Ça le rend différent, en un sens, répéta-t-il. C'est comme s'il y avait quelqu'un d'autre sous sa peau. Je ne supporte pas d'y penser.

– Ce n'est peut-être pas vrai, dis-je, mal à l'aise.

Peut-être Mr Rao avait-il surpris Ramachandran en train de lire Burton ou Vatsyayana ou quelque obscur écrit érotique. Je stoppai net en m'apercevant que je venais de souscrire à la morale de Vaibhav en utilisant le mot « surprendre ». Mais Vaibhav n'en avait pas encore fini.

– Je l'ai vu, poursuivit-il. Il était assis sur le balcon comme d'habitude, avec un de ces gros livres reliés en cuir vert… il en a toute une rangée. Mais il avait quelque chose d'autre caché à l'intérieur, tu sais, à la façon dont on se cache pour lire à l'école… un livre de poche au milieu d'un manuel. Il ne m'avait pas entendu venir. C'est son visage qui me l'a dit. C'était absolument dégoûtant. Il s'en délectait. Je suis reparti très vite et, comme je m'en allais, j'ai renversé une petite table dans l'entrée. Tu aurais dû voir comme il s'est dépêché de faire disparaître le bouquin. Il l'a fourré sous le coussin et s'est assis dessus. J'étais vraiment mal.

Je ne savais pas comment répondre à ça. Nous nous séparâmes dans une sorte de complicité morose.

Dans la soirée, je fus amenée à découvrir une vérité nouvelle dans le paradoxe de Vaibhav. Lalli avait promis de prêter à Ramachandran un certain nombre de livres et,

1. De George et Weedon Grossmith, illustré en 1969 par John Lawrence.

à sept heures et demie, une heure impossible, je montai les lui apporter. Ponni Mami était à la porte, remettant du *kolam* là où des pieds négligents l'avaient effacé.

– Entrez donc, me dit-elle. Il est sur le balcon. Il sera ravi d'avoir ces livres, il a eu le cafard toute la journée.

Mais Ramachandran, en train de lire sur le balcon, était loin d'avoir l'air cafardeux. Sa large face était éclairée d'une lueur cuivrée. Les yeux semblaient lui sortir de la tête comme ceux d'un homard tant il était avide d'absorber ce qu'il lisait. Je crains d'avoir éprouvé la même chose que Vaibhav, surtout que, de l'emplacement où je me trouvais, je pouvais voir par-dessus son épaule. Lové contre le giron généreux d'un gros volume se trouvait un vieux livre de poche jauni, écorné, avec des pages volantes. Il suivait les lignes d'un doigt épais, le bord de l'ongle laissant une empreinte blanche sur la page.

Il ne me restait qu'à battre en retraite. Je reculai à pas de loup et, parvenue à l'autre extrémité de la pièce, je fis autant de bruit que Vaibhav en laissant échapper mes livres par terre.

Il prit peur immédiatement et, tandis que je me penchais pour ramasser les ouvrages, il escamota prestement le livre de poche. Il m'accueillit avec un peu trop de chaleur, encore chargé du tome vert, dont je voyais qu'il s'agissait d'un volume de Gibbon [1].

Sa peur d'être découvert était déroutante. Ramachandran n'était pas un sournois. Ses goûts littéraires étaient austères avec une tendance ésotérique, mais cela n'en faisait pas un prude. Pourquoi diable avait-il honte du livre qu'il lisait ?

La gêne le rendait volubile et il multipliait les questions aimables sur la bonne santé de mon roman. Il était le seul à Utkrusha qui savait que j'étais l'auteur du

1. Écrivain anglais de la fin du XVIIIe siècle, Edward Gibbon est l'auteur de *Histoire de la décadence et de la chute de l'Empire romain*.

Journal de bord de Lulu, et il décortiqua le dernier épisode avec une grande jubilation. Nous en discutions encore quand Ponni Mami poussa un cri qui nous fit sursauter et il partit en courant dans la cuisine.

Ce n'était qu'un lézard, mais le reptile apeuré se précipitait partout où il ne le fallait pas, déjouant les efforts de Ramachandran pour lui indiquer la sortie.

Comme je suis terrifiée par les lézards, ce fut une excuse plus que suffisante pour que je retourne dare-dare dans la salle de séjour.

Cela me ramena tout près du balcon et du fauteuil de Ramachandran. Et me reprocherez-vous d'avoir cherché sous le coussin son trésor pornographique ? Il m'en faut beaucoup pour me choquer, je peux réciter Sade par cœur et Bataille à l'endroit comme à l'envers mais, cette fois, j'eus les joues *en feu*.

Le livre qui avait mis dans tous ses états cet amateur de Gibbon et à cause duquel ce brave Mr Rao avait tremblé pour la moralité de son fils était un vieil exemplaire tout déchiré des aventures du plus intrépide des aviateurs : Biggles[1].

Je repoussai rapidement le livre à sa place, encore rouge de confusion. J'avais pénétré dans le jardin secret plein d'innocence d'un ami, je l'avais foulé aux pieds. Qu'avais-je à reprocher à Mr Rao ? C'était moi qui avais commis cette vilenie.

Je levai les yeux vers l'ex-amateur de porno, redevenu un quinquagénaire fatigué, agacé par le lézard et qui attendait poliment mon départ pour pouvoir piquer une modeste colère conjugale et sauver la face.

Je rentrai en traînant le pas, maudissant Mr Rao et décidant que Vaibhav avait désormais l'âge de régler ses affaires lui-même.

1. Créé par William Earl Johns en 1932 qui le fait naître aux Indes en 1899, le redoutable aviateur est devenu un héros de bande dessinée.

J'emportai ma chope sur le balcon pour une heure de solitude mais, là non plus, l'air n'était pas débarrassé des Rao. Un pousse-pousse s'arrêta de crachoter devant le portail et Vanaja Rao descendit. Shrikant en émergea un instant plus tard, chargé d'un gros sac. Ils étaient donc de nouveau ensemble !

– Oh, oui, j'ai oublié de t'en parler, dit Lalli par-dessus mon épaule. Le tournant à gauche de Shrikant était une infidélité… réelle ou imaginaire. Susheela m'en a parlé ce matin. Je lui ai demandé si tout était de retour à la normale.

– Qui, *toi* ?

Cela ne ressemblait guère à Lalli.

– Non, pas exactement, mais j'ai fait en sorte qu'elle me le dise ! Je l'ai interrogée sur la blessure à la tête de Mr Rao, et, de là, on est passées à la visite de Shrikant. Mais apparemment, on lui a pardonné. Trop de tentations, dit Susheela, dans le bus, le train, à la banque aussi, les jeans moulants, les décolletés, que faire ?

L'imitation grinçante que Lalli fit de la voix et des manières de Susheela Rao était troublante. Mais au lieu de m'amuser, cela ne fit qu'accroître mon agitation.

Je découvris que Vasu était arrivé pendant mon absence avec des tickets pour une pièce que je désirais voir, et une invitation pour manger dehors avec ses amies bataves. Je voulus me décommander, mais manquai d'énergie même pour ça.

La pièce était excellente. Malgré son exubérance, Vasu sait depuis belle lurette quand il vaut mieux me laisser tranquille. Lalli aussi resta distante et réservée. Mis à part le calvaire de dîner avec Elena et Christina, j'aurais eu une paix royale.

Les deux jeunes filles, qui étaient pleines de leur découverte de Bombay, trouvèrent une oreille compréhensive chez Lalli. Même Vasu fut marginalisé (il avait perdu beaucoup de son sex-appeal en kidnappant la vieille femme qui refusait de mourir). J'étais gagnée par la déprime depuis que nous avions quitté le théâtre et je mastiquai en silence, écoutant à peine les conversations.

Je me tortillais encore de dégoût. Mr Rao, je ne le voyais plus simplement comme un bouffon ; il était carrément dangereux. Ses attaques n'étaient jamais frontales ni directes. Il ne lâchait jamais sa bombe pour s'esquiver, comme je le croyais. Il restait alentour et jubilait à la vue des mutations qu'il avait causées, des grotesques monstruosités qui poussaient dans l'esprit de ses victimes. Le changement était subtil comme l'avait dit Vaibhav avec sa sagesse précoce. Il était subtil, mais durable, modifiant insensiblement votre code de conduite, de sorte que tout le monde finissait par devenir un peu narquois, un peu furtif, un peu plus comme Mr Rao.

Pas un instant je ne doutais que chacune des victimes de Mr Rao était passée par ce que je traversais en cet instant. Toutes avaient commis des actes qui les avaient rendues malades ensuite. Ramachandran avait eu raison de l'appeler le *sutradhar* de nos vies.

Le repas se termina enfin. Nous quittâmes le restaurant et nous descendîmes vers la mer jusqu'au parking. La brise marine était forte et bienvenue après l'atmosphère étouffante du restaurant.

Le croissant de lumières qui correspondait à Malabar Hill se balançait dans le noir entre ciel et mer, formant la constellation du Trishanku[1]. Quelqu'un frappa à mon cocon. C'était Elena, qui m'offrait une dragée de chewing-gum.

– Cc scrait du gâchis, dis-jc à rcgrct. Jc nc fais pas de bulles.

– Oh, vous perdez la *boule* ? dit-elle.

Ce qui était une interprétation assez fine, soit dit en passant.

1. La Croix du Sud.

Il était presque dix heures quand nous nous garâmes devant Sainte-Aspasie. Le restaurant *irani* était plein de couche-tard. L'air était comme un gargantuesque rot de satiété, parfumé d'ail et de cannelle. Nous nous attardâmes dans l'escalier pour entendre la chute du récit palpitant de Christina au sujet d'un voyage en car de Fountain à Dadar, quand Elena couina soudain « A-toll ! » et fonça dans le restaurant.

Christina nous assaillit d'un déluge en néerlandais, et fit entrer Lalli et Vasu en les tirant derrière elle. Avançant sur leurs talons, je tombai sur une curieuse scène.

Un grand jeune homme retirait sa main avec quelque difficulté de la poigne enthousiaste d'Elena. Il semblait excessivement mal à l'aise. Nous voyant avec Elena, il se tourna promptement vers nous, cherchant un moyen de se tirer d'embarras.

– Je crains que cette dame ne fasse une erreur, balbutia-t-il.

– Oui, je vois que ce n'est pas A-toll, fit Elena en lâchant précipitamment sa main. Son frère vous êtes peut-être ?

– Non, je regrette. Je n'ai pas de frère du nom d'A-toll… enfin, Atul, je veux dire. Je n'ai pas de frère du tout.

Elena se montra plus agitée et lâcha une salve en néerlandais. Christina opina gravement du chef et dit :

– Mon amie, elle dit que vous êtes son sosie.

L'homme, qui à présent leur en voulait visiblement, se leva, agacé par cette double intrusion. Vasu intervint pour l'amadouer. Comme je m'avançai à côté de Vasu, j'aperçus pour la première fois le compagnon de table de cet homme : c'était notre omniprésent Mr Rao.

Il me vit presque au même instant et se leva à la hâte. Il n'avait pas dîné, il y avait seulement une tasse vide devant lui. Il rafla un petit paquet plat enveloppé de papier brun qui se trouvait près du coude de l'autre personnage et se glissa jusqu'au comptoir pour payer sa note.

– Alors, on s'en va de bonne heure, ce soir, l'oncle ? l'interpella le jeune Mr Irani en lui rendant la monnaie.

Mr Rao fit semblant de ne pas l'entendre et, empochant ses pièces, il m'attira dehors. Vasu était encore en pleine conversation avec l'homme qui n'était pas Atoll Shah et Elena, maintenant tout sourires, s'excusait de façon charmante.

– C'est une grande chance de vous rencontrer ici comme ça. Il est très tard.

Il avait tiré de sa serviette une longue écharpe orange qui devait gratter et il fit promptement disparaître sa tête et son cou dans ses replis serpentins.

– Vous n'avez pas pris congé de votre ami, soulignai-je. Il va se demander ce qui vous est arrivé.

Il m'adressa un regard vide.

– Mon ami ? Oh, cet homme-là ? Il partageait simplement ma table, je ne le connais pas. Allons-nous dans la voiture pour attendre ? Ma poitrine, vous savez.

Il toussota avec délicatesse pour appuyer son propos. Mon irritation atteignit un nouveau sommet. Je jouais follement avec l'idée de lui dire que nous n'étions pas prêts de rentrer, même si je me rendais compte que nous pouvions aller où bon nous semblerait, il collerait à nous comme une sangsue anémique.

Quand il s'installa à l'arrière, sa faible carcasse fit à peine plus qu'une tache dans l'obscurité de la voiture. Nous prîmes congé des filles et Lalli alla rejoindre Mr Rao sur le siège arrière. Je me glissai derrière le volant et donnai quelques coups de klaxon énergiques pour faire venir Vasu. Il arriva enfin, son nouvel ami s'arrêtant sur la marche du haut pour lui faire au revoir. Comme la voiture s'éloignait, je le vis regagner lentement sa table.

– Charmant garçon, remarqua Vasu. Je suppose que nous avons tous un sosie quelque part. On va faire un tour à la plage, Lalli, ou es-tu trop fatiguée ?

– Nous ferions mieux de rentrer, déclara Mr Rao dans le noir. Les nuits sont très humides.

Complètement sonné, Vasu sauta en l'air, se cogna le crâne contre le toit de la voiture et s'affaissa. On lui expliqua la présence de Mr Rao et, à son tour, il demanda qui était A-toll. Lalli, qui était d'humeur étonnamment loquace, raconta l'histoire des jeunes Hollandaises et, bientôt, je cessai d'écouter.

L'air nocturne était humide, rendu légèrement âcre par la fumée de bois provenant des petits feux sur les trottoirs. J'oubliai la présence de Mr Rao sur le siège arrière, oubliai mon amertume à son égard. Les ailes sombres de la cité étaient bien repliées contre ses vieux flancs tandis que la voiture plongeait dans le vent. La lune basse, telle une grosse goutte de beurre, dépouillait le monde de ses rouges, de ses verts, pour ne laisser que les ossements blanchis des choses. Les réverbères devenaient le centre de la vie familiale à mesure que les abris sur les trottoirs s'animaient et qu'on cuisinait, lavait, papotait. Les chiens errants, vifs et pimpants, secouaient les oreilles avec impatience, flairant l'aventure dans les grandes rues vides. Les camions fonçaient à toute allure, sans discontinuer, passant d'un rêve à l'autre…

Je fis promptement un écart. Je m'endormais au volant. À côté de moi, Vasu chantonnait une vieille comptine familière. J'étais sûre d'avoir entendu ces paroles il n'y avait pas très longtemps.

Il croyait voir un albatros
Voletant autour de la lampe.
Il regarda de nouveau et s'aperçut que c'était
Un timbre d'un penny.
« Vous feriez mieux de rentrer, dit-il,
Les nuits sont très humides. »

7

Une drôle de pilule à base de légumes

Mr Rao souffrait d'un mal qui n'était pas vraiment une maladie : il en parlait modestement en disant « mon état ». Tous les habitants d'Utkrusha étaient au courant, et, curieusement, ce ne fut jamais un objet de risée. Peut-être parce que son état était la seule chose vaguement humaine chez lui.

Faisant preuve d'une ouverture d'esprit remarquable, Mr Rao sollicitait des conseils et des remèdes auprès de tous ses amis et relations. Il avait déjà une réserve bien pourvue de remèdes brevetés pour dorloter son état, car peu de visiteurs venaient sans laisser derrière eux un témoignage de leur considération. Mr Rao m'avait même interrogée. Il s'était enquis de mon opinion sur la supériorité de la paraffine liquide par rapport à des formes d'aide plus modernes et moins compliquées. Personnellement, dit-il, il soutenait que rien ne saurait être supérieur à l'huile de ricin, et il s'engagea dans une description détaillée de l'usage matinal de l'huile de ricin dans sa jeunesse. Il croyait sincèrement que c'était l'huile de ricin qui avait fait de lui l'homme qu'il était. C'était fort probable du reste. La pâleur de Mr Rao avait quelque chose de nacré, comme celle d'une larve qui s'est fait surprendre. Ce pourrait bien être l'huile de ricin.

La semaine qui suivit notre dîner avec les jeunes Hollandaises démarra sur les chapeaux de roue. À peine la pompe réparée et la concorde rétablie, Padmanabhan, dans une première bouffée exaltée de fierté paternelle, heurta son scooter contre le pare-chocs d'un camion. Le camion était à l'arrêt et l'élan de Padmanabhan ne l'emporta pas plus loin que les feux arrière. Il fut désarçonné et projeté à l'intérieur du camion, précipitant sur la chaussée plus de la moitié du chargement de bananes vertes. Le chauffeur, qui faisait la sieste dans la cabine, fut réveillé en sursaut et, se précipitant à l'arrière pour inspecter les dégâts, trouva la moitié de sa cargaison mollassonne remplacée par un homme à la jambe cassée. Padmanabhan n'oublia pas de donner son nom et le numéro de téléphone de son bureau avant de tomber… dans les pommes.

Le Building en fut informé à six heures et demie, au moment où le premier lot d'habitants d'Utkrusha rentrait de la gare. Nous nous entassâmes donc dans la vieille Fiat de Lalli. Patherphaker, Benny et Ramachandran remplissaient l'arrière de la voiture et Kumudben, armée d'une thermos de café, se cala entre Manda et moi.

Nous trouvâmes Padmanabhan groggy mais vivant. Le calmant lui donnait un sourire faible et indulgent. Il souffrait d'une fracture compliquée là où sa jambe avait percuté le pare-chocs, mais le reste était intact. Ses premiers propos furent : « N'en parlez pas au serpent à sonnette, sinon il va faire en sorte que mes parents le sachent. Je ne veux pas qu'ils s'inquiètent. Ce n'est qu'une fracture, après tout. »

Cela fut considéré comme héroïque et astucieux de la part de Padmanabhan. Nous l'abandonnâmes à son demi-sommeil narcotique et nous réunîmes dans le couloir pour discuter de cet incident. À l'autre extrémité du couloir, il y avait un autre groupe composé de gens provenant du bureau de Padmanabhan. Le code du quartier exigeait que les deux groupes s'observent avec méfiance pendant quelques minutes avant de passer à d'autres civilités. Ceci étant, Patherphaker et Ramachandran rencontrèrent leurs ambassadeurs au milieu du couloir et, progressivement, le reste d'entre nous convergea vers eux.

Padmanabhan, semblait-il, allait avoir besoin d'être opéré. Le chirurgien avait dit qu'il lui faudrait une transfusion.

– Pas de problème, annonça Patherphaker. Les jeunes du Building vont s'en charger.

La question, expliqua Mr Siddiqui de Century Finance, n'était pas aussi simple qu'il paraissait. Padmanabhan appartenait à un groupe sanguin si rare que « saigner le prolétariat » n'y suffirait pas. Le problème était de rechercher très minutieusement un autre aristocrate au sang bleu. On lui avait dit, à lui, Siddiqui, qu'il y avait une chance sur cinq mille de mettre la main sur l'oiseau rare. Et même si on le trouvait, quelle garantie avait-on qu'il serait jeune, en bonne santé et prêt à se laisser saigner ?

– Aucune, convint Patherphaker.

– Justement, le corrigea Siddiqui, béat, nous avons été sauvés par notre système d'indexation.

Quand une curiosité suffisante eut été déployée, Mr Siddiqui nous initia aux mystères de son classement. Lui, Siddiqui, était responsable des données informatisées de 5 648 employés couverts par le régime de santé de Century Finance. Tout le monde y figurait, dit-il, du *bhangi* au patron. Il s'était tourné vers le clavier dès la minute où il avait appris la nouvelle. Il lui avait fallu dix minutes pile pour situer l'autre propriétaire de ce groupe sanguin rarissime. L'individu était là, assis dans la banque du sang, tandis qu'il nous parlait.

– Je vous félicite, Mr Siddiqui, dit Ramachandran avec chaleur.

– Vous devez être très portés aux accidents, chez Century Finance, pour avoir vos groupes sanguins indexés, souligna Kumudben.

– Padmanabhan est le quatrième en six mois, confirma Siddiqui avec un large sourire.

Il y eut un léger mouvement aux abords du groupe.

– Ah, vous êtes là ! s'écria Mr Siddiqui. Comment vous sentez-vous, Mr Waghchaure[1] ?

La foule se divisa avec respect pour laisser passer le jeune homme pâle et transpirant doté d'un nom absolument impossible, et qui irradiait le bonheur suprême de celui qui possède un bien secret, le fait d'appartenir à un groupe sanguin de luxe qui le situait en dehors du *janata* des A, des B et des O positifs.

– Voici notre Mr Waghchaure, annonça Siddiqui du ton qu'on réserve habituellement au Koh-i-Noor. Il va donner son sang à Padmanabhan.

– C'est très généreux de votre part, Mr Waghchaure, souligna Ramachandran.

Waghchaure prit cela au pied de la lettre et livra toute la mesure liquide de sa valeur. Il était disposé à se séparer du huitième de ce précieux distillat, déclara-t-il. Je remarquai qu'il tenait pincé entre le pouce et l'index un petit tampon de ouate destiné à colmater étroitement la fuite, là où on l'avait ponctionné pour les besoins du test. Il explosa brusquement.

– Ils ont pris deux gouttes ! Pourquoi ce gâchis, leur ai-je demandé, de toute façon, je vais donner tout un flacon !

Pas très prodigue, le Waghchaure.

Mr Siddiqui se montra apaisant.

– Ils en ont besoin pour faire les analyses, c'est tout.

Mais Waghchaure eut l'air passablement outré et alla bouder sur le banc de bois, le café de Kumudben en équilibre sur son genou.

Une diversion survint fort à propos. Le chirurgien

1. Littéralement, « Mordu par un tigre » ou « Celui qui a mordu le tigre ».

arriva en sifflotant au coin du couloir et s'arrêta brusquement en nous apercevant. Il se redressa et son visage un peu stupide s'empreignit d'un air de gravité plus convenable.

– Il a l'air très jeune, marmonna Manda Tai.

– Il va se faire les dents sur notre Padmanabhan, renchérit Kumudben, l'air sombre.

Il disparut dans l'habitacle de Padmanabhan. Nos porte-parole, Siddiqui et Patherphaker, qui l'avaient accompagné jusqu'au bord, attendirent.

– Je me demande pourquoi il a éperonné un camion à l'arrêt, fit Ramachandran, songeur.

– Il ne l'a pas vu, répondit brillamment une femme de Century.

À moins que l'intelligence du propos ne tînt à ses sourcils épilés d'une poigne implacable. Quelques pieux isolés se dressaient bravement en arc de cercle, survivant au massacre.

– Il avait fêté ça, suggéra Benny D'Souza pour ne pas être en reste.

– Oh, non, Padmanabhan ne boit pas, s'insurgea Sourcils déplumés, offusquée.

– Moi non plus, madame, dit Benny. Ce n'est pas la boisson qui fait tourner la tête, c'est le bonheur.

Il eut aussitôt l'air honteux de cette profondeur de vue et commença à faire des choses compliquées avec sa calculatrice.

– Ne vous donnez pas ce mal, intervint Sourcils déplumés. Tous les frais sont couverts par notre régime de santé.

Benny, complètement dérouté, s'éloigna pour rejoindre Patherphaker.

– C'est tellement banal, n'est-ce pas, de penser à l'argent dans un moment pareil, en rajouta-t-elle.

Kumudben la couvrit d'un regard glacial.

– Oh, je regrette. C'était votre mari ?

– Non, mon petit-fils, rétorqua Kumud d'une voix aigre.

Sourcils déplumés eut l'air effaré et déguerpit. À présent, la guerre était ouvertement déclarée et les centuriniens à la fenêtre la plus éloignée nous fixaient d'un air de dignité offensée. Waghchaure avait déserté sans se donner la peine de laver la tasse de Kumudben, qui restait seule et abandonnée sur le banc.

Le chirurgien réapparut. Il aboya gaiement après l'infirmière et reprit son air absent quand il se prépara à nous dépasser, évitant soigneusement de croiser le regard de Patherphaker ou de Siddiqui, lesquels avançaient d'un pas traînant vers lui des deux extrémités du couloir.

Finalement, Patherphaker battit Siddiqui en apostrophant l'homme d'un énergique : « Excusez-moi, docteur ! » tandis que Siddiqui était encore en train de se racler la gorge. Cela faisait un point pour Utkrusha. Mais Patherphaker n'allait pas s'en tenir là.

– Comptez-vous utiliser la méthode russe, docteur ? s'enquit-il. Nous nous posions la question.

Et il échangea un coup d'œil entendu avec Benny et Ramachandran.

Mr Siddiqui paniqua. Il se creusa la tête pour trouver quelque chose de russe à dire et jeta des regards éperdus à ses collègues. Mais ceux-ci le considérèrent d'un œil morne lourd de reproches. « Le régime de santé, c'était votre idée, semblaient-ils dire. C'était à vous de vous tenir au courant des choses, russes ou pas. Ne nous demandez rien ! »

Patherphaker se balançait sur ses talons, fier comme Artaban.

Manda Tai dit avec orgueil :

– Il connaît toutes les dernières avancées, il connaît toutes les opérations du cœur qu'on montre à la télé. Il connaît chacune des étapes. Il pourrait faire toutes ces opérations les yeux fermés.

Le chirurgien eut l'air décontenancé. Il décrocha son regard de l'horizon lointain pour se concentrer sur Patherphaker et Siddiqui. Comme après réflexion, il répondit avec nonchalance :

– Russe ? Oh, non, pas de perestroïka pour nous, juste de bons vieux clous capitalistes !

– Les Russes ! répéta Mr Siddiqui avec un geste grossier. Cette nation a tout raté.

– Leur opération, certainement, fit le chirurgien en riant dans sa barbe. (Les lèche-bottes de Century Finance ricanèrent. Encouragé, le chirurgien poursuivit.) Ça peut marcher à Omsk ou Tomsk ou même, probablement, à Vladivostok, mais pas ici. En Inde, quand nous parlons d'importer, nous ne pensons pas aux Russes !

À présent, les cœurs simples de Century Finance étaient aux anges.

Mais Mr Siddiqui avait négligé son rôle.

– Eh bien, docteur, nous sommes tous fiers de notre Mr Waghchaure, rappela-t-il avec un geste large en direction du banc avant de découvrir que celui-ci était vide.

– Vous avez raison, vous avez raison, dit le chirurgien. Qui est Waghchaure ?

– Notre donneur, lui rappela Siddiqui.

– Ah oui. Il est parti faire ses analyses, j'imagine. Cela va prendre un certain temps. Il leur faut à peu près deux heures pour le VIH, vous savez.

C'est ainsi que, innocemment, il lâcha sa petite bombe au milieu de nous.

Le visage pâle de Mr Siddiqui blêmit encore. Il devint presque translucide.

– V… I… H… ? balbutia-t-il.

– Bien sûr. Le sida, vous savez. On doit vérifier.

Le chirurgien se frotta vivement les mains et s'apprêta à s'esquiver.

– Docteur, une minute, je vous prie ! (La voix de Mr Siddiqui se brisa.) Docteur, je vous assure que vous faites erreur…

– Oh, je n'ai pas dit qu'il était malade, mais simplement que nous devions faire le test.

– Non, non, le test n'est pas nécessaire, docteur, absolument pas. Waghchaure est un homme d'une moralité irréprochable. Tenez, Kulkarni, vous connaissez ce garçon, dites au docteur…

– Oui, docteur. Un homme très bien, docteur, Waghchaure, très respectable. Bonne famille, docteur, très religieux, récemment engagé, docteur.

– Cela va gâcher son avenir, docteur, s'il en sort quelque chose…

Patherphaker et Benny étaient retournés dans l'habitacle de Padmanabhan. Cela commençait à s'y bousculer. Ramachandran voulut à son tour faire partie de la fête.

– Allons bon, fit Sourcils déplumés avec emphase. Je n'aurais jamais cru ça de Waghchaure.

– Cru quoi ? demanda Kulkarni, assez remonté. Si vous deviez donner votre sang, on testerait aussi le vôtre.

– La fiancée de Waghchaure habite à Ghatkopar, intervint un autre centurinien. Tout près de chez mon frère. Nous les connaissons très bien. Mhaske, elle s'appelle, des gens très bien. Mieux vaut qu'ils sachent…

Un silence soudain tomba sur le couloir quand Waghchaure apparut à l'autre extrémité, silhouette frêle, abattue. Il s'affala sur le banc et sortit un mouchoir à carreaux de sa poche. Il commença à se tamponner le front d'un geste précieux. Les centuriniens adressèrent un regard éloquent à leur meneur.

Mr Siddiqui se posa prudemment à l'autre bout du banc.

– Mon cher Waghchaure, vous devez être bien contrarié.

– Pourquoi donc ? demanda le malheureux Waghchaure en toute innocence.

Mr Siddiqui toussota. Il lança un regard traqué dans notre direction. Il se pencha dangereusement par-dessus la synapse et chuchota à l'oreille de Waghchaure. Le pauvre garçon changea de couleur aussi vite qu'un feu de signalisation.

– Laissez-moi vous dire qu'il n'y a aucun risque, c'est impossible !

Dans le silence lourd, ses paroles bondirent et se replièrent sur elles-mêmes en petits cris de consternation.

– Oui, bien sûr, c'est exactement ce que j'ai dit au docteur, affirma Mr Siddiqui. C'est une pure formalité, rien de plus, nous le savons. Maintenant, nous devons seulement attendre le résultat.

Mais Waghchaure, dont l'honneur avait été publiquement sali, ne pouvait attendre deux heures pour voir sa vertu reconnue.

– C'est par pure bonté que j'ai proposé de donner mon sang. Et voilà comment je suis remercié ! Je ne m'attendais pas à ça de la part de Padmanabhan. Je ne voulais rien dire tant que sa vie était en danger, mais ce n'est un secret pour personne qu'il n'a pas payé ses dettes au salon de thé depuis trois mois ! Cinquante roupies, exactement cinquante roupies, mais ça, il ne veut pas le régler, bien qu'on le lui ait réclamé à plusieurs reprises… voilà l'homme pour lequel je suis prêt à verser mon sang ! Mon propre sang !

– Mieux vaut que ce soit le vôtre que celui de quelqu'un d'autre, dit Ramachandran en s'approchant tranquillement. Padmanabhan se conduit comme un idiot. Il dit que ça lui est égal d'être transfusé sans qu'on fasse le test du VIH. Il dit qu'il est déjà l'obligé de Waghchaure…

– C'est cela, la mentalité de Century Finance,

claironna Mr Siddiqui. La confiance mutuelle ! Voilà l'esprit que j'aime trouver. Padmanabhan comprend cela. Un homme de très grande valeur, Padmanabhan, un gentleman jusqu'au bout des ongles ! Vous avez entendu ça, Waghchaure ?

L'homme effondré retrouva un peu de vigueur.

– C'est fort aimable à lui, concéda-t-il avec aigreur. Mais il n'a pas vraiment le choix, n'est-ce pas ? Je suis le seul donneur.

– Avec l'opération russe, on n'a jamais besoin de transfusion, souligna Patherphaker.

L'air irrité, le chirurgien sortit de l'habitacle de Padmanabhan. Il se tourna, hargneux, vers Mr Siddiqui.

– Je n'ai pas besoin d'autres avis ou suggestions, dit-il. Nous utiliserons le sang de ce monsieur uniquement si le labo nous donne le feu vert. Je vous prie de ne pas discuter du règlement interne de l'hôpital avec le patient, il a besoin de calme et de tranquillité. Et il n'a certainement pas besoin de connaître les détails de l'intervention. S'il a des questions, je serai ravi d'y répondre. Aucun de vous n'est chirurgien, il me semble ?

Le pauvre Mr Siddiqui fut piqué au vif par autant d'injustice. C'était Patherphaker qui avait interrogé le chirurgien et, maintenant, où était Patherphaker ? Au bout du couloir, où il exposait gaiement à D'Souza l'opération russe dans ses moindres nuances, dessinant des schémas au dos d'un paquet de cigarettes, pendant que lui, Siddiqui, devait subir l'arrogance et les sarcasmes du chirurgien. La potion était amère. Mais en tant que représentant de Century Finance, il la boirait jusqu'à la lie. Aussi, Mr Siddiqui, chargé de son auréole invisible, se laissa choir sans réfléchir à côté de Waghchaure.

– Ce que je veux dire, commença Waghchaure, c'est que ce n'est pas juste.

Les centuriniens le considéraient avec méfiance.

– Je pourrais facilement m'en aller, poursuivit-il. Qu'est-ce qui m'en empêche ? Je ne vais pas rester ici pour me faire insulter de cette façon !

– Au nom du ciel, ce n'est qu'un test ! fulmina Ramachandran.

– Ouais, rien qu'un test, mais pourquoi moi ?

Siddiqui lui effleura l'épaule.

– Restez calme, Waghchaure. Restez très calme. Prenez du café.

Mais Waghchaure repoussa la tasse. Il ne voulait pas être calmé.

– Où est Pathak ? demanda-t-il. Je l'ai aperçu il y a une minute.

– Pathak est allé chez son frère, s'empressa de lui répondre Sourcils déplumés. Le frère de Pathak est un voisin de votre fiancée, c'est ce qu'il a dit. Je suis sûre qu'il va la ramener avec lui. Vous vous sentirez tellement mieux si elle est là quand on vous saignera.

Waghchaure grogna. Il apprenait vite que la voie étroite pouvait être semée d'embûches. Je me représentais parfaitement la scène qui le tourmentait.

La fiancée, libérée de son travail quotidien – l'ordinateur, peut-être, ou quelque chose de sérieux comme la banque – s'accorde une heure de repos avant le dîner quand on sonne à la porte et les Pathak surgissent dans sa vie. On discute d'abord en long et en large de l'histoire du groupe sanguin miraculeux de Waghchaure. La fiancée est parfaitement au courant, c'est une des choses dont elle aime se vanter auprès de ses amies. La nature généreuse de Waghchaure, son engagement envers la société et sa belle probité candide qui touche tous ceux qui l'approchent. Les parents de la jeune fille sont là aussi, bien sûr, et ils se joignent de bon cœur à ces louanges. Oui, Waghchaure est un garçon qui ira loin…

Là-dessus, Pathak toussote et dit : oui mais, pour l'instant, Waghchaure n'a pas dépassé le laboratoire. Il fait le pied de grue devant en attendant les résultats de son test VIH… bien entendu, Mr Mhaske sait que le test VIH est… ?

Pathak ne peut en dire davantage. Il est vaincu par la toux. Trop tard, cependant, car Prajakta a déjà compris.

– *Ai la ! Je rêve !* s'exclame la fiancée étourdiment. Je ferais mieux de faire le test, moi aussi !

Mr Mhaske fusille sa fille du regard. Il pilote poliment les Pathak vers la sortie. Mr Pathak de Century Finance lui propose de prendre place sur le siège arrière de son scooter pour se rendre à l'hôpital. Rien ne vaut l'information en direct, souligne-t-il.

Mr Mhaske en convient. Il rentre chez lui au trot pour se changer rapidement, conscient que la situation exige une tenue plus classique. Il dédaigne son habituel ensemble *kurta* et se demande s'il serait sage de mettre une cravate. Il se résout finalement à un compromis en enfilant une chemise repassée fraîchement rentrée de la teinturerie, sa blancheur étant un reproche vivant adressé à ce Waghchaure au cœur noir. Il dit à sa femme qu'il va s'assurer de la chose. Il n'a pas besoin de lui demander de « tirer ça au clair » du côté de Prajakta. Il sait qu'elle l'a déjà fait.

Mr Mhaske soupire pendant qu'il grésille sur le siège arrière, solidement arrimé à la panse rembourrée de Pathak tandis que le deux-roues part en chancelant.

– Vous direz ce que vous voudrez, Pathak, braille-t-il, on ne peut jamais savoir avec cette nouvelle génération…

Pathak, qui frise les trente-cinq ans et qui a défrayé récemment la chronique en venant travailler en bermuda le samedi, approuve avec énergie.

La façon dont Waghchaure avait gagné le milieu de la scène était surprenante. Le drame de la soirée évoluait autour de lui.

Benny dit tout haut ce que je pensais.

– C'est Waghchaure qui fait son numéro sur toute la ligne, souligna-t-il. Même la fracture de Padmanabhan n'est plus qu'un accessoire.

– Un paradoxe compliqué, fit Ramachandran pour dérider tout le monde. Presque digne de Padmanabhan en personne.

– Si seulement il faisait l'opération russe, on se passerait complètement de Waghchaure.

Là, c'était Pathermaker pleurant son opération perdue.

– Tu vas t'arrêter de parler de cette opération ? s'écria Manda en colère. Tu te ridiculises devant le chirurgien. Comme si tu savais faire une opération !

– Je sais, je sais ! Ils prennent des tiges et des anneaux…

– Oh, laisse tomber, tu veux.

Manda Tai, à présent hors d'elle, se leva et alla se mettre à l'écart.

– Buvez un peu de café, Patherphaker, proposa Benny.

Patherphaker obéit, buvant directement au goulot de la thermos, la tenant à deux centimètres de sa bouche ouverte mais il rata son coup à la dernière minute en se brûlant la langue et en répandant le café sur sa chemise.

Personne ne remarqua la présence de la tasse que Waghchaure avait utilisée, dont le bord poisseux était à présent couronné de mouches.

– Faut-il que nous restions tous ? marmonna Manda Tai. La jambe de Padmanabhan peut sûrement guérir sans dix personnes pour lui soutenir le moral.

– Qu'est-ce qui vous fait croire qu'on est là pour Padmanabhan ? demanda Kumudben. Century Finance attend quoi ? Ils attendent tous les résultats du test de Waghchaure, c'est tout.

Sourcils déplumés tenta une incursion.

– Le bébé de Padmanabhan lui a porté malheur. À peine vieux d'une semaine et son papa percute un camion !

– Pas du tout, contre-attaqua Kumudben. C'est la petite fille qui a fait que le camion était à l'arrêt. Si le bébé avait été un garçon, Padmanabhan aurait eu une collision frontale avec un camion fonçant à toute allure.

– Je vous ai dit pourquoi Padmanabhan est rentré dans le camion ? (Ramachandran cala prudemment sa corpulence dans un fragile fauteuil en plastique.) Voilà comment les choses se sont passées. Il fichait le camp lorsque quelque chose a arrêté son regard… ou, comme il dit, il a vu quelque chose qui a attiré son attention dans la vitrine d'un bijoutier. Non, ce n'était pas un bijou ni même le cours de l'or. C'était le serpent à sonnette en conclave avec le bijoutier. Il tournait le dos à la route, mais Padmanabhan est sûr et certain que c'était notre cher Mr Rao. Ce pauvre Padmanabhan est encore très blessé et la vue du serpent à sonnette dans un cadre si peu familier l'a fait sursauter, de sorte qu'il a décroché abruptement sur la gauche et s'est cassé la jambe contre un régime de bananes ramollies.

– Pas étonnant qu'il n'ait pas envie qu'on en parle à Mr Rao, dit Benny.

– Ne demandez pas l'impossible, lâcha Ramachandran sèchement. Je parie dix roupies que Mr Rao est déjà au courant.

Waghchaure s'était levé nerveusement. Incliné vers lui se trouvait Pathak, accompagné d'un fringant quinquagénaire, le beau-père présomptif.

Waghchaure les suivit humblement jusqu'à la dernière fenêtre. L'homme le plus âgé avait une main posée sur l'épaule de Waghchaure, la tête penchée avec avidité, en quête de confidences.

Mais il fut frustré, en fin de compte. Le technicien

de la banque du sang se matérialisa comme un génie et annonça qu'ils étaient prêts pour Mr Waghchaure.

– Autant laver cette tasse, annonça Kumudben.

Nous attendîmes que Padmanabhan, avec son clou, sa plaque et son plâtre, soit restitué à son habitacle sanitaire. Waghchaure, régalé cérémonieusement de café et de biscuits supplémentaires, fut tendrement reconduit chez lui en taxi par son beau-père, aucun doute ne planant plus désormais sur les relations des tourtereaux.

Les centuriniens s'attardèrent après notre départ, bien résolus à s'assurer que Padmanabhan entrait dans le régime de santé en sortant intact de son brouillard soporifique lilas.

– Vous misez toujours vos dix roupies, Benny ? s'enquit Ramachandran sur le chemin du retour. Je parie que Mr Rao attend sur le palier pour nous coincer.

– Rencontrer ce type est bien la dernière chose dont j'ai envie, s'exclama Kumudben.

– S'il avait pratiqué l'opération russe, on aurait pu être de retour à huit heures, lâcha Patherphaker, incapable de se retenir.

Ramachandran n'eut pas besoin d'attendre jusqu'au palier pour recevoir son billet. Benny l'avait sorti de son portefeuille avant même que nous ayons mis pied à terre. Mr Rao se tenait à la grille, une torche à la main.

– Tout va bien ? demanda-t-il, magnanime. J'espère que tout s'est bien passé. Les parents de Padmanabhan étaient-ils là ? J'étais sur le point de venir moi-même, mais j'avais un engagement antérieur. Les pauvres parents de Padmanabhan ! Ce qu'ils endurent est terrible !

– Pourquoi ? s'enquit Patherphaker. C'est la jambe de Padmanabhan qui est fracturée. C'est lui qui endure.

Il dépassa Mr Rao avec colère et fonça dans l'escalier, suivi par Manda Tai.

– Notre ami a l'air contrarié, remarqua Mr Rao. Des émotions plus délicates semblent hors de portée pour Patherphaker. Bref, les parents de Padmanabhan ont-ils réussi à arriver à temps pour l'opération ?

– Son bureau les a prévenus, je crois, mentit Ramachandran. J'ai vaguement entendu parler de leur venue demain.

Mr Rao fut outré. Comment ? Leur fils unique se trouvait à la porte de la mort et…

– Pas exactement, le reprit Benny. Ce n'est jamais qu'une fracture de la jambe.

Même ! insista Mr Rao. C'était une affaire sérieuse. Leur fils unique était à la porte de la mort et les parents disent qu'ils ne peuvent venir que le lendemain ? On n'avait jamais entendu parler d'une chose pareille. Bien sûr, ils étaient contrariés au sujet du bébé de Padmanabhan. Il fallait se mettre à leur place.

– À propos, Mr Rao, Padmanabhan nous a dit qu'il vous avait vu chez le bijoutier, cet après-midi, intervint Kumudben. Avez-vous fait une bonne affaire ?

– Il m'a vu ? Impossible ! (Mr Rao semblait vraiment contrarié.) Padmanabhan doit se tromper ! J'étais à mon bureau de Fountain toute la journée. Il ne faut pas prendre ce que dit Padmanabhan au pied de la lettre. Quel scandale, à une heure pareille !

– Voulez-vous dire que Padmanabhan était ivre ?

– C'est dur à dire, madame, mais oui, ce serait quoi d'autre ? J'ai remarqué, il y a seulement deux jours de ça, qu'il portait une bouteille de whisky dans sa serviette. Pas du whisky, non, de la vodka, je crois, ou peut-être du gin.

Je m'empressai de le décevoir.

– C'était de l'eau bouillie. Il a eu une hépatite l'an dernier et il ne veut plus prendre de risque.

Mr Rao eut un sourire épanoui.

– Vous êtes jeune, vous êtes innocente ! Peu importe, pour vous faire plaisir, je vais vous croire. L'innocence a tellement de charme !

Je montai l'escalier, en rage.

– Vous avez fait une touche, me lança Ramachandran pour me charrier. Qui aurait cru que vous séduiriez un jour l'irrésistible Mr Rao ?

– Je suis désolée pour Padmanabhan, dit Kumudben. Mr Rao n'aurait pas dû provoquer une brouille familiale. Quelqu'un devrait arrêter ce type.

Car Mr Rao avait décidé de prendre en main les parents peu empressés de Padmanabhan. Je l'entendis discuter de ses projets avec Benny comme ils montaient lentement l'escalier. Le jour suivant étant un mercredi peu chargé, il avait décidé de se rendre à Vashi pour accompagner les parents de Padmanabhan à l'hôpital. Il faudrait probablement les convaincre, pensait-il, mais on lui avait déjà dit qu'il savait se montrer persuasif.

– Quelle soirée mouvementée tu as eue ! fit Lalli en bâillant quand j'arrivai à la fin de mon récit. Ce pauvre gosse, Waghchaure… combien de Mr Rao y a-t-il en chacun de nous ?

Je n'y avais certainement pas réfléchi de cette façon.

– Je ne crois pas que nous pourrons empêcher Mr Rao d'aller à Vashi. Le pauvre Padmanabhan peut compter sur un savon maternel demain matin.

Sauf que, le lendemain de bon matin, Mr Rao rencontrait une mort soudaine qui nous bouleversait tous.

Mr Rao avait l'habitude de boire au lever une tasse d'eau chaude et de faire une rapide promenade de santé dans le parc. C'était bon pour son état. L'échoppe de la laitière était à côté du parc et Mr Rao prenait généralement le lait sur le chemin du retour. Si son état se montrait plus récalcitrant qu'à l'ordinaire, Mr Rao faisait un deuxième tour après son café.

Ce mercredi n'avait pas été différent. Susheela l'avait entendu vaquer dans la cuisine un peu après cinq heures. Quand la pendule sonna la demie, Mr Rao s'équipa pour sa promenade, une longue écharpe autour de la tête pour protéger son crâne contre la rosée matinale. Susheela fut réveillée un peu plus tard par le bruit de la clé. Il était entré un instant dans leur chambre à coucher, avait pris quelque chose dans la table de nuit et était reparti sans rien dire. Susheela avait décidé dans son demi-sommeil qu'il voulait un mouchoir et, en entendant la porte se refermer, elle était repartie pour une autre demi-heure de sommeil.

Mr Rao rentrait généralement chez lui pour six heures un quart. Ce mercredi-là, il était six heures et demie et il n'y avait aucun signe de lui. Susheela n'était pas inquiète pour son mari, mais elle avait besoin de lait pour le café. Elle attribua le retard à l'état de Mr Rao, qui avait sa façon de lui en faire voir au moins deux fois par semaine.

À sept heures moins le quart, elle envoya Vaibhav chercher du lait. Vaibhav revint avec le lait et signala qu'il n'y avait pas trace de son père dans le parc. Mais Mr Rao avait pris deux cartons de lait « de très bonne heure » comme d'habitude, d'après la vendeuse. Susheela était trop occupée à reprocher à Vaibhav la dépense superflue en lait pour s'inquiéter du retard de son mari.

– Il a dû prendre une autre direction aujourd'hui, décida Susheela et elle prépara le café.

Quelques minutes après sept heures, des cris retentirent, réclamant l'ascenseur pour l'équipe du matin.

– Quelqu'un a laissé la porte de l'ascenseur ouverte, ronchonnai-je.

Je déteste qu'on me dérange pendant ma première tasse de café.

Lalli leva brièvement les yeux de son livre mais, alors même qu'elle retournait à sa lecture, il y avait une vivacité chez elle qui n'augurait rien de bon.

Je me suis souvent interrogée là-dessus. A-t-elle une sorte de prescience ? Je lui ai posé la question une fois et elle l'a écartée d'un éclat de rire. Plus tard, toutefois, elle m'a dit :

– Après des années de métier, tu finis par sentir les choses… un picotement dans les pouces, ce genre de chose !

Ma tante est une sorcière.

C'est alors que quelqu'un poussa un cri.

C'était un long cri métallique, le cri de terreur d'un enfant. Nous dévalâmes l'escalier, descendant les marches quatre à quatre, et tout le temps le cri continua, les syllabes dures ricochant l'une sur l'autre, ga… ga… gaaa.

Ce qui me ramène à ce moment de l'histoire : Mr Rao est mort. Claude a découvert le corps dans l'ascenseur, et Lalli et moi avons découvert Claude. Mr Rao avait apparemment succombé après sa promenade dans le parc. Il avait fermé la porte de l'ascenseur et, allez savoir pourquoi, il avait décidé de se reposer sur le strapontin en plastique bleu. Et là, il était mort.

Avec la découverte du corps de Mr Rao dans l'ascenseur, les nombreuses terreurs qui s'étaient accumulées en moi depuis le jour lointain où il s'était fait assommer me rattrapèrent. Je sortis la machine à écrire et les laissai débouler pêle-mêle. À mesure que je passais en revue sur le papier leur sombre cohorte, elles remplissaient ma tête d'idées, sauf que je ne savais pas exactement ce qu'elles étaient. J'avais reproché à Lalli de ne pas avoir su prédire que ces événements curieux pourraient conduire à une vraie tragédie. Lalli avait su que quelque chose ne tournait pas rond dès qu'elle avait vu le corps de Mr Rao. À présent, tandis que les feuilles tapées à la machine s'ajoutaient à l'amas de neige qui jonchait le sol, ces événements bizarres s'enchaînaient rapidement. Mais pour signifier quoi ?

Je ne pouvais plus faire semblant d'ignorer les bruits dans le couloir et je quittai la table sans réfléchir. J'avais l'impression désagréable d'avoir raté un élément essentiel. J'essayai de me représenter de nouveau l'instant où nous avions découvert le corps. L'ascenseur était sombre… tout ce que j'ai vu d'abord, c'était le visage de Claude. Et quand Lalli le tira dehors, le corps de Mr Rao glissa par terre. Je me souvenais de l'explosion d'orange quand le soleil toucha son écharpe… mais il y avait quelque chose d'autre qui scintillait, quelque chose d'inattendu…

Et pourquoi Lalli m'avait-elle demandé d'appeler la police ?

J'étais convaincue, moi, que c'était un meurtre parce que la position de sa mâchoire à elle me dit qu'elle le pensait. Qu'est-ce qui lui avait donné cette certitude ?

Que cherchait Lalli tandis qu'elle scrutait le visage du mort ?

J'étais trop effarée par la tournure des événements pour remarquer quelque chose en dehors de la conviction illogique que tout avait conduit au meurtre de Mr Rao. Et puis j'étais montée à l'étage pour donner un sens logique à cette conviction en notant tous les événements, bizarres ou banals, qui nous avaient occupés ces deux derniers mois à Utkrusha.

Comme je repoussai la machine à écrire, je tirai le rideau contre la lumière éblouissante de onze heures… et ce qui m'avait sidérée au sujet du corps me revint. Je me souvins de cet éclat fugitif qui m'avait arrêtée quand le soleil était tombé sur le corps.

Mr Rao portait des lunettes.

Et pas de vieilles lunettes.

Dans la lumière chiche du petit jour, et à la dernière heure de sa vie, Mr Rao avait éprouvé le besoin d'arborer ses lunettes d'importation à verres très spéciaux.

C'était étrange, et j'enregistrai que je devais en parler à Lalli pendant que je me dirigeais vers la mêlée. Ils étaient tous dans le couloir, à part Ramachandran et Kumudben, qui consolaient les endeuillés. Patherphaker m'accueillit en m'annonçant qu'on avait emporté le corps. Il avait l'air malheureux et, pour finir, il marmonna en faisant le geste de scier dans l'air :

– Une autopsie. Ils vont faire une autopsie.

– Ils croient qu'il a été empoisonné, articula Betty entre ses dents. Qui a appelé la police ? C'est toi ? Lalli est partie avec le corps, elle a dit que nous devions l'attendre, qu'elle serait bientôt de retour. J'ai envoyé Benny en haut pour qu'il s'occupe de Claude. Lalli dit qu'il n'a pas besoin d'aller au commissariat, ils l'interrogeront ici. L'inspecteur Savio, a-t-elle dit. Ça alors ! J'espère qu'il ne va pas brutaliser mon garçon.

L'idée de Salvio brutalisant un adolescent terrorisé était presque comique.

– Pourquoi ne pas rester tous ensemble ici pour attendre la police ? proposai-je en les invitant à entrer.

C'était ce qu'ils attendaient, Lalli était le recours naturel contre la mort et les catastrophes.

Nous laissâmes la porte ouverte. Abhay glissa un œil par-dessus la rampe et fit signe à Patherphaker qui nous rejoignit d'un bond. Le reste d'entre nous s'égailla dans la salle de séjour, sans force, donnant une interprétation muette des chaises musicales.

– On croit qu'il a pu être empoisonné, c'est ce que m'a dit le gendarme, répéta Betty.

– Comment aurait-il pu être empoisonné ? demanda Ponni. À une heure aussi matinale ! Il n'avait même pas bu son café.

– Un accident, peut-être ? Un lézard ? C'est ça. Il y en

a un gros vert dans l'ascenseur, vous savez, aussi gras qu'un crocodile. Les crottes de lézard sont absolument mortelles.

Ponni frémit.

– Il n'aurait pas pu les avaler…, protesta Alisha.

– Dans une tasse d'eau chaude, affirma Betty catégorique. Avant de partir en promenade. (Le Building n'ignorait rien des habitudes de Mr Rao.) Des crottes dans le filtre à eau. C'est connu. Deux personnes sont mortes dans un restaurant de Bangalore. C'était dans tous les journaux. Bien sûr, conclut Betty raisonnablement, c'était un lézard entier, cette fois…

– Ça ne peut pas être la faute d'un lézard, contesta Alisha. On a procédé à une désinsectisation.

– Alors c'est de l'insecticide, décida Betty. Vue la façon dont on le répand, ce n'est pas étonnant, en faisant des trous et en laissant des petites flaques de produit partout. Je préfère un bon cafard ou deux, croyez-moi, plutôt que ces saletés de produits. Demandez à Benny. Faites-le démarrer sur les insecticides et c'est parti pour une heure.

– Vous croyez qu'ils vont nous libérer ? s'inquiéta Ponni quand nous entendîmes une jeep se garer. J'ai deux ou trois étudiants à deux heures.

Ponni enseigne la musique à Polytechnique.

– Vous feriez mieux de remettre, dis-je.

L'endroit marqué d'un X n'allait pas tarder à grouiller de ce que Lalli appelait les surnuméraires du meurtre : des photographes, techniciens de laboratoire avec leur batterie de vieux gadgets et des policiers à la pelle.

– Ils vont vouloir parler à Claude, dis-je à Betty. Justement, voilà l'inspecteur Savio.

La pièce devint silencieuse quand Lalli et Savio entrèrent. Lalli dit :

– L'inspecteur Savio va utiliser cette pièce pour les

auditions. Pourriez-vous quitter la pièce, je vous prie ? Betty, croyez-vous que nous pourrions voir Claude maintenant ? Cela ne prendra pas longtemps.

Betty et Alisha allèrent chercher Claude. Ponni nous quitta pour aller voir son mari. Abhay apparut brièvement au-dessus de la rampe et haussa les sourcils. Je secouai la tête et il disparut.

Savio m'apporta un verre d'eau du réfrigérateur. J'acceptai, un peu surprise.

– Lalli m'a dit que vous preniez des notes, me dit-il.

– Je n'ai pas encore fini.

– Bien sûr. Ça va ?

Les larmes menacèrent. Je clignai des yeux, furieuse.

– Évidemment que ça va. Pourquoi ça n'irait pas ?

– Je demandais juste.

Il haussa les épaules et prit un livre sur l'étagère, le reposa, s'empara du journal à côté, et le plia, retournant les bords avec une telle force qu'ils semblaient avoir été amputés.

– Vous vous souvenez combien de temps Claude a hurlé avant que vous couriez le rejoindre ? demanda-t-il.

– Un seul long cri... on a couru aussitôt. Mr Rao a-t-il été empoisonné ?

– C'est ce que croit Lalli. Il était mort depuis près d'une heure quand vous l'avez trouvé.

– Un suicide ? Un accident ? Un meurtre ?

Lalli entra, prit une douche et se changea, enfilant une chemise turquoise pimpante et un pantalon blanc. Pour un meurtre, elle se met toujours sur son trente et un. Il flottait dans l'air un soupçon de chypre quand elle me dépassa en allant à la cuisine. Savio croisa mon regard et cligna de l'œil.

– Un meurtre, pas de doute, dit-il.

J'allais devoir déjeuner seule. Ni Lalli ni Savio ne mangeaient à l'heure quand ils travaillaient sur une affaire. Ils marchaient au café et à l'adrénaline. J'avais pris l'habitude de préparer un « repas dans un bol[1] » et de le pousser vers eux sans rien dire. Ils mangeaient sans récriminer tant que je ne disais rien. Aujourd'hui, il n'y avait même pas de café. Il y avait une cruche d'eau glacée entre eux.

Je bricolai dans la cuisine, mordis dans une pomme distraitement et me demandai ce que j'éprouverais si elle était empoisonnée.

Qu'avait ressenti Mr Rao en se rendant compte qu'il était mortellement malade ? S'est-il dit qu'il faisait une crise cardiaque ? Avait-il essayé de donner l'alarme pour s'apercevoir que c'était impossible ? Comme le monde a dû lui paraître diminué à cet instant, réduit aux quelques visages qui représentaient son chez-lui… reculant à mesure qu'il essayait désespérément de les atteindre. Je balançai la pomme et rejoignis Lalli.

– Tu as parlé avec Mr Rao hier soir, dit Lalli. T'a-t-il paru contrarié ou déprimé ?

– Au contraire ! Il projetait d'aller aujourd'hui rendre visite aux parents de Padmanabhan à Vashi. Pourquoi, tu crois que c'est un suicide ? Il a été empoisonné ?

Lalli haussa les épaules.

– Impossible de dire pour l'instant jusqu'à ce qu'on ait des nouvelles du contenu stomacal. Il avait le cœur faible. La première impression que la plupart des gens auraient, c'est une crise cardiaque.

Lalli n'était pas la plupart des gens. Sa première impression avait été le meurtre.

– Apparemment, il avait l'habitude de marcher dans le parc pendant une heure chaque matin, poursuivit Lalli.

– Oui, et de boire une tasse d'eau chaude avant de quitter la maison. Je le lui ai souvent entendu dire. Tu crois que c'est ce qui l'a empoisonné ?

1. Plat unique et réconfortant, à base de riz, de légumineuses et de légumes.

Mais Lalli ne se laisserait pas tirer les vers du nez.

Claude arriva, piloté par son père. Pour l'occasion, il avait échangé son tee-shirt habituel contre une chemise à fines rayures. Ses cheveux frisés avaient été aplatis avec de l'eau et tirés en arrière en raies sombres avec un peigne à dents fines qui avaient dû lui mettre le cuir chevelu à vif.

– Alors, Claude, nous savons que tu as passé un sale quart d'heure, dit Lalli. L'inspecteur Savio veut t'entendre dire les faits. Essaie de te rappeler précisément ce qui s'est passé, tu veux ? Souviens-toi, nous voulons savoir exactement ce que tu as vu et ce que tu as ressenti.

Claude, impressionné par sa propre importance, toucha son col d'un geste embarrassé.

– Pourquoi es-tu descendu, Claude ? demanda Savio.

– Quelqu'un avait laissé la porte de l'ascenseur ouverte. Tout le monde réclamait l'ascenseur. Maman m'a demandé de courir en bas et de fermer la porte.

– Tu sais quelle heure il était ?

– Sept heures pile. Il y avait les nouvelles en hindi.

– Maintenant dis-nous ce qui s'est passé quand tu es arrivé au rez-de-chaussée.

Claude déglutit nerveusement et tira sur son col. Il regarda désespérément en direction de la porte puis, croisant les yeux de Savio, il se mit à parler rapidement, bougonnant les mots qui se bousculaient dans leur hâte de sortir.

– La porte de l'ascenseur n'était pas grande ouverte… elle était presque refermée. J'ai couru dans l'ascenseur et j'ai tiré la porte. Puis j'ai tendu la main pour presser le bouton… il faisait tellement sombre là-dedans ! Et alors, quelque chose m'a touché.

Il s'arrêta et déglutit péniblement. Benny posa une main sur son épaule et Claude poursuivit.

– J'ai dû sauter, envoyer comme un coup, vous savez,

en écartant les bras… et ça m'est tombé en plein dessus, carrément, et je l'ai rattrapé. J'ai compris tout de suite que c'était l'oncle Rao à cause de l'écharpe, l'écharpe n'arrêtait pas de se dérouler et je n'arrivais pas à l'arrêter, ça continuait encore et encore. Je pense que j'ai crié, mais je ne m'en souviens pas… puis tante Lalli m'a tiré dehors et je suis rentré à la maison.

– As-tu vu quelqu'un sortir de l'immeuble quand tu es descendu, quelqu'un sur les marches ou dans l'entrée ?

Ayant raconté le pire, Claude parut brusquement dynamisé.

– Personne, absolument personne. J'étais furieux parce que les gens n'arrêtaient pas de crier pour réclamer l'ascenseur mais personne ne prenait la peine de descendre pour fermer la porte et c'est moi qui ai dû y aller quand j'avais encore mes maths à finir. Je lui aurais demandé pourquoi c'était à moi d'y aller si j'avais rencontré quelqu'un.

– As-tu vu ou senti quelque chose de particulier dans l'ascenseur ?

– Du poisson frit. On faisait du poisson frit au premier étage. Je l'ai senti.

– Autre chose, Claude ?

Le garçon commençait à avoir l'air fatigué. Il secoua la tête.

Savio le laissa partir après ça. Benny grimpa l'escalier d'un bond pour annoncer à Betty que c'en était fini. Au moment de partir, comme je le raccompagnais à la porte, Claude marmonna entre ses dents :

– Dis à tante Lalli que j'ai quelque chose d'autre à dire. Non, je n'entre pas, fais-la venir ici.

Quand Lalli nous rejoignit dans le vestibule, Claude dit :

– Je ne voulais pas en parler devant l'inspecteur parce que ce n'est pas très gentil maintenant que l'oncle Rao est mort, mais j'ai senti quelque chose sur lui. Sur cette écharpe pendant qu'elle se déroulait… j'ai senti de l'insecticide. De la naphtaline ou ce genre de chose. Oncle Rao sentait toujours la naphtaline. Même Vaibhav aussi, quelquefois, c'est quelque chose que sa mère met sur leurs vêtements. C'est épouvantable.

Soulagé par son récit, Claude rendit d'un geste vif leur élasticité à ses boucles et s'éloigna d'une démarche chaloupée.

– Pourquoi n'arrêtait-il pas de dire que l'écharpe se déroulait ? demandai-je. C'est une drôle de façon de le dire…

Lalli objecta.

– Pourquoi « drôle » ? J'ai trouvé que c'était une description très précise.

– Précise ? On dirait que Mr Rao avait été emmailloté dedans de la tête aux pieds…

– Oh, Mr Rao ne portait pas du tout l'écharpe ! Il l'avait roulée et avait dû la poser sur ses genoux… il était manifestement assis sur le strapontin en plastique quand Claude l'a bousculé.

Je rentrai, déconcertée. Mr Rao restait aussi insaisissable dans la mort que dans la vie. J'eus une image de lui entrant dans l'ascenseur, refermant la porte… mais pas complètement, s'installant confortablement sur le siège, enroulant soigneusement l'écharpe en un petit tas bien serré et là, de peur que la mort ne l'éblouisse, chaussant ses verres filtrants… Presque comme s'il s'était préparé à la mort.

– Un suicide, annonçai-je à Lalli.

– Tu m'as l'air très sûre de toi !

– Réfléchis une minute.

Je lui décrivis ma vision et Savio s'esclaffa sans raison. Lalli, en revanche, fut intéressée.

– C'est peut-être le meurtrier qui lui a mis les lunettes, dit-elle.

– Pour quoi faire ?

– La patte de l'artiste ? suggéra Savio.

– Ou peut-être s'agit-il simplement d'une crise cardiaque ? avançai-je.

– Alors pourquoi portait-il ces verres ? demanda Lalli avec un sourire.

– Bon, je m'en tiens au suicide. Il se préparait à la mort. Il avait besoin d'un cérémonial pour marquer le coup. Alors il a mis ses verres filtrants.

C'était tiré par les cheveux, même pour moi.

– Je n'ai encore jamais vu ça, déclara Savio. Les gens s'habillent, se déshabillent, ils disposent des colifichets et des objets autour d'eux. Mais je n'ai pas encore vu de suicidé enfiler des lunettes de soleil pour marquer le moment.

– Il n'aimait pas qu'on parle de « lunettes de soleil », rappelai-je. Il s'est fait un point d'honneur de nous expliquer que c'était des verres spéciaux importés… Qu'est-ce que c'est ?

Car Lalli me fixait avec cette intensité de lampe à souder qu'elle a lors d'une révélation.

– Oh, je te revaudrai ça ! dit-elle, mine de rien.

Et il fut impossible d'en savoir davantage.

La discussion en resta là et l'image me poursuivit, celle de Mr Rao enfilant soigneusement ses lunettes de protection et se préparant à la mort.

Savio avait décidé d'interroger les Rao dans leur habitat naturel. Susheela Rao reçut Savio avec méfiance. Le visage plissé par l'effort, elle avait repris son sang-froid. Ses grandes mains bouffies ne cessaient de tordre et de lisser le *pallu* de son sari. Elle ne me quittait pas des yeux.

– J'ai toujours su que vous étiez un fauteur de troubles, siffla-t-elle entre ses dents. Mon mari me l'a toujours dit. Il m'a souvent dit et répété : « Cette fille causera des ennuis partout où elle ira. » Vous n'arriverez jamais à rien. Inutile de le cacher maintenant, je sais que c'est vous qui avez appelé la police. Je n'oublierai jamais cette insulte, jamais, jamais. En un jour pareil, vous avez apporté la honte dans ce foyer. En un jour pareil, vous voulez faire la honte de ce brave homme.

Kumudben et Patherphaker tentèrent de l'arrêter. Leurs faibles arguments volèrent en éclats et s'éparpillèrent comme des pellicules avant le vigoureux coup de brosse de sa fureur. Elle s'en débarrassa avec impatience et se tourna vers Savio.

– Posez vite vos questions et fichez le camp, dit-elle froidement. Nous n'avons rien à cacher.

À ma grande surprise, Savio se montra aussi froid et distant que Susheela. Il s'abstint de lui présenter ses condoléances.

– Nous suspectons que votre mari n'est pas mort de mort naturelle, dit-il. Comme vous le savez, une enquête est en cours. Nous avons besoin de votre aide et je suis heureux de voir que vous êtes prête à collaborer. J'aimerais savoir ce que votre mari a fait ce matin avant d'aller en promenade.

Là-dessus, Susheela poussa un cri aigu et s'effondra.

– Je ne l'ai pas vu, se désola-t-elle.

Vaibhav était venu nous rejoindre. Il y avait chez lui une assurance et une acuité qui me disaient que le drame l'avait changé. C'était un imago de Vaibhav, presque prêt à conquérir le monde, sous les lambeaux encore visibles de la vieille chrysalide de l'adolescent obéissant.

– Je vais vous expliquer, monsieur l'inspecteur, dit-il, ne dérangez pas ma mère, je vous en prie. Mon père est habituellement le premier debout, vers cinq heures. Il boit une tasse d'eau chaude après s'être brossé les dents et nettoyé la gorge… ce qui lui prend une quinzaine de minutes. La plupart du temps, il avale une pilule ou deux avec sa tasse d'eau chaude. Puis il sort faire un tour. Il est généralement dehors à cinq heures un quart ou cinq heures et demie. Ma mère se réveille à six heures et moi à six heures et demie. Ce matin, comme mon père n'était pas de retour à six heures et demie, maman m'a envoyé acheter le lait. J'ai descendu l'escalier au pas de course et j'ai couru sur tout le trajet jusqu'au stand de la marchande, après le parc. Mon père n'était nulle part. On m'a dit à l'échoppe que cela faisait longtemps qu'il était reparti avec le lait. Mais j'ai pris deux cartons quand même. Je suis rentré avec le lait sans prendre le temps de le chercher. Il passe souvent par College Road au lieu du parc et il s'arrête pour parler avec un ou deux amis.

– As-tu pris l'ascenseur pour rentrer chez toi ?

– Non, je ne le fais jamais ! J'aime courir.

Les yeux du garçon s'agrandirent quand il comprit ce que sous-entendait la question de Savio. Il jeta un coup d'œil gêné à sa mère.

– Il était… il était déjà dans l'ascenseur à six heures et demie ?

– Nous le pensons, répondit Savio avec douceur.

Sur quoi, Vaibhav s'empoigna les cheveux avec rage et gémit. Susheela, pour qui toute la situation était encore irréelle, demanda, agressive :

– Et pourquoi aurait-il été dans l'ascenseur à six heures et demie ? Vous croyez qu'il n'avait rien de mieux à faire que de traîner dans cet endroit crasseux ?

Vaibhav murmura :

– Chut, maman, ça ne fait rien.

– Vous me cachez quelque chose, piailla Susheela. Vous… vous avez tous comploté contre mon mari !

– Reste tranquille, maman, l'exhorta Vaibhav sans ménagement. Tais-toi, tu veux ?

Lalli s'interposa dans la bagarre.

– Susheela, nous pensons que votre mari est mort une heure avant que Claude le découvre, vers six heures. C'est pourquoi nous avons besoin de vous poser ces questions. Nous sommes convaincus qu'il n'est pas mort de mort naturelle. Il faudra procéder à une enquête.

– C'est de ta faute, Vaibhav ! Tu aurais dû regarder dans l'ascenseur.

À ces mots, Vaibhav s'effondra. Son assurance toute neuve disparut sans laisser de trace.

– Une crise cardiaque, reprit sa mère. Mon mari a eu une crise cardiaque, voilà. Maintenant vous pouvez tous partir et nous laisser en paix.

– Votre mari avait-il un problème cardiaque ? s'enquit Savio toujours glacial et distant. Suivait-il un traitement pour ça ?

– Mon mari avait le cœur très tendre. La moindre petite chose pouvait le heurter. Peut-être a-t-il vu quelque chose qui l'a choqué et son cœur s'est arrêté.

– Il avait un problème de valve, lâcha Vaibhav. J'ai vu le mot dans les papiers du médecin… mais ça ne lui a jamais causé de problème. On l'a découvert à l'occasion d'un check-up de l'assurance. Mon père disait que c'était de l'arnaque, qu'il n'y avait rien qui clochait avec son cœur. C'est vrai, il n'avait aucun problème de santé. À part son état… hum… vous… vous savez.

Manifestement, Savio ne savait pas.

– Les intestins, marmonna Patherphaker.

– Alors c'était quoi, ces pilules que ton père prenait le matin ?

– C'était pour son état. Une pilule à base de légumes, généralement. C'est la méthode ayurvédique, je crois. Mais il pouvait prendre d'autres pilules aussi, il avait toute une étagère remplie de médicaments.

– Mr Rao est très spécial, dit Susheela. L'allopathie, l'ayurvéda, l'homéopathie, il connaît toutes les médecines.

– Qu'a-t-il pris ce matin ? Vous en avez une idée ?

La mère et le fils échangèrent un regard vide. Puis Susheela se souvint.

– Tout est resté exactement tel qu'il l'a laissé ce matin. Je n'ai même pas lavé sa tasse, je n'ai rien fait sauf faire bouillir le lait… (Elle s'efforça de maîtriser ses lèvres tremblantes.) Il n'a même pas pris son café, gémit-elle. Je n'ai même pas pu faire cette dernière chose pour lui.

Vaibhav nous conduisit au passage qui reliait la cuisine au salon. Comme dans la plupart des appartements, cette pièce servait de salle à manger. Un mur était couvert d'un treillis, par lequel le soleil filtrait. Il éclairait la longue table d'une gaieté funèbre. Sur la table était posée une tasse en porcelaine et à côté, un bocal en plastique marron et jaune qui portait « médicament breveté » écrit dessus. J'aurais pu parier qu'il n'avait pas de bouchon vissé ni scellé. Le genre de flacons dans lesquels on vend toutes sortes de potions magiques… allant des aphrodisiaques aux lotions miracles, et il s'en vend treize à la douzaine.

Celui-ci, se trouva-t-il, était le Gasso, un excellent traitement pour l'état de Mr Rao.

– C'est le plus courant, expliqua Vaibhav. Papa en prenait deux comprimés.

Il voulut enlever le flacon, mais Savio l'arrêta.

– Oui, ce flacon est presque vide, constata Susheela. Je dois penser à en prendre un autre vendredi. Je vais à la pharmacie tous les vendredis, j'essaie de ne pas y aller en dehors. Il ne doit pas rester plus d'un ou deux comprimés.

Son esprit n'avait pas encore enregistré la situation. Pour elle, tout cela restait irréel. Elle s'attendait sans doute à ce que Mr Rao entre à tout moment et reprenne les choses en main.

Savio avait saisi le flacon en s'entourant les doigts d'un mouchoir.

– Ce flacon est presque plein, dit-il en l'agitant.

Susheela eut l'air ahuri.

– Il s'en est peut-être acheté hier et a oublié de me le dire, supposa-t-elle.

Mais elle n'avait pas l'air convaincu. Ses yeux se dirigèrent vers une étagère voisine. Entassés là se trouvaient les flacons, boîtes de pilules, de poudre… les remèdes de charlatan qui entretenaient et dorlotaient l'état de Mr Rao. Juste devant eux se tenait un flacon jaune et marron d'apparence familière.

– C'est le vieux bocal, dit Susheela.

Elle le souleva et l'agita, puis renversa le contenu sur sa paume. Une graine brune et solitaire roula.

Entre-temps, Savio avait ouvert le flacon qu'il avait pris et, l'ayant humé avec précaution, il le reboucha avec une précipitation inattendue, le glissa dans un sachet en plastique qu'il rangea dans le sac de sport qu'il transportait. La tasse de porcelaine partit aussi dans un emballage en plastique et fut embarquée.

– Nous aurons besoin de voir sa chambre, dit-il à Susheela. Je vous serais reconnaissant de bien vouloir attendre dans la salle de séjour que nous ayons fini. Nous laisserons tout dans l'état où nous l'avons trouvé.

Il dit cela avec maladresse, mais c'était toute la compassion qu'il était prêt à lui consentir. Cela ne ressemblait pas à Savio.

Vaibhav fit sortir sa mère en la cajolant.

– Je me demande comment il arrivait à avaler ça ! s'exclama Savio. Berk !

– N'oubliez pas le vieux flacon, lui rappela Lalli.

Deux de ses hommes se joignirent à nous et tandis qu'ils se livraient à leur minutieuse exploration, je jetai un œil à la pharmacie de Mr Rao.

Il y avait plusieurs vieux flacons de Gasso à côté de celui que nous avions trouvé, mais ils étaient diversement étiquetés *Senné, Haritaki*[1] et *Lait de magnésie* de l'écriture précise de Mr Rao. J'ouvris une boîte

1. *Terminalia chebula*. Plante d'un usage traditionnel dans la médecine ayurvédique.

métallique plate et la refermai à la hâte après avoir entrevu les méandres d'un tuyau en caoutchouc.

Presque tous les produits que j'avais entendu recommander pour l'état de Mr Rao étaient accumulés sur l'étagère. D'après une évaluation prudente, au cours de sa vie Mr Rao avait dû consommer une tonne de plantain, des tonneaux de magnésie, une petite mer d'agar-agar et assez de corne de bouc pour mettre à sec une plantation de bonne taille. Il y avait aussi un arsenal de petites torpilles blanches alignées sur un plateau en carton. Plusieurs flacons contenaient des brindilles et des fruits séchés et ratatinés, étiquetés avec le nom et le dosage, et une rangée de petits flacons en verre contenant des pastilles nacrées toutes saturées de teinture mère.

– C'était le Gasso, dit Lalli brusquement. Dites aux gars du labo de se bouger, Savio. Je veux une réponse ce soir.

Le Gasso ! J'avais rencontré déjà des pilules trafiquées au cours de ma carrière par procuration dans le crime, et l'événement me laissait toujours horrifiée. Le nombre de lacunes entre le moment où le produit quittait l'usine jusqu'à celui où le patient s'en servait… bien ou mal ! C'était terrible quand on y pensait. Je détestais l'idée de pilules et de potions avalées juste pour « la santé », cette mystérieuse chimère qui fuyait perpétuellement la race humaine. Et là, il y avait des pilules qui ressemblaient à des crottes de rat et sentaient pareil, joyeusement dispensées dans une boîte en plastique avec un couvercle qu'on soulève d'un coup de pouce et non scellé… enfin, qu'est-ce que vous croyez ? Un type habitué à avaler des pilules qui ont cette allure et cette odeur ne remarquera jamais la présence d'une pincée de poison.

Des produits brevetés et une médication en vente libre, que faut-il d'autre pour assurer l'extinction de l'espèce ? Mr Rao, apparemment, avait besoin d'une touche de poison en plus… mais de quelle nature ? Le poison est un anachronisme, non ? Et sans doute, à cette époque de merveilles technologiques, il ne pouvait y avoir de poison ne laissant aucune trace.

Ce que je dis. Lalli secoua la tête.

– Au contraire, il y a un tas de poisons qui ne laissent aucune trace. Tu peux finir par retrouver un produit ou deux, mais la plupart des sources sont des composés complexes. Je crois que c'est en général une chance quand on a une réaction positive. Ça ne vaut pas la peine d'attendre une preuve chimique, bien qu'on y soit obligé.

– Alors qu'est-ce qui t'a fait croire qu'il avait été empoisonné ? demandai-je.

À ma grande surprise, Savio souscrivit à ma demande.

– Vous étiez là tous les deux quand on a découvert le corps… Savio, dans la demi-heure qui a suivi. Vous avez les mêmes données que moi, fit-elle avec un sourire finaud.

Je protestai, mais elle n'en dit pas plus.

– Il n'y avait rien sur le corps…, remarqua Savio.

– Bien sûr que non. Votre observation est beaucoup plus aiguë que la mienne, Savio, je vous l'ai souvent répété. Mais vous manquez d'imagination… vous ne voyez pas ce qui est juste sous votre nez !

Savio secoua la tête.

– Pour le moment, je ne peux pas imaginer que quelqu'un puisse vouloir avaler ces pilules. Lalli, vous ne pensez pas que sa femme…

Lalli haussa les épaules.

C'était une idée surprenante. Susheela ! Peut-être que Lalli misait sur le vieil adage : suspectez d'abord les proches.

Susheela, embusquée derrière la porte, s'adressa durement à Savio :

– Je veux être claire, inspecteur. Le bruit court dans le Building que mon mari a été empoisonné. J'ai d'abord cru que c'était des mensonges malintentionnés mais, maintenant, l'affaire est claire. Le Building sait qu'il a été empoisonné parce que le Building l'a empoisonné ! Regardez-les, inspecteur, tous autant qu'ils sont. Ils le haïssaient ! Il ne leur voulait que du bien, et pourtant ils le détestaient. Personne ne comprend la bonté. Vous devriez savoir ça, inspecteur. Voyez ce qu'ils ont fait à votre Jésus-Christ !

Savio afficha une mine imperturbable.

– Avez-vous en tête quelqu'un en particulier ? l'interrogea-t-il en restant de marbre.

– Tous, cracha-t-elle, en me montrant du doigt. Oui, vous aussi ! Vous le détestiez tous. Vous étiez ligués contre lui, vous gardiez des secrets. Après toute la bonté qu'il a témoignée pour Padmanabhan, comment il a insulté Mr Rao ! Je ne l'oublierai pas jusqu'au jour de ma mort.

– Lequel est Padmanabhan ? s'enquit Savio *sotto voce*.

– Il est à l'hôpital avec une jambe fracturée. Ce n'aurait pas pu être lui, dis-je.

– Et pourquoi pas ? On ne peut jamais savoir avec la magie noire ! couina Susheela.

– Vous avez raison de penser que votre mari a été empoisonné, intervint Lalli en contrevenant au règlement. Mais de folles accusations ne serviront à rien, Susheela.

– C'est vous qui nous accusez, dit Susheela en se jetant sur Lalli. En venant ici et en disant des choses pareilles.

– Maman, tais-toi. Ne fais pas empirer les choses, c'est assez comme ça.

Susheela toisa son rejeton avec hargne.

– Ils t'ont retourné contre ton père. Parler à ses meurtriers ! Fichez-moi le camp, partez d'ici, tous, police ou pas, je suis chez moi et je ne veux pas vous voir ici. Je veux être avec des gens à moi. Où sont-ils ? Pourquoi Shrikant n'est-il pas ici ?

– J'ai essayé de l'appeler, s'empressa d'expliquer Patherphaker. Il n'y a personne chez lui. Il a dû partir au travail.

– J'ai le numéro de Vanaja au bureau, signala Vaibhav, et il partit comme une flèche pour le chercher, soulagé de quitter la pièce.

Délogés par Susheela, Ramachandran, Patherphaker et Ponni s'attardèrent, honteux, devant la porte. Benny et Kumudben parlaient à voix basse plus loin dans le couloir. Si j'avais été policier, je les aurais tous arrêtés sur-le-champ. Au milieu de ses vitupérations démentes, Susheela avait mis le doigt sur la vérité. Le Building était coupable. Le Building haïssait Mr Rao et maintenant qu'il était mort, le Building était au banc des accusés.

– Ferme la porte, clama Susheela d'un ton péremptoire. Ferme la porte, Vaibhav. Je ne veux pas d'étrangers dans ma maison.

Lalli et Savio partirent. Je traînai avec les autres dans le couloir.

– Maintenant, ils vont vouloir nous interroger, dit Benny. Un motif, c'est ce qu'ils cherchent.

Betty éleva la voix.

– Benny, arrête ces idioties ! Quel motif pourrions nous avoir ?

– On a souhaité assez souvent sa mort, déclara Kumudben sombrement. Moi, en tout cas.

– Vous êtes aussi bête que Benny, Kumudben, répliqua Betty rondement. Vous devriez être plus raisonnable.

– Je suppose qu'aucun de nous n'est sorti se promener ce matin de bonne heure, énonça Kumudben plutôt qu'elle ne le demanda.

– Vous avez vu comment l'inspecteur a manipulé ce flacon ? C'est pour les empreintes, chuchota Patherphaker. Je pense qu'il suspecte la famille.

– Absurde. Sa femme le vénérait, rétorqua Kumudben.

– Oh oui, elle, tout à fait, fit Patherphaker avec un sombre sous-entendu.

– Vous voulez dire…

Patherphaker haussa les épaules.

– Oh !

Mais pas un mot de plus ne franchit les lèvres de Patherphaker.

8

Controverse autour d'une barre de savon marbré

Savio et ses hommes partirent, et Lalli reprit le livre qu'elle lisait ce matin-là. Je trouvais incroyable qu'elle puisse reprendre tranquillement sa lecture là où elle avait été interrompue par le meurtre.

– À t'entendre, on croirait que tu t'attends à trouver une tache de sang sur la page, remarqua-t-elle.

J'étais contrariée. Lalli ne me paraissait pas traiter le décès de Mr Rao avec le respect qu'elle réservait habituellement aux autres meurtres. Je ne dis rien mais, comme d'habitude, elle lut dans mes pensées.

– Pour une fois, je n'ai pas besoin de courir derrière le meurtrier, dit-elle. Je pense attendre qu'il vienne à moi. À propos, tu as eu des nouvelles de Sainte-Aspasie ?

Je n'en avais pas depuis plusieurs jours. Apparemment, Elena avait de nouveau pris quelqu'un d'autre pour A-toll Shah et l'avait poursuivi dans le dédale de Kalbadevi pour se retrouver de nouveau face à face avec un étranger. Elle en était revenue furieuse et contrariée. L'homme lui avait fait des avances et elle l'avait frappé avec son sac.

– J'aime beaucoup A-toll, pleurnicha-t-elle au téléphone. A-toll ne ferait jamais une chose pareille, jamais !

Et voilà ! Elle était tombée folle dingue du mystérieux A-toll, lequel semblait se cloner dans chaque *galli*, chaque ruelle.

– Intéressant, lâcha sobrement Lalli.

Cela l'intéressa même suffisamment pour qu'elle abandonne son livre et vienne au téléphone. Je notai au passage que l'incident de l'ours en peluche la perturbait davantage que la mort de Mr Rao. Elle tenait à ce que les deux jeunes Hollandaises se sentent en sécurité dans la ville et le seul moyen d'y arriver était d'épingler le voleur.

– Vanaja va-t-elle retourner chez son mari maintenant ? demandai-je. Mr Rao parti, qu'est-ce qui empêche Shrikant de tourner à gauche maintenant ?

– Oh, Vanaja va rentrer au foyer, bien sûr. Elle est bien obligée !

Je ne voyais pas où était la contrainte. Lalli ne me donna aucune explication. Au contraire.

– Tu vas sortir ? J'ai besoin de certaines choses.

Je jetai un œil à la liste qu'elle avait préparée et m'écriai, consternée :

– On ne peut pas faire la fête à un moment pareil !

Elle voulait un kilo de chips de banane, et la moitié de chips de pomme de terre, un lot de *chakli*, deux cent cinquante grammes de biscuits au gingembre et autant de crackers, et deux bouteilles de citronnade. Rien à voir avec notre nourriture. Le *farsan* local est un anathème pour ma tante qui cuisine à l'inspiration.

– Pas question de faire une fête, mais nous allons avoir besoin de tout ça. J'aurais dû faire un gâteau. Des canapés ! Tu peux m'en préparer quelques-uns, au concombre, ça ira. Et je vais faire une cruche de café glacé.

Son regard parcourut la pièce avec irritation.

– Deux fois trop bien rangé. C'est trop en ordre. Et trop de livres !

Trop de *livres* ? Était-ce ma tante qui parlait ainsi ? Celle qui ronchonne toujours parce qu'il n'y a plus de place dans la bibliothèque ? Elle a des bouquins jusque dans la cuisine, bon sang. C'était une pièce parfaitement confortable et j'en avais l'habitude.

Puis je percutai. Bien sûr. La pièce n'allait pas tarder à grouiller de policiers. Ils allaient rester tard, sans doute, à découper le cadavre de Mr Rao en morceaux.

– Les policiers ont été parfaitement à leur aise ici, soulignai-je. Même pendant l'affaire Versova, quand ils ont été plus d'une quinzaine à camper chez nous.

– Hein ? Oh non, il n'y aura pas de policiers ici, non, non.

– Alors tu as invité qui ?

– Moi ? Personne.

– Personne ?

– Tu verras. Alors tu y vas ou j'y vais ? Nos premiers visiteurs vont débarquer vers les deux heures.

Elle gloussa quand je fis la tête, un roucoulement grave de pigeon. Contente d'elle et le visage aussi lisse qu'un drap bien tiré. Les années s'étaient envolées. Ses yeux pétillaient. L'air autour d'elle était vibrant d'énergie. Je l'avais déjà vue dans cet état. Triomphante avant la bagarre. Après, elle était toujours morose, amère. Déprimée. « Personne ne gagne à ce jeu », disait-elle souvent.

À deux heures, le salon n'était plus le même. Il était plus miteux mais l'air beaucoup plus accueillant. Les coussins étaient chiffonnés et cabossés, portant la marque d'une tête qui s'y était prélassée. Les rideaux avaient été changés : nous avions à présent de la dentelle ivoire qui ondulait généreusement dans la brise. Un gros bouquet d'asters éclatait dans un pot en céramique blanche. Les pages de vieux magazines écornés s'agitaient de façon désordonnée et quelques livres de poche, ouverts et retournés, étaient disséminés sur les meubles. Une ou deux tasses oubliées prêtaient un charme décontracté à notre petit nid.

Lalli se fondait dans le décor. Avec une ruse de caméléon, elle avait pris quelques années et paraissait plus étourdie. Son regard était devenu plus doux et semblait embué de compassion. Elle portait des sandales. Ses vêtements étaient les mêmes, mais ils semblaient subtilement différents, la chemise moins bleue, les pantalons froissés. Sur la table basse était posé un saladier rempli de chips. La banquette était couverte de miettes.

C'était une pièce où paresser, un lieu pour recueillir des aveux.

– Je me sens de trop, remarquai-je. Que veux-tu que je fasse ?

Elle eut un sourire espiègle, son naturel reprenant le dessus, mais avant qu'elle pût répondre, on sonna à la porte.

– Shrikant Rao, annonça-t-elle d'un ton suffisant.

En effet. Et il avait l'air plus mal en point que jamais. Il entra et répondit à nos condoléances en hochant gravement la tête. Il ne donnait aucun signe visible de son fameux tournant à gauche. Nous nous assîmes tous les trois, l'œil rivé sur les chips.

– Votre femme doit être très malheureuse, déclara Lalli.

Elle avait la voix assourdie et mielleuse. Je fus choquée par tant de fourberie. Par cette déclaration, elle avait amplement désodorisé la bouffée de scandale qui collait à la peau du neveu depuis son tournant à gauche.

Il mordit à l'hameçon.

– Oui, oui, ma femme a le cœur tendre. Elle était très attachée à mon oncle. Elle est très sensible.

Il prit une chips et l'examina, en scruta les bords puis chaque face. Il la remit, non sans regret, dans le saladier. Manifestement, elle était recalée.

– Il y a des questions à discuter, dit-il. J'espère que cela ne vous dérange pas que je passe vous voir de cette façon.

– Mais voyons, pas du tout ! (Sans blague, elle roucoulait presque !) À quoi servent les voisins, dans un moment pareil ? C'est une affaire qui vous bouleverse.

– Certainement. Voilà ce que je veux savoir. Vaibhav dit que son père a été empoisonné. Cela est-il vrai ?

– Pour autant qu'on sache. Évidemment, nous devrons attendre les résultats des analyses.

La question suivante semblait lui coller au gosier. Il finit par la sortir.

– Va-t-on exiger une autopsie ?

– Incontestablement.

Il se tut. Mr Rao, à présent officiellement désigné par « le Corps », était en train de devenir franchement embarrassant.

– Alors nous ne pouvons pas prendre de dispositions aujourd'hui pour le Corps… ?

– Je ne crois pas. Il faudra attendre demain, très probablement.

– Il vaudrait mieux prendre le Corps directement à la… la…

– C'est cela. Ce serait plus facile.

– Nous n'avons pas l'habitude de ce genre de situation.

– Naturellement.

– C'est la première fois qu'une pareille chose se produit dans notre famille.

– Ce doit être très bouleversant.

– Mais comment un accident pareil a-t-il pu se produire ? C'est ce que j'aimerais savoir.

– Oui.

– Quelque chose qu'il a mangé ? Quelque chose qu'il a mangé dehors, je veux dire. Un sandwich. Il se faisait monter un sandwich au bureau à quatre heures tous les jours. Rien, seulement une tomate, c'est très sain mais, bien sûr, une intoxication peut se produire avec n'importe quoi, même une tomate.

– Absolument. Mais la police ne paraît pas penser à une intoxication alimentaire.

– Ah bon ?

– Ce n'était peut-être pas un accident.

Shrikant Rao considéra la cruche humide d'un œil désespéré. Je lui versai un verre de citronnade, qu'il descendit d'un trait. S'étant désaltéré, il déclara :

– Ce sera une grande honte pour la famille si la police décide qu'il s'est suicidé.

Il reposa son verre avec délicatesse sur le bord de la table et prit distraitement une chips de banane.

– Il est peu probable que ce soit un suicide, confia-t-il. Mon oncle était un homme très moral, très religieux. En outre, pas de soucis financiers, des investissements très sains…

– Néanmoins…

– D'accord, d'accord, on ne peut jamais savoir. Cependant, juste pour notre famille, j'espère que ce n'est pas un suicide. Comment l'expliquer au reste de la famille ?

– Le suicide n'est qu'une des éventualités. Nous avons également envisagé celle du meurtre.

– Un meu… meurtre !

Il eut du mal à sortir le mot. Il le prononça, le visage couvert de honte, renonçant à toute responsabilité pour avoir dû l'articuler.

– Oui, le meurtre est une des possibilités.

– Ma tante a en effet prononcé ce mot. J'ai cru qu'elle délirait. Et maintenant, vous me dites que c'est vrai ? C'est un cauchemar ou quoi ? Ma tante me dit que plusieurs personnes de l'immeuble se sont disputées avec mon oncle. Moi aussi, je l'ai entendu se plaindre assez souvent de ces gens. Vous auriez dû faire quelque chose. Un comportement asocial peut conduire au meurtre. Vous auriez dû intervenir.

– Moi ?

– Vous auriez pu user de votre influence pour que ces personnes apprennent à se tenir.

– Je ne suis pas sûre de comprendre. (Lalli commençait à être en rogne.) Qu'est-ce qui vous fait croire que j'ai de l'influence sur ces gens ?

– Vous les impressionnez, affirma Shrikant avec sérieux. Ils connaissent vos fonctions dans la police. Ils vous écoutent.

– Vous vous trompez. Je n'ai aucune fonction dans la police… comme vous dites. Je n'appartiens plus à la police de quelque manière que ce soit. Ça fait des années que j'ai pris ma retraite et, de toute façon, j'y ai surtout fait un travail administratif, de la paperasse, de la bureaucratie, ce genre de choses. Rien d'important.

Quelle menteuse !

– Oh, c'est tout ? (Soulagé, Shrikant prit cette fois une poignée de chips.) Dans ce cas, vous pouvez au moins aider avec la procédure.

– Quelle sorte d'aide avez-vous à l'esprit ?

– Je serai franc avec vous. Vous connaissez ces gens. Essayez de les raisonner. Évitez l'autopsie.

Lalli éclata de rire, ce qui ne lui ressemblait pas du tout. Elle se reprit aussitôt.

– La police pourrait se tromper sur vos motivations si vous essayiez d'intervenir.

Shrikant bafouilla.

– Non, non ! Je ne veux surtout pas être impliqué. Je dois penser à ma situation.

– Je comprends. Laissez simplement la police faire son travail.

Lalli secoua la tête benoîtement, l'air d'une poule en train de couver. Shrikant chassa les miettes de sa chemise et remplit de nouveau son verre.

– Vaibhav m'a dit que sa mère avait fait quelques remarques inconsidérées. Vous devez tenir compte du fait qu'elle était sous le coup de l'émotion. Ma tante est très émotive. Ses déclarations peuvent être vraies, mais nous ne voulons pas nous engager de quelque façon. Le passé est le passé.

Ayant sorti cette maxime avec la profondeur d'un *rishi*, Shrikant se consacra aux chips de banane.

– Vous étiez ici, ce soir-là, n'est-ce pas ? Quand Mr Rao a eu cette bagarre avec Padmanabhan ? remarquai-je, sans vraiment y penser.

– Il a traité mon oncle de serpent à sonnette ! Je suis prêt à le déclarer à la police. Un serpent à sonnette !

– Je me souviens que vous étiez vous-même très remonté contre votre oncle ce soir-là, insinua Lalli en douceur.

Shrikant fut pris de court. Puis il éclata d'un rire contraint et se frappa la cuisse avec une jovialité forcée.

– Mon oncle aimait me charrier parce que je gagnais de l'argent, surtout depuis qu'il avait appris que j'avais eu une augmentation. Un bungalow à Alibag, un appartement sur le front de mer à Worli, une ferme ailleurs, une Mercedes, ça n'en finissait pas ! Il était très gandhien dans sa façon de voir les choses, vous savez. Une pensée élevée, une vie simple.

– Ses plaisanteries ont dû vous agacer.

– Certainement, reconnut Shrikant dans un moment de sincérité. Ses blagues m'irritaient, il m'irritait. Cette ancienne génération, vous savez, oh, excusez-moi, madame. Je ne parlais pas de vous, mais l'ancienne génération peut être vraiment pénible.

Lalli laissa courir.

– Vous l'avez rencontré hier ? demanda-t-elle.

– Hier ? Non. Je ne suis rentré du bureau qu'à huit heures.

– Une longue journée de travail. Vanaja aussi a des journées chargées ?

– Oh non, ce n'est pas possible. Elle doit s'occuper de

la cuisine et de la maison. Elle rentre à cinq heures. Oui, à cinq heures.

Lalli toussota discrètement.

– Je crois comprendre que votre petit malentendu est élucidé maintenant ?

Shrikant eut un éclat de rire embarrassé.

– Tout à fait, tout à fait, tout est redevenu normal. Les femmes ont parfois de ces idées, les femmes modernes, que voulez-vous ? Les maris doivent les tolérer quoi qu'il en soit.

– C'est très galant de votre part, dit mon hypocrite de tante. Vanaja a peut-être rencontré Mr Rao hier ?

– Comment l'aurait-elle pu ? Elle travaille de neuf heures à cinq heures, et son bureau est à Santa Cruz alors que celui de mon oncle se situe à Fountain. Non, impossible. Nous ne pouvons les voir que pendant le week-end. Nous essayons de faire notre devoir, mais nous ne venons que toutes les deux semaines.

– De sorte que vous l'avez vu pour la dernière fois… ?

– Nous nous sommes téléphoné dimanche. Hier, Vanaja a parlé à tante Susheela, elles ont parlé de tout et de rien, puis mon oncle est venu au téléphone. Je ne lui ai pas parlé. Je ne l'ai pas revu depuis le jour où Padmanabhan l'a insulté.

– Dites-moi, votre oncle a-t-il jamais fait allusion à l'agression qu'il a subie sur Princess Street ? C'était un incident très curieux et je ne puis m'empêcher de me demander si sa mort n'a pas un rapport avec ça.

Là, c'était complètement tiré par les cheveux et Lalli n'avait pas besoin de se ridiculiser à ce point, même pour la bonne cause.

– Non ! Impossible ! (Shrikant semblait faire écho à ma protestation muette.) C'était une affaire totalement différente, un accident, il a pu glisser et tomber. Vous savez qu'une fois que mon oncle avait une idée fixe, il refusait simplement de considérer tout autre point de vue. Il se peut qu'il ait eu l'occasion de s'en plaindre, mais je refusais de l'encourager. Non, je peux être aussi têtu que toi, lui disais-je.

Et ce gringalet bomba le torse.

– Ça alors ! fit Lalli, toute honte bue.

– Je voulais savoir pour le Corps, lui rappela-t-il.

Mais en fin de compte, tout ce qu'il voulait qu'on lui dise, c'était le moment où il pourrait prévenir les membres les plus éloignés de la famille de Mr Rao. Il énuméra à n'en plus finir les emplacements géographiques de chacun, leurs probables modes de transport et la durée de leur séjour. Lalli lui prêta une oreille compatissante.

– Nous devrons attendre les résultats de l'enquête, fit-elle, évasive.

Shrikant Rao dut s'en contenter. Il tapota plusieurs fois sur la table le bol de chips vide pour vérifier qu'il était vide, et, s'étant assuré que le Corps ne leur serait pas retourné en morceaux, il prit la porte.

– On dirait qu'ils n'ont pas encore vraiment enregistré, remarquai-je. Il continue d'éviter l'éventualité d'un meurtre.

– Mais si, il l'a parfaitement compris ! Les hommes de sa trempe ne l'admettent jamais. Le meurtre est un affront à sa respectabilité… et il ne le concédera jamais. Mr Rao est mort, mais Shrikant ne laissera pas le meurtre souiller sa vie bien ordonnée. Alors on expédie le Corps, le meurtrier et le reste sous le tapis d'un bon coup de balai !

– Cool, Lalli, tu es trop dure. C'est peut-être une façon de se protéger : ils perdent leur temps à des mesquineries pour repousser leur chagrin ?

– Repousser leur chagrin ? Tu veux rire. Le chagrin ne se repousse pas. Le chagrin, il te tombe dessus ici et maintenant, et tu ne peux pas l'esquiver. Dis-moi, que penses-tu de Shrikant ?

– Rien !

– Il me tue !

J'éclatai de rire.

– C'est peut-être ce que je voulais dire, repris-je. Néanmoins… je dois me poser la question : qui est Shrikant Rao ? Je sais qu'il est le neveu de Mr Rao, un ploutocrate en herbe, un mari modèle (le modèle de Vanaja), un as au *kirtan*, et, ce qui compte le plus en ce moment, l'homme adulte le plus proche de Susheela. Je sais tout ça. Mais ce sont des déguisements que tout le monde peut porter. Ce baratin incessant sur les « sentiments familiaux » efface l'identité. Il n'y a pas de Shrikant Rao. Il lui manque la volonté individuelle. Ses actions sont dirigées par la conscience collective des Rao. Et il utilise de l'huile capillaire ayurvédique.

– À part le côté esprit d'escalier… pas mal ! Ajoute à cette critique deux précisions. Ce n'est pas lui qui a agressé Mr Rao à Dwarkanath Bhavan et il ne possède pas de bungalow à Alibag !

– Et où ça nous mène, tout ça ?

Lalli haussa les épaules.

– Ce n'est pas important à ce point de l'enquête. Il suffit de voir les faits tels qu'ils sont. Il m'a donné la migraine. J'espère que Vanaja ne sera pas la suivante. Je ne supporterai pas un autre Rao ce soir.

Ce ne fut pas elle. Notre prochaine visite se fit par téléphone.

– Figure-toi que Betty vient de m'appeler. Ben ça alors ! Je n'ose pas y croire ! (Alisha était tout excitée.) C'est vrai qu'il a été empoisonné ? Betty dit que Mrs Rao nous a pratiquement accusés en bloc, c'est vrai ? J'ai dit à Sheriyar de consulter un avocat dare-dare. On s'est remis ensemble, tu sais ? Qu'est-ce que Lalli en pense ?

Elle s'interrompit pour reprendre son souffle et je me précipitai dans la brèche.

– Mr Rao a-t-il été en contact avec Sheriyar ?

– *Haan yaar*, oui ma vieille, il est venu ici hier. Ma mère voulait le jeter dehors, mais tu connais Sheriyar. Je me disais que, après tous les problèmes que Mr Rao nous avait causés, Sheriyar aurait plus de jugeote. Penses-tu, il l'a accueilli à bras ouverts. Alors maman a fait une de ces scènes…

Lalli me câbla par sourcils interposés. Je transmis le message.

– Pourquoi ne viens-tu pas ici, Alisha, avec ton mari et ta mère ? Vous pourriez tout raconter à Lalli.

– Justement, j'espérais que tu me le proposerais ! Je vais déposer les enfants chez ma sœur. On sera là dans une demi-heure, max !

– Ils ont probablement un pousse-pousse qui attend à la porte, dis-je. Et tu sais quoi ? Alisha et Sheriyar se sont remis ensemble.

– Ce type me dégoûte, dit Lalli avec une grimace. Je ne le supporte qu'à cause d'Alisha… et pas plus d'une demi-heure, j'espère.

– Tu ne vas pas faire la difficile quand tu enquêtes sur un meurtre !

– Je ne le suis pas.

– Et tu ne peux pas mener les gens par le bout du nez !

– Je ne le fais pas !

– Alors c'est quoi, tout ça ? demandai-je en balayant la pièce d'un grand geste méprisant de la main.

– Mais j'ai toujours rêvé de tenir le courrier du cœur ! Attention, j'entends des pas. Apporte des chips de banane.

Cette fois, c'était Abhay et Claude qui chancelaient sous le poids d'un énorme *tiffin* avec une bouteille thermos.

– On va à la maison de santé voir l'oncle Padmanabhan, annonça Abhay. On doit lui dire pour l'oncle Rao ou ça va le contrarier ?

Ils entrèrent et s'écroulèrent, exténués, dans des fauteuils bien mous, laissèrent tomber leurs bras et étirèrent les jambes aussi loin qu'ils le purent. Remarquant la présence de Lalli, ils se redressèrent précipitamment. Elle leur sourit gentiment et alla chercher des *chakli* et des biscuits au gingembre. Elle leur tendit de grands verres de café glacé mousseux.

– Merci, dirent-ils avec reconnaissance et, pendant un moment, on n'entendit rien de plus.

– Je suis vanné, annonça Abhay. Je vais péter un plomb. Je veux juste rentrer chez moi et *basta*.

– Moi pareil, s'empressa de renchérir Claude. C'est pire pour moi, en fait.

– N'y pense pas, le supplia Abhay. Ou tu ne vas pas pouvoir t'empêcher d'en parler.

– Vous devez avoir l'habitude du poison, tante Lalli ? demanda Claude.

Un sourire mystérieux aux lèvres, Lalli leur tendit des chips de banane.

– Tu pourrais me rendre un petit service, Abhay ? Tu veux bien donner un message à Padmanabhan de ma part ? Il y aura une réponse. Ce sera prêt dans une minute.

– Ce n'est pas le pied pour Vaibhav, remarqua Abhay.

– Oui. Surtout à cause d'hier et tout, précisa Claude. Eh, fais gaffe, c'est mon doigt de pied ! Je regrette vraiment pour hier. Vaibhav n'aurait pas dû dire ces choses, hein, Abhay ?

Ce dernier soupira.

– Il vaudrait mieux que tu le saches, me dit-il. Vaibhav s'est disputé avec son père hier. Ça gueulait et tout. On l'a entendu.

– Mr Rao a crié avec lui ?

– Non, c'était Vaibhav. Il a explosé, si je peux dire. Il en avait ras la casquette, alors tout est sorti, et ci, et ça, tout ! Son père l'a enfermé à clé comme d'habitude, mais il s'est sauvé dans l'appartement de Ramachandran. L'oncle n'était pas là… vous étiez tous avec Paddu… enfin, l'oncle Padmanabhan. Mais Ponni Mami lui a dit qu'il pouvait rester et, au bout d'un moment, elle nous a fait venir, Claude et moi. Il nous a tout raconté. On a regardé un film. Il y a un tas de vieux films, tu sais ? *Spartacus*, tu connais ? C'est plein d'action, mon vieux, je n'aurais jamais cru qu'on faisait des films pareils autrefois. Puis Vaibhav a repris courage et il est reparti, mais pas dans sa prison, il est descendu comme je ne sais plus quel type dans le film qui sonne la cloche, un super-héros ?

– Peut-être que son père lui a pardonné, dit Claude avec optimisme. Mon papa ne reste jamais longtemps fâché avec moi. Il n'en a pas la force. Peut-être que Mr Rao non plus. Je crois que j'ai entendu Vaibhav s'excuser quand il a ouvert la porte.

Abhay avait l'air mal à l'aise. Il considéra un *chakli*, sourcils froncés, et l'attaqua méchamment.

– Maman dit que c'est de l'insecticide, confia Claude. Ça a pu tomber dans son café de façon accidentelle, par exemple.

– Il n'a pas bu son café, lui rappela Abhay. Il n'a rien bu avant de mourir à part un peu d'eau chaude.

– Si le meurtrier est pris, il peut choisir tout ce qu'il veut pour son dernier petit déjeuner avant d'être pendu.

– Tout ? Même chinois ?

– Berk ! Qui mange chinois au petit déjeuner ?

Ils s'assirent dans un silence morose, sans doute pour dresser mentalement la liste de leurs plats préférés.

– Tiens, Abhay, voilà, dit Lalli en lui tendant un message. Tu n'oublies pas qu'il y a une réponse !

– Est-ce que ça concerne Mr Rao ? demanda Claude avec précaution.

– Non, c'est juste une adresse que je veux. Quand seras-tu de retour ?

L'allusion suffit à les remettre sur pied et ils empochèrent le reste de *chakli* en promettant d'être de retour à six heures.

Alisha arriva peu après, éblouissante en minijupe de Lycra rouge. Elle avait une coupe qui donnait du volume à ses cheveux courts. Cela conférait du piquant à son visage angulaire. Elle paraissait heureuse, légèrement sur ses gardes, tandis qu'elle pilotait Sheriyar avec un petit air de triomphe.

La mère d'Alisha l'écarta avec impatience et gagna la banquette, la respiration sifflante. Elle s'enfonça prudemment dans les coussins et arracha ses chaussures de ses pieds gonflés. Je poussai un pouf vers elle. C'était une martyre des varices.

– Arrêtez-moi si vous le voulez, je m'en fiche, annonça-t-elle d'emblée. Je sais que vous parler à vous, Lalli, revient à faire une déposition au *chowki*, au commissariat, mais j'ai fait ce que j'ai fait et je ne le regrette pas !

Alisha battit l'air, impuissante. Sheriyar était horrifié. Il se toucha la tête d'un geste éloquent et articula : « Toquée, devenue *pukka*, zinzin, complètement » dans le dos de la vieille dame.

– Détends-toi, maman, la supplia Alisha. Tu sais ce que le docteur t'a dit. Sheriyar va tout expliquer.

– Sheriyar n'expliquera rien ! Qu'est-ce qu'il sait, celui-là ? Il est un gros chiffre : un zéro ! Voilà ce qu'il est !

Nous évitâmes toutes le regard du zéro.

– Hier, nous avons décidé d'emmener les enfants à Fantasyland et à quatre heures, au moment où nous nous préparons à partir, on sonne à la porte, alors je demande : c'est quoi, ce *panvati* maintenant, et c'est Mr Rao. Si c'était moi qui étais allée ouvrir, je ne l'aurais jamais laissé entrer, mais c'est Alisha, trente-quatre ans et pas une once de cervelle là-dedans. Voilà qu'elle ouvre la porte et fait entrer ce *panvati* dans la maison, puis elle vient à la cuisine pour me dire : « Maman, Mr Rao est là, qu'est-ce qu'on fait ? » Fiche-le dehors, je lui dis, c'est l'homme qui a gâché ta vie une fois, ne le laisse pas recommencer. Mais avant que j'aie fini, Sheriyar y est allé. Et qu'est-ce qu'il a fait, ce grand zéro ? Voilà que je l'entends dire : « Mais je suis ravi que ce malentendu soit dissipé. Que voulez-vous boire, Mr Rao, chaud ou froid ? »

« Et ça, c'est trop pour moi. Un malentendu ? C'est comme ça que vous appelez ça ? D'abord il vous empoisonne l'esprit au sujet de vos propres enfants, puis il vous envoie des lettres de menace, et vous appelez ça un *malentendu* ? Attendez, Lalli, moi aussi, je veux entendre ce que Sheriyar a à dire. Si Alisha le sait déjà, elle n'en a rien dit à sa propre mère. Passons ! Tout cela peut attendre. Pour le moment, la question que ce double zéro a posée est la suivante : *Que voulez-vous boire, Mr Rao, chaud ou froid ?* Je suis chez moi et, sous mon toit, c'est moi qui commande. Chez lui, Sheriyar peut dire ce qui lui plaît, de toute façon, sa femme n'a aucune volonté, mais ici c'est moi qui commande. Alors je suis rentrée là-dedans et j'ai crié à Sheriyar : Cet homme a gâché la vie de ma fille et vous voulez lui donner une tasse de thé ? Je lui donnerai une tasse de poison, lui ai-je dit, une très bonne marque de mort-aux-rats, il va s'en délecter. Vous êtes un petit rat, j'ai dit à ce Rao, un sale petit rat, voilà ce que vous êtes…

Sa bouche fit la grimace, tandis qu'elle tenait à bout de bras un rat imaginaire par la queue.

– Relax, maman, du calme, marmonna Alisha. Le docteur…

– Peuh ! Le docteur, le docteur tout le temps. Il dit quoi, le docteur ? Trop de tension, c'est tout. Mais j'ai toute ma tête, d'accord ?

Lalli l'interrompit.

– Comment Mr Rao a-t-il réagi à vos propos ?

– Comment réagit un gentleman ? riposta Sheriyar Patel. Il était embarrassé. J'étais également embarrassé. Alisha a réussi à faire rentrer sa mère à la cuisine et j'ai calmé Mr Rao. Il s'est montré très aimable, je dois dire. Il a été très bien.

– Aimable ?

Mrs Wadia cherchait la bagarre.

– Oui, oui, très aimable. Il a compris que les personnes âgées peuvent être parfois difficiles, mais nous le supportons parce que c'est notre devoir. Les vieilles personnes n'en ont aucune reconnaissance, mais nous ne devons pas leur en tenir rigueur. J'avais tellement honte, ce monsieur qui fait tout ce trajet pour venir nous voir et nous le traitons d'une façon aussi honteuse ! Ce n'est pas comme ça qu'on se conduit dans *ma* famille. Je l'ai dit clairement à Mr Rao.

« Bref, pourquoi toutes ces salades au sujet de Mr Rao ? D'après Alisha, les habitants du Building croient que c'est Mr Rao qui a envoyé ces lettres d'avertissement. Ils ont tort ! Qu'y a-t-il dans ces lettres ? Une seule phrase, toujours : *Savez-vous qui se trouve avec vos enfants ces temps-ci ?* Qui suis-je censé soupçonner ? Nous n'aimons pas dire son nom, mais il faut le dire : je soupçonne ce bon à rien de Darab, le cousin d'Alisha. Un type sournois. Ce serait tout à fait son genre. Est-ce que j'en veux à Alisha pour ça ? Non, je ne l'ai jamais reproché à Alisha. Mais ce Darab ! Je l'aurais tué si je l'avais trouvé avec les enfants !

Je n'avais jamais remarqué le cousin Darab avant que

Mr Rao commence tout ce cirque. C'était un type inoffensif. Comme il était au chômage, il passait voir Alisha de temps à autre et brusquement… boum ! des ragots ont commencé à circuler. Cette semaine-là, le Building ressemblait à un congrès d'ophtalmologistes en folie. En fait, peu avaient vraiment vu Darab, mais chacun semblait savoir qu'il avait les yeux verts, *comme les jumelles*. Bien sûr, Alisha avait les yeux marron et ceux de Sheriyar étaient, comme par hasard, marron aussi. Quant à ceux de Mrs Wadia, ils étaient de couleur indéterminée derrière des verres énormes, mais ce qui était sûr, c'est qu'ils n'étaient pas verts. Feu Mr Wadia se vit octroyer des yeux terreux… la formule étant de Ramachandran. Patherphaker dit que la terre était plutôt marron, ce qui excluait de nouveau toute « possibilité génétique ». Or la génétique n'avait aucun secret pour Patherphaker, et Manda Tai assura qu'il était un spécialiste de la génétique *oculaire*. Évidemment, Sheriyar devait savoir tout ça. Le Building fut consterné d'apprendre qu'il réclamait le divorce. Patherphaker plaida sérieusement en faveur d'un test ADN. Sheriyar céda mais, avant que les résultats n'arrivent, Alisha en avait ras le bol et déclarait tout net à Sheriyar qu'elle acceptait le divorce.

Et Darab, dans tout ça ? J'appris par Mrs Wadia que l'homme était si bouleversé qu'il avait quitté la ville et que, aux dernières nouvelles, il était à Goa où il vendait des objets d'art d'Ulhas Nagar[1] aux touristes crédules. Mais Sheriyar avait joué les Othello jusqu'au bout… comme Mr Rao ou le corbeau, quel qu'il soit, l'avait prévu.

À présent, Sheriyar semblait vouloir blanchir la réputation de Mr Rao.

1. Ulhas Nagar (ou Ulhasnagar), situé dans les environs de Bombay, est célèbre pour la fabrication de faux.

– Ce n'est pas Mr Rao qui a envoyé ces lettres. Il me l'a assuré lui-même. Je suis allé un matin exprès le trouver pendant sa promenade dans le seul but de lui poser la question en tête-à-tête. Et il a été très clair sur la question. "Sheriyar, je n'ai pas envoyé ces lettres. Vous me connaissez, je n'ai rien à cacher, m'a-t-il dit. Concernant le monsieur que vous soupçonnez, je n'ai aucune information. Si vous voulez le savoir, gardez un œil sur vos enfants." Et c'est ce que j'ai fait, c'est ce que j'ai fait.

« Et voilà Mr Rao, un philanthrope pur et simple, qui a fait tout ce chemin pour s'informer de mon état d'esprit ! Vous savez ce qu'il a dit en premier quand j'ai ouvert la porte ? "Je suis heureux, maintenant, Sheriyar. Vous voir ici me dit que votre malentendu au sujet des enfants a été complètement dissipé." Ce furent ses nobles paroles et, naturellement, j'ai également exprimé mon propre bonheur, ce que ma belle-mère a entendu et ne supporte pas ! Pardonner et oublier ne fait pas partie de son vocabulaire. À la fin de sa vie, elle reprochera toujours à Mr Rao cette histoire idiote qu'il a racontée à tout le monde au sujet du cousin d'Alisha.

« Pourquoi lui en vouloir ? Alisha et moi avons eu la bêtise de détruire notre mariage à cause de ça. C'est vrai, Mr Rao nous avait fait du tort, mais il a exprimé ses regrets, non ? Le remords est quelque chose, oui ou non ? Et maintenant, quelqu'un m'a rejoué le même tour, sachant que je suis quelqu'un de soupçonneux dans ce domaine, c'est dans ma nature, on m'écrit des lettres : *Savez-vous qui est avec vos enfants en ce moment ?* Juste pour m'embrouiller l'esprit. Mais ça a eu un effet boomerang ! Regardez-nous maintenant, Alisha et moi, unis pour la vie !

Autrement dit, cet imbécile était resté à tourner autour d'Utkrusha en espérant apercevoir le cousin d'Alisha ! Mais il n'en avait pas encore fini avec Mr Rao.

– J'espérais l'inviter à dîner après notre retour ici, à Alisha et moi, et maintenant, voilà ! Mais quand j'ai appris qu'il avait été empoisonné, j'ai dit : *bas !* assez ! c'est terminé. Si la police entend les propos que tient ma belle-mère, c'est terminé. Mais je jure devant Dieu qu'il n'a rien bu sous notre toit, pas une goutte d'eau ! Je suis un honnête citoyen et si j'avais le moindre doute qu'il ait pris quelque chose chez nous, belle-mère ou pas, je le dirais à la police !

Toute humeur belliqueuse avait abandonné Mrs Wadia. Son ample menton était pris d'un tremblement que le mouchoir de dentelle ne pouvait complètement dissimuler.

Par-dessus son épaule, Lalli s'adressa à Sheriyar en étouffant discrètement un bâillement.

– Il n'a pas été empoisonné par quelque chose qu'il a mangé hier, alors cessez de vous faire du souci, la question est réglée. (Elle traversa la pièce et prit une chaise à côté de Mrs Wadia.) Je voulais vous appeler hier, Prochi. Pour vous demander au sujet de votre délicieux citron vert aigre-doux, vous y ajoutez du vinaigre ou pas ?

Leur murmure montait et descendait en ondes apaisantes. Exclu, Sheriyar donna quelques graves symptômes de réprobation masculine. Il bâilla. Il s'étira. Il fit craquer ses phalanges. Il se leva et effectua le tour de la pièce, examina la bibliothèque, trépigna, agita les sourcils en direction de sa femme qui fronça les siens devant tant de souffrance.

Je m'enquis des enfants.

– Même si Mr Rao n'a pas écrit les lettres, il semblait prendre au pied de la lettre ce qu'elles disaient. Il vous a dit pourquoi elles lui semblaient avoir de l'importance ? demandai-je.

– L'astrologie, bien sûr, déclara Sheriyar, inexplicablement. Mr Rao m'a dit que, par bonté, quelqu'un avait dû s'enquérir de l'horoscope des petites et savoir que c'était une période où il fallait qu'on les surveille. Les étoiles sont contre elles, m'a-t-il dit. Vous savez, il croit beaucoup en l'astrologie. Hier aussi, c'est de cela que nous avons discuté. De mon horoscope ! J'ai promis de lui montrer celui d'Alisha la prochaine fois.

Alisha le fusilla du regard. Elle commençait manifestement à avoir de sérieux doutes sur leurs retrouvailles.

– Mr Rao s'y connaît très bien en horoscope, sur la santé et sur tout le reste. Alors je lui ai montré mes pilules homéopathiques, Mr Rao est un grand adepte de l'homéopathie. En fait, je lui ai donné mes pilules, je croyais qu'elles seraient bonnes pour lui. Il souffre de son état, vous savez ! (Sheriyar reprit sans le vouloir le mot commode de Mr Rao.) Mais il ne comptait pas s'en servir tout de suite. « J'ai mes habitudes, je viens de m'acheter un nouveau bocal », m'a-t-il dit, et il m'a montré un sac en nylon très fin, et je lui ai dit que ces sacs fins étaient interdits, mais il m'a assuré qu'il faisait plus que cinq microns d'épaisseur. J'ai vu quantité de ces sachets en plastique mauve, ils sont très minces et la plupart des boutiquiers ne donnent plus de sac de nos jours, et de toute façon, les fins sont trop fragiles. Quand je le lui ai dit, il a ri en répondant : c'est vrai, mais c'était un vieux sac, donc ça n'avait pas d'importance. Je pouvais voir distinctement le flacon à l'intérieur tellement le sachet était fin… un flacon jaune de son Gasso préféré. Il vantait toujours les mérites du Gasso !

– Sheriyar milite pour l'interdiction des sacs en plastique, expliqua sa femme avec conviction. Il a passé tout le week-end à fabriquer des sacs en papier journal, n'est-ce pas, mon chou ?

– Des grands. Pour porter une livre, un kilo.

Mrs Wadia, l'air à présent moins abattu, s'apprêtait à partir.

– Nous devrions aller voir Mrs Rao, suggéra Sheriyar

avec espoir. Nous devons lui présenter nos condoléances.

– Alisha, je rentre à la maison. Je ne vais pas voir les Rao, trancha Mrs Wadia tout de go.

– Moi non plus, maman, affirma Alisha hardiment. Je ne pense pas que Mrs Rao ait envie d'avoir des visites en ce moment.

– C'est juste, nous n'allons pas la déranger maintenant.

Sheriyar voulait bien se montrer magnanime et sa femme le remercia d'un sourire étincelant.

Mrs Wadia roula des yeux, calculant mentalement le nombre d'heures, de minutes et de secondes durant lesquelles elle devrait endurer ce Grand Zéro avant que l'heureux couple regagne Utkrusha.

Elle s'attarda le temps de dire d'une voix dure :

– Lalli, je ne l'ai pas empoisonné, mais je l'aurais bien voulu !

– Je me demande si les histoires qui finissent bien finissent si bien que ça. Ils vécurent heureux jusqu'à la fin des temps en s'ennuyant à en mourir, je suppose ! Pauvre Prochi, elle aurait bien besoin de souffler un peu, loin des malheurs de sa fille.

– Tu crois que c'est Mr Rao qui lui a envoyé ces lettres ?

Je n'entendis pas la réponse car, à cet instant, la toux sèche de Patherphaker nous annonça notre prochain visiteur. Il se faufila par la porte avec un regard prudent dans l'escalier.

– Et les préparatifs ? demanda-t-il. Le neveu est arrivé…

– Il était ici il y a un instant, répondit Lalli.

Patherphaker s'installa confortablement dans le fauteuil en toile.

– Il a dit quelque chose ?

– Sur quoi ?

– Sur nous, demanda Patherphaker courageusement. Sur les accusations contre le Building.

Lalli haussa les épaules.

– Je lui ai conseillé de ne pas se hâter de conclure, expliqua-t-il en hochant la tête. Alors, c'est vraiment un empoisonnement ?

Lalli émit un son évasif.

– Il a dû manger quelque chose pour s'empoisonner, mais que peut-on manger à cinq heures du matin ? Trop tôt pour qu'on vous offre une douceur, ou un *paan* dans le parc. Même un *prasad* est peu probable. Je ne trouve pas normal qu'on mange à cinq heures du matin.

Lalli hocha la tête.

– C'est donc un poison lent. Avalé dans la nuit ? Non ! Il s'est senti suffisamment bien pour partir en promenade. Donc le poison a dû se trouver dans l'eau ou les gélules.

– Nous devons attendre le rapport du labo.

– Vous êtes quelqu'un de prudent, c'est très bien. Mais moi, je n'ai pas besoin de l'être ! Je peux faire des suppositions. Si l'eau était empoisonnée, peut-être que Rao l'a fait lui-même. Qui sait quelles étaient les frustrations de cet homme ? Mais ce ne serait pas vraiment normal d'aller en promenade après avoir avalé du poison. Je suis sûr que n'importe qui préférera mourir proprement dans son lit. Oui, cela suffit à éliminer le suicide. Il a été assassiné. Le poison se trouvait dans les comprimés de Gasso.

Avec un regard perçant, il plongea la main dans sa poche et en sortit le flacon jaune familier qu'il posa prudemment sur la table.

– Cet après-midi, j'ai acheté un flacon de Gasso chez Parle Chemists. Seize roupies seulement, mais regardez le flacon. Il n'est pas scellé. Un simple couvercle qu'on pousse. (Il le fit sauter.) Pas même un ruban d'aluminium. N'importe qui peut le trafiquer. À n'importe quelle étape… à l'usine, pendant le transport, chez le pharmacien, après l'achat, à la maison pendant la nuit.

Il fit une pause éloquente.

– Exact ! conclut-il d'un air de pédagogue. Tous ces points devront être vérifiés. La police va sûrement le faire. Mais…

Il choisit un canapé qu'il mangea lentement, savourant le suspense.

– Mais en ce qui concerne la famille, la mère soutiendra le fils, le fils soutiendra la mère et le neveu soutiendra les deux. Maintenant l'inspecteur a récupéré le flacon de Gasso. Il va chercher les empreintes, soit avec des vapeurs d'iode, soit avec du nitrate d'argent ou de la poudre d'aluminium.

Patherphaker ne pouvait dissimuler la délectation du scientifique pour le détail.

– Vous êtes très bien informé, Patherphaker, constata Lalli, un peu sèchement à mon goût.

Il se rengorgea et avala une gorgée de café pour le cacher.

– J'aime me tenir au courant, se hâta-t-il de préciser. Depuis que j'ai été obligé de prendre ma retraite, que puis-je faire sinon lire ?

Ses yeux s'égarèrent vers la fenêtre ouverte.

Un petit muscle se crispa à la commissure des lèvres. C'était un aperçu terrible de la solitude contre laquelle il luttait jour après jour. Il quittait le Building avec tout le monde le matin à neuf heures, mais il se repliait à la gare. Il tournait rapidement les talons et abandonnait le flot. Mais il prenait toujours le chemin du retour avec nous à six heures. Que faisait-il toute la journée ?

Patherphaker finit son café avant de poursuivre son topo.

– On trouvera des empreintes. Celles de Rao, peut-être. Celles de Mrs Rao et de Vaibhav. Que doit-on en déduire ? Quelqu'un a manipulé le flacon, en époussetant l'étagère, l'a déplacé de la table à l'étagère, il a fait quelque chose, n'importe quoi. Nous touchons les choses la moitié du temps sans y penser. Si vous posiez la question à Vaibhav ou à Mrs Rao, ils vous diraient sans doute que, non, ils n'y ont pas touché. Ce serait la vérité. Vous le croirez même si vous relevez leurs empreintes sur le flacon parce que c'est comme ça que les choses se passent. Je prends ce stylo sans y penser pendant que je vous parle. Je quitte la pièce, en laissant derrière moi mes empreintes sur ce stylo, mais si vous me posez la question demain, je pourrais nier farouchement que je l'aie seulement vu… non parce que je mens, mais parce que je n'ai même pas remarqué le fait que je l'ai pris. Beaucoup de gestes fortuits ne sont pas enregistrés par le cerveau.

Patherphaker se donnait beaucoup de mal pour convaincre Lalli d'un fait parfaitement banal. Je me demandais pour quelles raisons.

– Et… réfléchissez ! (Il leva un doigt doctoral.) Réfléchissez une minute à la possibilité que l'un de nous ait laissé une empreinte sur le flacon ! Et si on retrouvait les empreintes de tout le Building sur le flacon ? Cela serait-il suspect ?

– Oui, dit Lalli.

– Pourquoi ? s'empressa-t-il de demander. C'est ce que je suis venu discuter. Pourquoi trouverait-on ça suspect ? Nous sommes tellement nombreux à lui avoir conseillé des remèdes à un moment ou à un autre, dans le seul espoir de ne plus entendre parler de son état. Vous allez vous rendre compte que chacun a apporté son écot.

– Quand lui avez-vous donné le flacon de Gasso ? demanda Lalli.

Patherphaker eut l'air décontenancé.

– Je ne lui ai pas donné ce flacon, protesta-t-il. Je discutais d'un cas hypothétique.

– Je vois.
– Mais bien sûr, quelqu'un d'autre a pu le faire.
– Sans doute.
– Et ça pouvait être un geste parfaitement innocent quand la personne l'a donné. On a pu le trafiquer plus tard.
– Soyez sûr que la police ne manquera pas d'envisager cette possibilité. Quels remèdes les autres ont-ils donnés à Mr Rao ? Vous le savez ?
– Ramachandran lui a donné quelque chose, il y a un mois. Manda lui a donné du *haritaki*, vous savez ce que c'est ? Le prunier myrobalan ? Elle l'a acheté à la boutique ayurvédique de Matunga. Puis D'Souza lui a donné des *jeera goli*, des friandises courantes qu'on trouve dans les petites échoppes. Claude adore les *jeera goli*. Puis le lendemain de son accident, quand Ramachandran et moi sommes allés demander de ses nouvelles, Mr Rao nous a montré sa pharmacie. Padmanabhan était avec nous, et D'Souza aussi. Oui, je me souviens que D'Souza nous a parlé du prix de mathématiques de Claude. Pas étonnant ! Mrs D'Souza enseigne les mathématiques.
Il parut ruminer cela. Je me rappelai qu'Abhay avait tenu à faire de la biologie, matière manifestement de second rang aux yeux d'un spécialiste du casse-tête chinois comme Patherphaker.
– Oui, nous sommes tous amis, malgré ce qu'il a fait pour tenter de bousiller nos vies, affirma Patherphaker avec une énergie soudaine. Nous lui en voulions, parce que c'est humain que la volonté de nuire vous reste en travers de la gorge. Il était plus que méchant, il était malfaisant. Quand j'ai été obligé de prendre ma retraite, il a dit à tout le monde qu'on m'avait pris en train de vendre des sujets de partiels. Évidemment, comme toujours, tout le monde en avait entendu parler avant moi. Pouvez-vous imaginer ce qu'Abhay a éprouvé ? Je l'ai emmené avec moi chez des avocats et lui ai fait lire

tous les documents. Il avait onze ans, il était assez grand pour se faire une idée. Manda était contre, mais je pense que j'ai eu raison, le garçon devait connaître la vérité et me juger par lui-même. Très peu de gens savent la vérité… c'était avant votre arrivée dans la maison. Ramachandran la connaît, mais ce n'est pas moi qui lui en ai parlé. Le proviseur lui a tout dit, ils sont amis. En fait, ils *étaient* amis. Ramachandran a rompu avec lui. Pas à cause de moi, d'après ce qu'il dit – vous savez comment il est – mais parce qu'il ne pouvait pas être ami avec un caméléon. Le proviseur lui avait raconté ce qui s'était passé : j'avais été suspendu parce que je refusais de laisser passer un candidat. Le candidat avait du piston : c'était le neveu du ministre. Il peut être le neveu d'Archimède, je m'en bats l'œil, ai-je dit au ministre. En ce qui me concerne, il ne connaît rien à la physique et je ne peux pas le laisser passer. Assis dans le bureau du proviseur, en présence du proviseur, c'est ce que j'ai dit au ministre et, naturellement, j'ai été suspendu, le proviseur en a été avisé et l'élève est passé. Naturellement aussi, j'ai consulté un avocat et j'ai bricolé ici et là pendant deux ans. Et puis, rideau. Cette vie-là est terminée. Une nouvelle vie commence. Et la vie continue. La vie continue.

« Mais on n'oublie pas facilement. Aujourd'hui encore, quand des enfants du Building ne m'écoutent pas, je sais ce qu'ils ont en tête : Patherphaker est un pauvre mec, qu'on a viré parce qu'il avait vendu les questions des partiels, pourquoi on l'écouterait ? Plus ou moins ça. Alors il y a des fois où cette vieille colère me prend et je me dis que je devrais étrangler Mr Rao pour pouvoir respirer de nouveau. Pourtant, il était mon ami, et je le pleure. Vous pouvez comprendre ça ?

Il se pencha en avant et plongea son regard dans celui de Lalli.

– Oui, je crois que oui, dit-il doucement. Je crois que vous comprenez.

Nous restâmes assis en silence et le jour parut soudain ralentir le pas tandis que le doux soleil de six heures s'arrêtait derrière notre fenêtre et nous éclaboussait d'or et de brun avant de poursuivre tranquillement sa course vers l'obscurité.

La lumière est comme la musique : tout obéit à son tempo. La lumière retirait à la pièce sa qualité théâtrale, elle retirait à Lalli ses années, à Patherphaker son amertume. Descendant en oblique vers les coins les plus reculés de la pièce, la lumière estompait les bords, ne laissant aucun contour s'affirmer en noir et blanc. Je pris brusquement conscience de la vanité de notre quête. Combien cette recherche des causes et de leurs réactions était inutile ! Changeant doucement, la lumière pivotait sans cesse sur elle-même et rassemblait l'espace dans les ténèbres grandissantes. La pièce, diminuée, se retira dans le petit losange de crépuscule qui nous englobait.

– Il n'y a rien pour nous distraire quand la mort survient ainsi, poursuivit Patherphaker à voix basse. Ni rituels, ni agitation derrière le prêtre, rien qui puisse fatiguer le corps afin d'engourdir l'esprit. Seulement… le néant.

– Bien sûr.

– Pourquoi le cacher ? Je n'ai jamais aimé ce type. Parfois je l'ai carrément détesté. Mais peu importe, j'ai l'impression d'avoir perdu quelque chose. Je me sens… diminué.

– Oui.

– Manda n'est pas de mon avis. Elle s'est occupée tout l'après-midi. Kumudben aussi. Que de l'agitation, de l'agitation. Pour elles, tout fait toujours la même taille, la même couleur. Vous comprenez ?

– Oui, je crois.

– Mais rien n'est plus pareil. Tout a rétréci. Toutes

nos prises de bec semblent dérisoires, maintenant. Assez souvent, j'ai passé toute la journée sans autre but que de lui régler son compte. Pour en arriver à quoi ?

La question étant de pure rhétorique, personne ne tenta de trouver une réponse.

Patherphaker se racla la gorge et se tourna vers des questions plus pratiques.

– À supposer qu'on trouve de pareilles empreintes, dit-il, dans ce cas…

– Dans ce cas hypothétique…

– Exactement, dans ce cas hypothétique… Il vaut mieux que la personne consulte un avocat, non ?

– Ce serait sage.

– Mrs Dikshit est absente jusqu'à la semaine prochaine.

– Il n'y a pas le feu, en fait.

– Je ne veux pas que vous croyiez que je montre du doigt la famille. Vaibhav est un brave garçon. Il y a toujours des frictions entre parents et enfants à son âge. Mais Mr Rao n'était pas quelqu'un de sensé. Il ne comprenait pas son enfant. Je n'en dirai pas plus.

Lalli ne manifesta aucune curiosité. Patherphaker laissa tomber ses accents lugubres et s'égaya suffisamment pour poser des questions sinistres concernant le Corps. Les points seraient-ils visibles ? Et la tête ? Remettraient-ils le crâne proprement en place ou fallait-il lui trouver un couvre-chef ? Abhay avait une casquette de base-ball dont il n'avait pas besoin. Bien sûr les *viscères* (il mit le mot en italiques) seraient préservés, sans doute dans l'alcool.

– Il était très fier du fait qu'il n'en avait jamais touché une goutte dans sa vie… « Je suis pour l'abstinence », aimait-il se vanter, se remémora Patherphaker avec tristesse. Et maintenant, ses boyaux vont baigner dans l'alcool ! C'est quelque chose !

Une fois Patherphaker parti, Lalli alluma les lampes

et passa un appel. Elle resta longuement au téléphone. Je débarrassai les tasses à café et les assiettes vides, et vérifiai l'état des provisions. À cette allure, nous aurions besoin de renforts. Je préparai une rasade supplémentaire de canapés et décidai que cela pouvait durer jusque tard dans la soirée. Très vraisemblablement, Savio passerait après le dîner (si nous arrivions à dîner). Je me préparai une chope de café chaud et l'emportai sur le balcon.

Mon cerveau recrachait les bruits dont il s'était imprégné. Je savourais le silence qui tombait sur le monde dans le bref interlude qui séparait le coucher du soleil de la lumière électrique. Quelques années auparavant, j'avais passé la nuit dans un village où il n'y avait pas d'électricité. Là, le silence progressait d'heure en heure tel le refrain d'une chanson familière. Les étoiles s'amassaient dans d'épaisses gousses de nuages. Seul le jappement aigu d'un chien ou le cri perçant d'un enfant ponctuait le temps ce soir-là.

Un tel calme m'est peut-être inhabituel, de sorte que le souvenir de cette nuit m'est resté : une longue nuit sans sommeil, reposante, comme un verre d'eau fraîche pour désaltérer le cerveau. En songeant à cette nuit maintenant, je me sentis réconfortée, sachant que ce sentiment s'évanouirait dans un moment.

J'entendis le déclic quand Lalli raccrocha, mais demeurai à ma place, sûre qu'elle voulait rester seule.

La sonnette retentit. Kumudben. Comme je rentrais, je la vis couvrir d'un œil sarcastique les dispositions que nous avions prises pour accueillir nos visiteurs. Elle feuilleta une vieille revue avec un désintérêt flagrant, me conseilla de changer de coiffure, et demanda l'avis de Lalli sur un livre qu'elle venait de lire.

– On dirait que je vais devoir finasser quand même, soupira Lalli. Prenez donc un canapé.

– J'ai vu ce type ce matin, finit par lâcher Kumudben.

Je l'ai vu sortir à cinq heures et demie. J'étais sur le balcon. Je préparais un cours depuis quatre heures du matin et j'ai eu besoin de prendre l'air. J'ai guetté Mr Rao. Je savais qu'il sortait à cinq heures et demie et je ne voulais pas tomber sur lui. Il s'est montré à la grille, j'ai attendu qu'il ait tourné le coin avant de quitter la maison. Je savais qu'il se promenait dans le parc, donc je suis partie dans l'autre direction. J'ai dû marcher pendant dix minutes, pas plus, puis je suis rentrée rapidement car j'avais encore beaucoup de travail. Je l'ai vu devant moi, il se dirigeait vers l'immeuble. Je suis restée dans l'ombre pour ne pas me faire remarquer.

– Avait-il l'air malade ?

– Non… mais il semblait pressé. On dirait que son état lui laisse un répit, me suis-je dit. Vous savez, Lalli, ça paraît tellement méchant de ma part maintenant, mais je n'ai pas pu m'empêcher de rire en le voyant se dépêcher et se mettre à courir par moments. J'ai pris mon temps, mais néanmoins, quand j'ai passé la grille, j'ai aperçu son dos au moment où il se dirigeait vers l'ascenseur. J'ai entendu la porte se refermer…

Kumud s'arrêta et nous regarda fixement.

– Maintenant vient le plus dur à dire, mais je peux l'expliquer. Ça me tue, vraiment. J'ai pris mon temps pour traverser l'entrée… j'aurais dû remarquer que l'ascenseur était encore au rez-de-chaussée, j'aurais dû remarquer cette affreuse lueur orange provenant de l'ampoule basse tension. J'ai pris encore un peu de temps à monter les marches. Durant tout ce temps, je ne me suis pas rendu compte que l'ascenseur n'avait pas bougé. Pourquoi ? Voilà ! Je savais bien que vous ne me croiriez pas !

– Je n'ai pas dit ça, protesta Lalli.

– C'est comme je vous le dis, ça ne m'a pas frappée. Mais… quand je suis rentrée chez moi, il m'avait mise complètement à cran, je tremblais de rage, je n'ai pas pu me remettre au travail. J'ai pris une douche froide et me suis habillée pour la journée. Je n'ai même pas pensé à prendre une tasse de thé ! Et alors, Claude a hurlé.

– Ça vous a fait un choc, remarqua Lalli.

– J'étais passée à côté.

– Oui.

– Peut-être ne serait-il pas mort si je m'étais arrêtée.

– Qui peut le dire, Kumud ?

Le silence tomba. Kumud n'avait rien d'autre à dire et, au bout d'un moment, elle partit.

Je m'attendais à voir Ramachandran après elle et je ne fus pas déçue.

Il ne prête ses livres qu'avec circonspection, de sorte que quand il me tendit *Le Livre des snobs*[1], je sentis que cette visite était d'une nécessité incontournable.

– Une semaine, souligna-t-il, tendu. Pas une heure de plus. Ou je débarque ici et je vous le reprends, même si je dois écoper pour ça.

– Vous vous attendez à être arrêté ? intervint Lalli.

– Le livre n'est qu'un prétexte, reconnut-il un peu piteux. Je suis venu vous parler. Je n'en ai encore rien dit à Ponni. J'ai pensé que je devais vider mon sac avant de changer d'avis.

Notre salon était en train de se transformer en confessionnal.

– Patherphaker est déjà venu. Je suis sûr qu'il a ébruité sa stupide théorie selon laquelle la famille de Mr Rao est responsable… ou plutôt coupable. À cause de Vaibhav. Je veux dissiper ce doute. Vous savez déjà par Abhay que Vaibhav s'est disputé avec son père hier.

– Oui, quelque chose comme ça…

– Rien de surprenant ! J'ai eu des tas de bagarres avec ma fille, tout était oublié le lendemain. Le garçon est

1. Écrit en 1842 par William Makepeace Thackeray.

quelqu'un de bien, il n'a pas une once de méchanceté. Il était juste contrarié de ne pas pouvoir choisir sa carrière. Il est assez intelligent pour savoir qu'il n'est pas fait pour faire ce que veut son père. Nous disons tous des idioties quand nous sommes en colère, et ce n'est qu'un enfant.

Il n'y avait aucune trace de l'ironie coutumière de Ramachandran. Il était salement préoccupé.

– Qu'a dit Vaibhav ? s'enquit Lalli.

– Je… je n'ai pas entendu. Je n'étais pas là.

– Oui, je sais que vous n'avez pas entendu. Qu'a-t-il dit ?

– Je l'ai appris de Ponni. Vaibhav lui a tout raconté hier soir. Mr Rao a dit : « Même si je dois en mourir, tu entreras à l'académie militaire ! » Et Vaibhav a répondu : « Très bien. Dis-moi que tu seras mort avant l'examen d'entrée. » Mais il était à bout ! Mr Rao avait tourmenté ce gamin jusqu'à ce qu'il se sente acculé et il n'a pu se défendre qu'en disant quelque chose d'excessif.

– Ce doit être très dur pour cet enfant maintenant.

– Oui. Il a essayé de me parler, mais sa mère l'a rattrapé. Elle a fulminé contre lui tout l'après-midi, lui reprochant la mort de son père. Ce n'est pas bon… vous devez empêcher ça, Lalli.

– Quel rapport entre ça et votre crainte d'être arrêté ?

– Oh, ça ? Mr Rao a été empoisonné par des comprimés de Gasso, d'après Patherphaker.

– Peut-être. Nous n'avons pas encore la confirmation du labo.

– Pour le contenu stomacal ? Peut-être qu'il n'y aura… rien. Je dois vous dire que j'ai apporté ma propre contribution pour tenter de soulager l'état de Mr Rao. C'était peu après qu'il s'était fait assommer. Il se plaignait que le repos forcé avait fait empirer son état. Je lui ai suggéré une attaque rectale.

Il marqua avec délicatesse une pause et les petites

torpilles blanches alignées au garde-à-vous me revinrent en mémoire.

– Des suppositoires ?

– Oui… Mon père s'en servait quand il était alité. Il s'est trouvé que cette boîte était restée chez nous, alors j'ai donné tous ses médicaments.

– Mr Rao s'en est servi ?

– Tous les jours, je pense. Il m'a dit la semaine dernière qu'ils n'étaient pas toujours efficaces, mais qu'il les utilisait quand même.

– Peut-être s'était-il réapprovisionné ?

– Non, il m'a dit qu'il lui en restait une douzaine. Il a donc pu en prendre un ce matin… Le poison aurait-il pu se trouver dedans ?

– Nous allons faire des recherches.

– Vous ferez aussi des recherches sur l'incursion récente de Mr Rao dans ma vie privée. Les D'Souza en ont déjà entendu parler, de même que Kumud. Aux dernières nouvelles, ma fille vivrait avec un Allemand. Elle serait « à la colle », c'est l'expression qu'il a utilisée… assez déplacée dans sa bouche, d'après moi. Quand Sujata a appelé dimanche, je lui ai raconté la dernière de Mr Rao. « Mon Dieu, est-ce que les gens l'écoutent encore ? » a-t-elle dit. Comment expliquer aux jeunes que la corruption gagne notre âme quand nous vieillissons ?

Il eut un geste désespéré.

– Je vous appellerai quand j'aurai le rapport du labo, promit Lalli. Non, je ne crois pas que c'était dans les suppositoires et si ça l'était, nous n'aurions aucune raison *a priori* de vous soupçonner.

Il se leva.

– Alors, je vous laisse. Je serai sur le balcon au cas où Vaibhav aurait besoin de moi. Il marche à l'ombre et puis il grimpe par la gouttière quand on l'enferme, mais il ne le fera peut-être pas ce soir. Sa mère ne veut plus qu'il nous parle, mais le garçon peut se mettre à la fenêtre.

Avec un hochement de tête distant, son large visage assombri par le souci, Ramachandran regagna ses pénates.

Lalli passa une heure à arpenter le balcon après le départ de Ramachandran. Il y avait dans son regard une lueur de colère qui me fit rebrousser chemin. Un instant plus tard, j'entendis un froissement de papier et remarquai qu'elle lisait les pages tapées à la machine que je lui avais données plus tôt. Elle s'abstint de tout commentaire.

Je n'étais pas d'humeur à parler, moi non plus. Les émotions qui s'étaient déballées au cours des dernières heures pesaient dans l'air. Qu'avait exactement déclenché Mr Rao ? De la rancœur ? Ou s'agissait-il du profond mordant de la haine qui continuerait à corroder nos vies ?

Kumudben, Patherphaker, Ramachandran, Alisha… Mr Rao avait-il épargné les D'Souza ? Mais c'était une idée prématurée car, avant dix heures, Betty appela.

– Je vous ai caché quelque chose, dit-elle rapidement. Ça n'est pas au sujet d'aujourd'hui, mais il y a deux jours… Benny, Benny ! Qu'est-ce qu'on a à perdre ? Excuse-moi, je passerai demain pour en parler à Lalli.

Et elle raccrocha brusquement.

Savio arriva à dix heures. Il n'avait pas mangé et il se jeta sur l'assiette bien garnie que je plantai devant lui.

– Délicieux, dit-il quand il eut fini. C'était quoi exactement ? (Il ouvrit un dossier non sans délectation.) Le contenu stomacal, Lalli. Des trucs bizarres, ça ne me paraît pas logique.

Je lorgnai par-dessus son épaule.

– Alcaloïde de tropane, déchiffrai-je tout haut. La chromatographie fine fait apparaître (IR, 3r, 5S)-Tropane-3-yl(±)- tropate, C17H23N03. C'est quoi, ce truc ?

– Du grec, décréta Savio. Sans doute un laxatif.

Lalli éclata de rire. Ses rides avaient disparu, ses yeux brillaient. Je m'attendais presque à ce qu'elle se mette à chanter. Mais elle se contenta de déclarer :

– Non, ce n'est pas un laxatif grec mais oui, c'est le poison qu'on cherchait.

– C'est quoi, le reste de ce charabia ? Il y a une liste interminable : kaolin, magaldrate…

– Ça, c'est le laxatif, expliqua Lalli. À part qu'il a maintenu Mr Rao en vie plus longtemps que le meurtrier ne s'y attendait, ce n'est pas très important.

Savio articula lentement :

– C'est donc bien un meurtre…

Lalli confirma d'un signe de tête.

– L'autopsie indique quelque chose ? demanda-t-elle. J'espère que vous avez réussi à avoir Qureshi. Ils lâchent trop souvent la bride à ces jeunes imbéciles. Le dernier avait carrément raté une blessure au foie.

– C'était Qureshi. Tenez… corps en bon état, cicatrice de l'ablation d'une hernie à l'aine gauche, bla bla bla, le cœur, oui, hypertrophie cardiaque qui témoigne d'une insuffisance mitrale… peu importe ce que ça veut dire. Le crâne, ouaip. La tête a une partie dure sur l'occiput, indiquant la trace d'un hématome vieux d'il y a environ un mois, comment il peut savoir, Dieu seul le sait, aucune fracture de l'os sous-jacent. Voilà.

– Pas de cancer ni de maladie cachée qui aurait pu le pousser au suicide.

– Rien de rien. Votre mort se porte à merveille, à en croire Qureshi.

– Oui, c'est du Qureshi tout craché.

J'avais rencontré une seule fois le Dr Qureshi, l'anatomopathologiste, et cela m'avait suffi, merci. Il en était presque venu aux mains avec Lalli à cause d'une molaire affreusement cariée dans l'affaire Kansheri. Mais malgré cela, ils avaient chaque semaine des conversations téléphoniques interminables, surtout au sujet de prélèvements.

– Quelles nouvelles du côté de Fountain ? demanda Lalli.

– Que dalle ! répondit Savio avec un geste de dégoût. J'ai mis Mhatre dessus, un de nos meilleurs hommes, aussi tenace qu'une sangsue, et qu'est-ce qu'il a rapporté ? Strictement rien. Le défunt a mené une carrière irréprochable à Magnum Chambers… il y possédait un petit bureau. Un garçon de bureau, Gajanan, ouvre le bureau et le referme à six heures et demie. Pas d'autres employés. Les clients vont et viennent, généralement ils raccompagnent Mr Rao depuis la Bourse. Mr Rao passait beaucoup de temps à Dalal Street, de sorte que ces heures ne sont pas prises en compte. Certains jours, il travaillait tard et renvoyait Gajanan chez lui de bonne heure. La plupart du temps le mois dernier, a dit Gajanan.

Je me rappelai le soir où nous avions rencontré Mr Rao au restaurant *irani*, sous l'institution Sainte-Aspasie. Cela ne remontait-il qu'à une semaine ? Je me souvins que Mr Irani avait demandé à Mr Rao quand il avait payé la note : « On part de bonne heure, ce soir, oncle ? » Il y avait donc eu un tas de sorties tardives. À quoi rimait cette réflexion ?

– Nous devons chercher plus près de la maison, décréta Lalli. Savio, mettez-vous sur votre trente et un, nous allons faire des visites.

– Il est presque onze heures, Lalli, m'insurgeai-je. Les Rao vont dire que…

– Que la police les harcèle ? Tiens donc ! Qu'ils portent plainte. Le juge ne peut que fermer les yeux sur un motif aussi négligeable qu'un meurtre.

En l'occurrence, les Rao nous dérangèrent à peine. L'agent de police nous fit entrer, et il nous fit savoir que les Rao s'étaient barricadés dans le salon depuis l'après-midi. Dans la soirée, Vanaja avait ouvert quelques *dabba* qu'elle avait apportées plus tôt et ils avaient mangé. Mais pas Mrs Rao, qui n'avait pas même avalé une goutte d'eau. Rien que d'y penser, cela suffisait à vous couper les jambes, renchérit l'agent. Encore que, soit dit en passant, il n'avait rien mangé lui-même depuis le déjeuner. Je regagnai docilement notre appartement pour lui préparer un sandwich.

Cela prit plus longtemps que je ne m'y attendais. Il avait l'air de pouvoir avaler une montagne de sandwiches, alors j'en fis un maxi et le passai au gril. À mon retour, ils étaient dans la chambre de Mr Rao. Ils avaient ouvert le coffre en acier au côté du lit (Susheela leur avait remis les clés sans desserrer les dents.) Il contenait principalement des habits, des saris en soie, la robe de mariée de Susheela, quelques vieux costumes, quelques cravates en soie, une pile de chemises et trois pantalons.

Sur l'étagère du bas se trouvaient quelques réceptacles en argent mis de côté pour les fêtes et il y avait un petit compartiment pour les bijoux. Celui-ci contenait six bracelets en or, un collier ras de cou incrusté de pierres rouges qui pouvaient être ou ne pas être des rubis, un anneau de nez avec un diamant et plusieurs pièces en argent. Sur une étagère en bois près du lit était posé un livre des sermons de Swami Vivekananda et deux opuscules, *Mieux manger pour mieux vivre*, ainsi qu'un flacon de baume contre la douleur.

Je me remémorai la pièce le soir qui avait suivi l'accident de Mr Rao. Le traversin était posé en travers du lit, impassible tel un arbre abattu. La panacée ayurvédique que Susheela avait fait infuser ce soir-là semblait avoir laissé planer un esprit anxieux, car son odeur végétale piquante flottait encore dans la chambre.

À un crochet, pendus au mur, une chemise et un pantalon, qui avaient manifestement servi. Savio prit la chemise.

– Il a dû les porter hier, remarqua-t-il après les avoir reniflés. Ça aurait dû passer à la machine ce matin.

Lalli étala le pantalon sur le lit. C'était le genre classique, avec des revers. Elle déplia ceux-ci avec un petit cri de triomphe. Il y avait dans le pli un petit fragment jaune fripé au milieu de la poussière et de la peluche. Savio le prit avec une pince en marmonnant et le glissa sur une feuille de papier propre. Il faisait à peine un centimètre de long et un demi de hauteur, mais sa couleur jaune vif était un aveu. Cela ressemblait à un pétale. Savio le rangea dans un sachet en plastique transparent qu'il glissa dans son sac. Il embarqua aussi le pantalon et la chemise.

– J'aurais dû penser au pantalon plus tôt, grogna-t-il. On aurait gagné du temps. Mais qu'est-ce qu'on cherche, de toute façon ?

Il n'y avait pas grand-chose d'autre dans le coffre. Sur l'étagère du haut, quelques dossiers bruns qui contenaient des certificats d'actions, une liasse de documents relatifs à des titres de propriété. Sur celle du bas, une lettre adressée à Mr Rao. Elle était écrite sur un aérogramme. Le temps et les fréquentes manipulations avaient décoloré le bleu d'origine en un gris pisseux. Savio l'ouvrit avec hésitation.

– C'est en kannada, annonça-t-il avec un soulagement évident. Je n'arrive pas à la lire !

Il la lâcha comme un charbon brûlant et la remit dans le coffre. Lalli émit un bruit agacé et s'apprêtait à la reprendre quand, avec une exclamation, elle fouilla au fond du coffre.

Nous fixâmes ce qu'elle retira. C'était un sac fin en plastique, mauve vif, le genre qui avait été récemment interdit, le genre contre lequel Sheriyar faisait campagne, le genre dans lequel Mr Rao exhibait le Gasso hier chez Mrs Wadia. Mais en cet instant, le sac que

Lalli tenait ne contenait pas de Gasso. Il contenait une forme oblongue que Lalli fit glisser sur le lit.

C'était du savon d'entretien, vert marbré de jaune et nettement divisé en trois segments. Je le reconnus immédiatement.

– Tiens, c'est le savon qu'une colporteuse vendait la semaine dernière, tu t'en souviens, Lalli ? Nous étions tellement contentes d'avoir enfin du savon doux après ces affreux détergents bleus ! Presque chaque appartement en a acheté. Du savon fait maison, et tellement bon marché… J'en ai acheté deux barres, tu te rappelles ? On ne s'en est pas encore servi.

– C'est exact !

Lalli paraissait surprise.

– Fait maison ? Hum. Personne ne fabrique plus de savon. Vous confondez avec les *papad*, interrompit Savio.

– Vous avez beaucoup à apprendre, Savio, le reprit Lalli, l'air sévère. Le savon marbré a toujours été fait maison, sous forme de flocons ou de savonnettes comme celle-ci. C'est une industrie domestique florissante. (Elle se tourna vers moi.) Nous avons toujours ces savons. Fais un saut chez nous et rapportes-en un. Fais-le discrètement.

Je le rapportai, enveloppé dans le journal de l'après-midi. Lalli échangea tranquillement les deux savons, envoyant le nôtre dans le sac en plastique. Le sac retourna dans le coffre. Tout le reste réintégra promptement sa place et Lalli donna un tour de clé.

– Falsification de preuves, ronchonna Savio en fourrant le savon dans son sac entre les vêtements sales de Mr Rao.

– Allons échanger deux mots avec Susheela maintenant, déclara Lalli.

Elle avait un air assombri.

L'agent m'adressa un large sourire quand il fit entrer

Mrs Rao. Elle avait retrouvé son sang-froid, mais elle avait un reflet accusateur dans les yeux.

– Susheela, nous avons laissé toutes les affaires de votre mari comme nous les avons trouvées, dit Lalli. Nous n'avons pris que la chemise et le pantalon qu'il portait hier.

– Ils sont sales, je n'ai pas fait de lessive aujourd'hui.

– C'est pourquoi nous en avons besoin. Il y a une chose que je veux savoir : avez-vous acheté du savon à la vendeuse qui est venue ici la semaine dernière ?

– Du savon ? (Susheela fit un effort pour se concentrer sur la question de Lalli. Elle était encore désorientée et regarda autour d'elle comme si la pièce et ses accessoires lui étaient étrangers. Elle demanda avec une patience pesante.) Du savon ? En quoi ça vous intéresse ?

– Essayez de vous souvenir.

– Oui, oui. J'ai acheté quatre pains… il devrait en rester trois.

– Où sont-ils ?

– À la cuisine. Pourquoi ?

– Pourrais-je les voir, s'il vous plaît ?

Elle toisa Lalli avec hauteur, marmonna quelque chose entre les dents et se frappa le front avec la paume en une succession de petits coups rapides. Mais elle nous conduisit tout de même à la cuisine.

– Vous voulez voir autre chose ? demanda-t-elle avec une pointe de sarcasme. Le dentifrice, l'huile capillaire, le talc ?

– Non merci, juste le morceau de savon. Il y en a deux ici.

– Trois.

– Regardez vous-même.

– Comment est-ce possible ? Il me reste encore la moitié du premier morceau. Je ne m'en sers que pour frotter la cuisine. Peut-être que Vaibhav l'a pris.

Mais Vaibhav affirma qu'il n'était au courant de rien.

– Ce n'est pas très important, affirma Lalli. Ne vous faites pas de souci. La pièce restera sous scellés un jour ou deux de plus. Vous devriez vous restaurer, Susheela. Voulez-vous que je vous fasse monter quelque chose ?

Susheela grogna un son incompréhensible et s'éloigna d'un pas vif, claquant la porte sur nos talons.

De retour chez nous, Savio posa le savon sur la table de la cuisine.

– Pourquoi a-t-il eu besoin de ce savon ? Pourquoi l'avoir fauché dans sa cuisine ?

– C'est évident, me semble-t-il. (Lalli tenait un couteau à la main.) Puis-je falsifier cette preuve, Savio ?

Celui-ci eut l'air blessé.

– Entendu, je laisse tomber ! Emportez-la avant que je change d'avis. Veillez-y comme à la prunelle de vos yeux. Ne la donnez pas au labo, mettez-la sous clé.

– Comme l'a fait Mr Rao.

– Exactement ! Comme lui.

Elle alla au téléphone et y était encore quand Savio ramassa son butin et partit.

9

La chanson du jardinier

À un moment donné, dans les rêves, tout tombe en place et la réponse surgit, flamboyante, dans votre esprit. Je m'assis sur le lit, tandis que mon cœur cognait d'effroi. Je ne me souvenais pas de mon rêve, je ne me souvenais pas quelle était la réponse. Je savais seulement que je *savais*.

Je m'approchais de la porte. Il y avait un brouillard épais dehors, étrange pour un début de novembre. Il s'évaporerait aux premiers rayons du soleil. Les arbres avaient une forme vague, à peine plus sombre que l'air. Les réverbères projetaient un film vert sur le brouillard, transformant la rue en un tunnel creusé dans un épais bloc de ténèbres. Quelque part dans le noir, un chien aboya, un cri bref et étouffé qui résonna dans le silence. Je regardai ma montre sur la table. Il était près de cinq heures et demie.

Hier, à cette même heure, Mr Rao avait dû avaler ses pilules à base de légumes, puis il avait enroulé son écharpe orange autour de sa tête. Il avait dû fermer sa porte sans réfléchir sur sa famille assoupie. Avait-il saisi un souffle de sa propre mortalité ? J'en doute. Mr Rao était plus que prudent. Il se méfiait de tous et de tout. S'il avait éprouvé le moindre sentiment de malaise, psychique ou physique, il ne serait pas allé se promener. Or il est parti. Il a avalé ses comprimés et il a marché allègrement vers l'aurore.

Je l'imaginai resserrant l'écharpe orange tandis qu'il louvoyait dans le brouillard.

« Il faut protéger le cerveau à tout prix, m'avait-il prévenue par un chaud après-midi de mai. Le soleil peut vous dessécher le cerveau si vous sortez sans parapluie. »

Cela m'avait donné l'impression désagréable que mon crâne nourrissait en douce plusieurs cerveaux étrangers aux ordres de Mr Rao. Mr Rao ne s'aventurait jamais dehors en été sans parapluie. Le cerveau était protégé des rafales de la mousson par un couvre-chef en plastique à rabats que Ramachandran avait baptisé « casquette à la Sherlock Holmes ». « L'humidité, m'avait avertie Mr Rao, cause un refroidissement du cerveau. »

Et il n'avait pas oublié de relever prudemment l'écharpe avant de mourir. J'eus une brusque vision de lui tel que Kumud l'avait vu, courant vers le portail dans la première lueur grise, l'écharpe traînant, les lunettes de protection miroitant…

Non, ça ne sonnait pas juste. S'il avait porté des lunettes noires, Kumud aurait remarqué cette incongruité et l'aurait signalée.

Mais l'aurait-elle fait ? Je le lui demanderai plus tard…

Cependant la vision refusait de se dissiper, celle de Mr Rao se précipitant chez lui dans le brouillard, impatient d'aller à la rencontre de sa mort…

Il était là, maintenant. Tandis que je regardais, sa silhouette noire émergea du brouillard. Elle avançait d'un pas vif vers Utkrusha.

Je ne pouvais m'arracher à la fenêtre. Je ne pouvais pas crier. J'observais, la bouche sèche, tandis que la silhouette se rapprochait, s'arrêtait sous le réverbère et agitait la main vers moi.

Il faisait trop noir pour y voir, mais je pouvais imaginer la lueur malicieuse dans son œil. C'était Lalli.

Elle avait exécuté en vrai ce que j'avais effectué dans mon imagination : suivre à la trace les pas fantomatiques de Mr Rao.

Le téléphone grelotta. Je fus surprise d'entendre Vasu.

– Toi ? aboya-t-il. Qu'est-ce que tu fabriques debout à une heure pareille ? Où est Lalli ?

– Qu'est-ce qui ne va pas à la maison ?

– Cool, tout va bien. Je suis encore au bureau.

– Lalli est allée faire un tour.

– À trois heures du matin ?

– Il est presque six heures !

– Super ! Je ne m'étais rendu compte de rien ! Je n'ai pas décollé les yeux de l'écran depuis que Lalli m'a appelé hier soir… À quoi bon aller dormir maintenant ? J'arrive, préviens Lalli.

Et il raccrocha.

– C'était Vasu, dis-je à Lalli qui était dans l'entrée et me dévisageait en plissant les paupières. Il arrive. Qu'as-tu découvert dans l'échoppe de la vendeuse de lait ?

– Pas grand-chose. Comme il s'est déjà disputé avec eux, les accusant de trafiquer le lait, ils ne l'aiment pas trop. Hier, il était calme, il a juste pris le lait et il est parti. La livraison avait du retard, ils n'ont été livrés que vers six heures moins le quart, il y avait donc la queue et Mr Rao n'a eu son lait qu'à six heures un quart. Ils craignaient qu'il fasse des histoires, mais ce n'a pas été le cas. Il a pris sa bouteille à toute vitesse en oubliant sa monnaie. Ils l'ont donnée à Vaibhav plus tard.

– Ça met un point final à ce que Kumudben a vu. Lalli, portait-il ses verres protecteurs quand Kumud l'a vu ? Je pense qu'elle l'aurait remarqué et aurait trouvé ça bizarre…

Là-dessus, Lalli me serra brusquement dans ses bras. Et ce n'est pas une femme démonstrative.

– Tu poses toujours les bonnes questions, me dit-elle.

– Tu penses donc comme moi qu'il a mis ses lunettes comme une sorte de cérémonial mortuaire…

Elle éclata d'un rire joyeux.

– Mais pas du tout ! Quelle drôle d'idée !

– Mais tu viens de dire…

– Que tu posais les bonnes questions. C'est incontestable. Prends ce récit que tu as écrit, les bonnes questions y fourmillent. C'est quoi, cette comptine, déjà ? Je ne m'en souviens pas dans *Alice*…

– Ce n'est pas dans *Alice*. C'est un poème tiré d'un livre qui rend fou et qui s'appelle *Sylvie et Bruno*…

Je m'interrompis en me rendant compte que nous venions d'écrire un autre verset du poème.

Il croyait voir un argument
Prouvant qu'il était pape.
Il regarda de nouveau et s'aperçut que c'était
Une barre de savon marbré.
« Un fait si terrible, dit-il faiblement,
Éteint toute espérance ! »

Et là, ça fit tilt.

Je compris le schéma compulsif que j'avais remarqué dans le curieux enchaînement de circonstances. Je compris la délectation, le culot puéril qui poussaient le meurtrier à suivre servilement le poème.

– Qu'est-ce qu'il y a ?

La voix de Lalli s'insinua dans mon état d'intense confusion.

– Je… je crois que je sais qui est le meurtrier, balbutiai-je.

– À cause du poème ?

– Oui !

– Tu te trompes.

– Alors tu sais qui c'est ?

– Je sais à qui tu penses et tu te trompes.

– Mais…

– Mais tous les vers du poème vont tous dans une seule direction ? Exact. Tu aurais raison si c'était un jeu, mais ce n'est pas le cas. Tu aurais également raison si le meurtrier avait fourni ces vers… L'a-t-il fait ?

– Non.

L'employé de banque descendant de l'autobus, la nièce du mari de la sœur invitée à contrecœur, le mari contrarié qui reçoit une lettre de sa femme, cet idiot d'ours sans tête et le serpent à sonnette… on ne pouvait imputer leur origine qu'à une seule entremise humaine.

– Ou plutôt, la seule personne à voir un lien entre ces événements et cette folle comptine, c'est… toi, déclara Lalli en éclatant de rire. Ça ne fait pas de toi l'assassin, que je sache ?

Je vis arriver Vasu sur son engin rugissant dans l'allée. Quand j'arrivai au portail, il souleva de sa moto un sac en plastique volumineux. Il ne prête pas volontiers sa moto, mais, ce matin-là, il se montra généreux.

J'appuyai sur la pédale et fus emportée par le flot. La brise matinale fouettait mes cheveux. Après un bref coup d'œil par-dessus mon épaule, je pris l'autoroute et mis les gaz.

La vitesse peut être apaisante. Paradoxalement, elle peut vous donner une sensation de repos. Une lanterne magique fait tourner des images à toute vitesse des deux côtés et, devant, escamote la route grise qui se déroule comme un esprit vide. Ça vous calme, ça vous régénère.

Je revins, pleine de mansuétude envers la race humaine… Ma tante comprise.

Abhay m'arrêta au portail… ou plutôt il arrêta la moto car il réserva toute sa conversation à mon véhicule. C'était là le gamin qui avait économisé pour s'acheter un casque quand il rêvait encore d'un deux-roues.

– Je n'y connais rien, dis-je enfin. Je peux à peu près rouler avec, mais c'est tout. Demande à Vasu si tu veux, il est en haut… il fait des tests d'endurance pour les fabricants de pneus.

– Je peux monter tout de suite ? demanda-t-il précipitamment. J'ai cours de bonne heure, donc c'est seulement pour deux minutes, je t'en prie, je t'en prie.

Il y a des choses qui ne peuvent pas attendre, j'imagine. Abhay me souffla bruyamment dans le cou, me faisant presque trébucher dans sa hâte de monter.

Vasu semblait submergé. Le sac volumineux était plein de sorties d'ordinateur qui étaient répandues par terre à hauteur des chevilles, et Lalli et Vasu étaient à quatre pattes au milieu. Ils levèrent les yeux avec irritation à cause de notre irruption.

– Je reviendrai plus tard si vous êtes occupés, proposa Abhay sans conviction, mais Lalli n'allait pas le lâcher si facilement.

– Où est la réponse de Padmanabhan à mon message ? demanda-t-elle.

Abhay plaqua une main sur sa bouche, atterré.

– On ne lui a pas parlé hier soir, on lui a juste déposé le *tiffin* et on a filé, expliqua-t-il. Il y avait un type de son bureau avec lui.

Waghchaure, sans doute, qui vérifiait ses corpuscules.

– C'est de la faute de Claude, précisa-t-il. Il ne voulait pas qu'on parle à Paddu devant ce mec. Alors on lui a juste donné la bouffe et on a dégagé. Mais j'y passerai en revenant du collège, vers onze heures. Je peux passer vous donner sa réponse et je serai à l'heure pour les travaux pratiques, facile. Ou mieux encore, je sèche le premier cours et je vais le voir tout de suite. C'est seulement la chimie, ajouta-t-il, plein d'espoir.

– Onze heures, ça ira. Tu me dérangerais en venant plus tôt.

Vasu descendit de bonne grâce avec Abhay pour lui expliquer la complexité de la moto.

– Vasu a apporté des petits pains chauds, regarde s'il en a laissé pour nous. Donne-m'en un, je te prie, avec de la marmelade mais sans beurre.

Elle se replongea dans les sorties papier.

Vasu avait fait une descente chez Olampia. Olampia (leur orthographe) est une petite boulangerie près de son bureau, célèbre pour ses petits pains croustillants et ses brioches moelleuses et chaudes. La raison pour laquelle Lalli obtient tout ce qu'elle veut de Vasu est enfermée à double tour dans le bureau de mon frère. Non seulement Vasu mais Olampia aussi profitent de la savoureuse marmelade à zest épais de Lalli. Il y a une histoire derrière cette marmelade, j'en suis sûre, mais je n'ai pas encore réussi à la faire se mettre à table.

Vasu avait déjà réglé son sort à une bonne partie du bocal en plus de couvrir de miettes la cuisine. Lalli mordit distraitement dans sa brioche.

– Une autre affaire ? m'enquis-je avec curiosité.

Cela ressemblait à des horaires d'avion et des listes de fret aérien.

– Quoi ? Non, toujours la même. Nous y sommes presque. Vasu a travaillé très dur, tu sais, sur votre fameux ours en peluche.

– Le nounours sans tête ? Bon sang, qu'est-ce qu'il a à voir avec Mr Rao ?

– Ou avec un morceau de savon marbré.

C'était à peine une réponse. Vasu revint et ils reprirent une conversation sur les sorties papier qui m'échappa totalement, de sorte que je remis de l'ordre dans la pièce. J'étais en train de ranger l'autocuiseur quand Betty entra.

– Ne dérange pas Lalli, je peux aussi bien te dire à toi ce que j'ai à lui dire, expliqua-t-elle. Si elle veut en savoir plus, qu'elle m'appelle. On reste à la maison aujourd'hui.

Je versai une tasse de café à Betty et posai l'autocuiseur sur la cuisinière.

– Tu n'as pas mis les légumes dedans, remarqua-t-elle, l'esprit ailleurs.

Elle n'avait pas l'air dans son assiette. Ses paupières semblaient être en crêpe gris et sa bouche était affaissée. Ses cheveux, habituellement si brillants et soyeux, pendaient en mèches emmêlées. L'encolure de sa robe d'intérieur rose et blanche était de travers, la bordure en dentelle festonnant en une série de boucles piteuses. Elle tira vers elle un saladier de petits pois et commença à les écosser.

– Je suppose que tu ne veux pas les écosser pour le moment.

– Non.

– C'est bien ma chance ! (Elle repoussa le saladier.) Rien ne serait arrivé si Benny n'était pas si bête…

Pour finir, j'entendis son récit.

Benny avait une sœur à Kandivli[1]. Celle-ci avait trois enfants, rien que des garçons.

– Tu sais combien il est difficile d'être accepté dans une bonne école de nos jours ! Ils sont tellement rapaces ! Si on ne te réclame pas un dépôt, c'est un don, c'est une recommandation, ou toutes sortes de trafics. Saint Thomas est une bonne école, peut-être pas la meilleure, mais meilleure que celle où les enfants allaient auparavant, et Gloria était tellement soulagée. Et alors, il a fallu que cela arrive ! Gloria n'est pas la sœur de Benny, c'est sa cousine germaine. Et Gloria est veuve.

1. Kandivli est un quartier de Bombay à prédominance gujerati.

J'étais surprise par l'insistance que Betty plaça sur ce mot.

Elle opina du chef en voyant mon regard curieux.

– Exactement. Ça, c'est l'histoire qu'on a ficelée. Mais attends. Benny s'occupe de ses garçons, il va les chercher, vérifie leurs devoirs, les retrouve après l'école. Il prévient Gloria la veille, de sorte que les enfants l'attendent au portail de l'école quand il y va après le boulot.

– Mardi dernier, il est allé les chercher comme d'habitude. Ils étaient assis dans un snack à manger du *bhelpuri* quand voilà que débarque qui ? Mais notre défunt Mr Rao, voyons. Au début, dit Benny, il ne les a pas vus. Il s'est assis près de la porte et a surveillé la rue en regardant sa montre. Et mon imbécile de mari n'a rien trouvé de mieux à faire que lui amener les enfants pour les lui présenter.

« Ça n'a peut-être pas plu à Mr Rao, mais il s'est montré charmant comme à l'accoutumée. Il a tapoté la joue des garçons et dit assez fort pour qu'on l'entende jusque dans la rue : “Voici donc les fils du prisonnier ! Ce sera intéressant de savoir comment ils vont tourner. Alors, David, comptes-tu faire carrière en prison, comme ton père ? Tenez-moi au courant, D'Souza, tenez-moi au courant !”

Betty ramassa un chou situé à proximité et mit en lambeaux les feuilles extérieures.

– Gloria n'est pas veuve. Son mari est en taule. Où il purge dix ans pour homicide involontaire. Il travaillait comme chauffeur pour la BEST, il a perdu le contrôle du bus, a roulé sur le trottoir la nuit en tuant six personnes y compris un enfant. Il a fait une dépression nerveuse, mais ça ne l'a pas empêché d'être condamné. C'est arrivé quand le plus petit, Sunil, était encore un bébé. Il a six ans maintenant. David, l'aîné, en a dix. Gloria a dit à ses fils que leur père était mort. Elle a quitté Vadala pour Kandivli, a coupé tous les liens avec son ancienne vie. Je ne le lui reproche pas. Il faut que ses enfants grandissent.

« Benny est le seul en qui elle ait confiance. Si tu la voyais, tu comprendrais ce que je veux dire. Elle est complètement à cran. Quelquefois je sens qu'elle a même peur de moi ! On lui a donné un emploi à la BEST, sinon je ne sais pas ce qu'elle serait devenue. Elle a eu du mal à cacher la vérité à l'école. Elle a dû leur dire qu'elle était veuve, sinon on lui aurait refusé ses gosses.

« Quand Mr Rao lui a dit ça, Benny n'a pas su quoi faire. Il a cru que le mieux était de distraire les enfants et il les a emmenés à Fantasyland. Quand ils sont arrivés là-bas, il s'est rendu compte qu'il n'avait pas assez de liquide pour payer les tickets, alors à la place il les a emmenés explorer les grottes de Mahakali[1]. Mais bien sûr, ça n'amuse pas les gamins. Le plus jeune s'est mis à pleurnicher.

« Alors ils sont passés aux glaces, mais cette trêve n'a duré que le temps de la glace. David lui a demandé à rentrer tout de suite.

« “Que voulait dire l'oncle en racontant qu'on était des fils de prisonnier ? Est-ce que mon père est allé en prison ?”

« Benny a essayé de passer à autre chose, mais le gamin lui a dit : “Okay, oncle Benny, je vais demander à maman.” Et il l'a fait. Je te laisse imaginer ce qui s'est passé après. Gloria a attendu que les enfants soient endormis pour appeler et elle a passé un sacré savon à

1. Les grottes d'Elephanta, ensemble rupestre situé sur une petite île à une dizaine de kilomètres de Bombay, sont inscrites au Patrimoine mondial de l'Unesco depuis 1987. Tout aussi célèbres, les grottes de Mahakali font partie de ces groupes de temples également creusés dans le roc à la périphérie de Bombay et possèdent des sculptures bouddhistes du IIIe siècle avant J.-C.

Benny. Naturellement, elle avait l'impression d'avoir été trahie. Benny a eu beau répéter qu'il n'avait rien dit, que Mr Rao avait dû le découvrir par lui-même, comme il le fait toujours. Je suis d'accord avec elle que David ne pouvait plus continuer à avaler l'histoire qu'elle lui avait servie. Elle avait dit aux enfants que leur père était mort dans un accident, mais elle était restée très floue dans les détails. David va poser des questions autour de lui. Il va poser des questions aux amies de sa mère au travail, par exemple. Chaque jeudi quand l'école est fermée, Gloria les emmène avec elle au travail. Ils jouent dans le parc jusqu'au déjeuner et alors, bien sûr, les copines de leur mère n'arrêtent pas de s'occuper d'eux, et tu sais combien les garçons adorent ça.

« Et si jamais la question parvient aux oreilles du proviseur ? Tu ne sais pas comment est le quartier, un vrai nid d'espions. Comment a-t-elle réussi à le leur cacher aussi longtemps, ça reste un mystère pour moi.

« Benny n'a pas su quoi lui répondre. Que pouvait-il dire ? Tout se liguait contre lui ! Il aurait mieux fait de laisser courir et nous ne serions pas dans de sales draps aujourd'hui.

– Pourquoi ? Qu'a-t-il fait ?

– Il est allé chez Mr Rao… assez tard, ce qui rend les choses encore pires. Mr Rao était couché. Benny n'était pas en colère, il avait juste un air très froid et sévère, il m'a fait une peur bleue. En dix-huit ans de mariage, je ne l'avais jamais vu comme ça. J'ai voulu l'arrêter, mais il m'a dit : "Laisse-moi tranquille, Betty", d'une voix telle que je n'ai rien pu faire. Mais j'étais juste derrière lui dans l'escalier. Il ne savait pas que je me tenais dans son dos quand il a sonné à la porte des Rao. Mr Rao a ouvert la porte.

– Un problème, D'Souza ? a-t-il demandé. Il est presque onze heures, vous savez.

– Pourquoi vous avez dit ça au sujet des enfants, Mr Rao ? a dit Benny.

« Sans s'en rendre compte, peut-être, Benny parlait d'une façon agréable, presque sur le ton de la conversation. Mr Rao a éclaté de rire.

– Aucune raison ! C'était juste une façon de montrer que je savais qui ils étaient. Les enfants du docteur, les enfants du menuisier, les enfants du prisonnier… pour bien les identifier, purement et simplement. Pour être sûr de les reconnaître la prochaine fois que je les verrai. Inutile de vous contrarier pour ça, D'Souza ! Ce n'est sûrement pas la première fois que ces enfants entendent ça, il faut qu'ils sachent qui ils sont.

– Merci pour ces éclaircissements, lui rétorque mon idiot de mari. Attendez-vous à une fin précoce, Mr Rao.

« Là-dessus, Benny a tourné les talons. Mais Mr Rao a glapi comme un chien battu.

– Eh, D'Souza, attendez ! Une fin précoce à quoi ?

– Vous êtes rempli de poison, Mr Rao, a répondu Benny avec nonchalance. Mais ça ne vous sauvera pas. C'est vous qui serez empoisonné pour finir. J'y veillerai personnellement. Vous êtes allé trop loin.

– C'est une menace, D'Souza ?

– Non, juste une prédiction, a dit Benny.

« Chouette dialogue, non ? Il se prend pour le superhéros, notre Benny.

« Je lui ai foncé dessus dès qu'on a été de retour chez nous, je l'ai bombardé de questions. “Je ne sais pas ce qui m'a pris, Betty. C'était une sorte de grand calme. Il fallait que je sois fou pour sortir une chose pareille”, m'a-t-il dit.

« Le lendemain matin, il est retourné voir Mr Rao et il s'est excusé. “Je vous pardonne, D'Souza”, a prononcé Mr Rao. J'aurais pu l'étrangler ! Betty imitait le chevrotement aigu de Mr Rao. “Je vous pardonne, D'Souza, vous n'avez pas pu vous retenir ! Quand on a ça dans le sang !"

Je me levai pour éteindre le réchaud.

Dans son angoisse, Betty croqua des petits pois sans s'en rendre compte.

– En fait, c'est tout ce que j'ai à dire. Quand nous avons entendu que Mr Rao avait été empoisonné, Benny a commencé à trembler comme une feuille. J'ai appelé Abhay et je lui ai demandé d'emmener Claude avec lui, j'ai préparé un *dabba* pour Padmanabhan comme prétexte. Benny a gardé son sang-froid jusqu'à ce que Claude soit interrogé et même après, tant que le gosse était à la maison. Et là, ça lui est tombé dessus. Quant à moi, j'avais oublié toute l'histoire jusqu'à ce que je voie Benny trembler comme un chien malade. Puis il s'est mis à vomir, quatre, cinq, six fois. Je me suis dit qu'il souffrait d'une intoxication alimentaire. Benny, je veux dire, pas Mr Rao. J'ai voulu expliquer toute l'histoire à Lalli, mais il ne voulait pas en entendre parler. Nous avons discuté toute la nuit. Comme il s'est endormi, j'en ai profité pour sortir discrètement et vous en parler.

– Betty, tu ne crois pas que…

– Bien sûr que non. (Mais elle dit cela trop vite. Je lavai la vaisselle du petit déjeuner et sortis la planche à découper pour hacher le chou. Betty enfouit son visage dans ses mains.) Je ne sais plus quoi penser, vraiment… je n'en sais rien ! Il était si froid, si implacable ! (Sa voix se perdit au milieu des sanglots.) Que vais-je dire à Claude si c'est vrai ? Qu'arrivera-t-il à cet enfant ?

– Ce n'est peut-être pas vrai, Betty, dis-je faute de mieux. La police pense que Mr Rao a été empoisonné par les comprimés qu'il a avalés ce matin-là.

– Benny a acheté un bocal de Gasso la semaine dernière, dit-elle d'une voix oppressée. Je l'ai vu sur son bureau. "Je ne savais pas que l'état de Mr Rao était contagieux", ai-je remarqué. "Oh, quelqu'un en avait besoin", a-t-il répondu.

« J'ai l'habitude de ça ! Les gens demandent à Benny. "Prenez-moi ceci ou cela, D'Souza, vous voulez bien ?" Et il le fait, comme un jeune *chokra*. La moitié du temps, on ne lui demande même pas combien on lui doit. Cinq roupies par ci, dix par là, vingt ailleurs, ça finit par compter ! Benny, bien sûr, ne réclame jamais un sou. L'an dernier, cette imbécile de Mrs Das de son département lui a dit : "Prenez-moi un sari en soie, Benny, si vous allez à Bangalore." Comme ça ! Quinze cents roupies, ça nous a coûté, et j'ai dû bousculer Benny pendant six mois avant qu'il se fasse rembourser. C'est Benny tout craché. Et voilà qu'il achète du Gasso et qu'il se comporte en héros, et regarde ce qui se passe ! »

À mon avis, Benny manquait de cran pour commettre un meurtre. Il se ferait prendre la main dans le sac en train de demander pardon. En outre, il était trop paresseux. Bidouiller des comprimés, ça demandait du temps et de l'effort, il fallait broyer les bons, les mélanger avec le bidule empoisonné au tropane, les rouler, les sécher…

– Benny en sait un rayon sur les poisons, poursuivit Betty, mal à l'aise.

Benny avait enseigné à l'École de pharmacie… cela me revint avec horreur. Allons donc, il était parfaitement capable de trafiquer le Gasso !

– Je vais en parler à Lalli, promis-je.

Betty se souleva avec effort, jeta les cosses à la poubelle et partit. Je la regardai se traîner en haut des marches, abattue, les épaules tombantes. Elle devait savoir que j'étais restée sur place car elle se retourna sur le palier pour m'adresser un petit geste crâne de la main.

– C'était très inconséquent de ta part de ne pas demander le nom de cet homme, notait Lalli dans la salle de séjour.

– Tu peux être sûre d'une chose, c'est que ce type n'était pas Atul Shah, répondit Vasu.

– Oh, ce type ! m'exclamai-je à mon tour. Tu es encore tombé dessus ? Ou Elena ?

– Pas moi, expliqua Vasu en souriant. Mais Elena, oui. Elles étaient à un mariage, l'assistante sociale de l'institution se mariait… quand Elena a vu ce type qui lui souriait nerveusement. D'après Christina : « Avec lui aussi sa femme très jolie alors Elena croit qu'elle va faire des problèmes. Alors elle fait semblant qu'elle ne le connaît pas. Elle ne lui sourit pas. »

– Pourquoi fichtre ne m'en as-tu pas parlé plus tôt ? s'exclama Lalli avec aigreur. On aurait déjà pu l'alpaguer. Où a eu lieu le mariage de cette amie ?

Ébranlé par la véhémence de Lalli, Vasu ne put qu'avouer son ignorance.

– Appelle-moi ces filles au téléphone et *pronto* ! Trouve-moi l'adresse et le nom des deux intéressés !

– Quels intéressés ? demanda Vasu, humblement.

Cette fois, il était à bout de forces.

– Les tourtereaux, les fiancés, bien sûr, et autant de membres de leurs familles que tu pourras. Procure-toi la liste des invités. Déniche-moi tout ! Et que ça saute !

Comme mû par un ressort, Vasu bondit sur ses pieds.

– Tu fais bien de tirer de lui le maximum dans le minimum de temps, dis-je. Il va s'endormir comme une masse à midi.

– Que voulait Betty ?

Je le lui dis. Je fus surprise de l'entendre rire.

– Cours à l'étage, tu veux bien ? Et demande à Benny où se trouve le troquet, qu'il te donne le nom.

– Quel troquet ?

– Oh, répondit Lalli sèchement. Le bistrot, le troquet, cet endroit dont tu viens juste de me parler, là où Benny a rencontré Mr Rao, cet étal. Ce *bhelpuri* dont il a parlé ?

– Mais qu'est-ce que ça peut faire… ?

J'y allai tout de même. Benny venait de se réveiller et faisait des bruits gutturaux au-dessus du lavabo. Claude surgit, tiré à quatre épingles. Il avait l'air radieux, en paix avec le monde.

– On n'a pas donné à Paddu le message de tante Lalli hier, mais on va le faire maintenant, annonça-t-il.

– Abhay me l'a dit.

– Il y avait avec lui une espèce de gringalet de son bureau, alors on a déposé le *tiffin* et on l'a poussé vers lui. Paddu n'est pas encore au courant. Je ne suis pas obligé de le lui dire, hein ? Que j'ai trouvé…

– Non.

– Pas même que l'oncle Rao a été empoisonné ?

– Non, rien du tout.

– Il peut penser à une crise cardiaque quand il apprendra la nouvelle…

– Sans doute. Ça n'a pas d'importance.

– Mais si ! Il va s'en vouloir à mort en croyant que Mr Rao a eu une attaque à cause de leur dispute. Tout comme papa maintenant. Ils croient que je ne sais rien, mais j'ai tout entendu hier soir, me confia Claude avec un regard inquiet en direction du rideau tiré en travers de l'entrée. Salut, maman ! chantonna-t-il. À tout à l'heure, après le déjeuner.

Betty et Benny vinrent ensemble après le départ de Claude.

– Je n'ai rien pu préparer pour Paddu aujourd'hui, remarqua Betty. Tu as pu parler à Lalli ?

– Oui. Benny, quel est le nom de ce bistrot, le Bhel-puri ? Où est-il exactement ?

– On vérifie mon histoire, remarqua Benny avec la voix de Bourriquet. C'est près de l'école. Dans la même rue. On nous connaît là-bas. J'y conduis souvent les garçons. Ils ont un lotus vert comme enseigne, mais je ne me souviens pas du nom de l'endroit. Quelque chose comme Snack et Bhelpuri House.

– Où se trouve l'école ?

– Hein ? Je vais vous faire le plan. Elle y va tout de suite ? demanda-t-il tandis qu'il dessinait le trajet au dos d'une enveloppe.

– Je n'en sais rien.

Nous nous dévisageâmes un instant d'un air stupide.

– Et à propos de cette nuit-là… Betty vous a raconté. Qu'est-ce que Lalli en pense ?

– Ça suffit, Benny, dit Betty, le houspillant avec tendresse. Je serai là, quoi qu'il arrive.

La porte des Rao était ouverte. Le policier de la veille avait été remplacé. Le nouvel agent se tenait sur le palier.

– Ils se préparent à sortir, marmonna-t-il comme je passais devant. Vous feriez mieux de le lui dire.

Lalli fronça les sourcils quand je lui répercutai l'information. Quelques minutes plus tard, Shrikant entrait.

– Quand aurons-nous le Corps ? s'enquit-il. Nous devons prendre des dispositions et sa chambre a été scellée par vous.

– Par la police.

– Nous devons prendre des dispositions. Nous sommes très religieux, ces rituels sont très importants pour nous.

– Naturellement.

– Il vaut mieux que ma tante ne voie pas le Corps.

– Comme vous voudrez.

– Nous prendrons le Corps directement là-bas pour la crémation.

– C'est peut-être le mieux.

– Quand pourrons-nous avoir le Corps ? Je vous ai déjà posé la question deux fois et, maintenant, je vous le redemande. Quand allons-nous récupérer le Corps ?

– L'inspecteur Savio sera bientôt de retour. Il répondra à toutes vos questions.

– Que veut dire : bientôt ? Cet après-midi ? Ce soir ? Demain ? Que veut dire : bientôt ?

– Vous pouvez appeler le poste de police si vous voulez plus de précisions.

– Vous n'avez aucun égard pour nos sentiments. Vous ne pouvez pas comprendre ce que c'est pour des gens respectables, vous, les policiers, vous êtes tous des *goonda*, des racailles ! Vous n'avez aucun respect pour le Corps.

– Vous pourrez expliquer tout ça à Savio quand il sera là.

– Ma tante n'a pas avalé une goutte d'eau, pas une seule goutte d'eau depuis hier. Vous savez ça ?

– Non, merci de m'en informer.

– Ceci, à cause de vous. Faire courir le bruit que Mr Rao a été assassiné.

– Ce n'est plus un bruit. C'est un fait établi !

– Alors j'ai des nouvelles pour vous. J'ai apporté une liste pour l'inspecteur. (Il sortit un bout de papier de sa poche, qu'il brandit bien haut.) J'ai écrit les noms que ma tante m'a donnés et les motifs. Personne ne peut y échapper, pas même vous. On l'a menacé. On l'a brutalisé. On l'a agressé physiquement. Je suis convaincu qu'une de ces personnes était derrière l'agression sur Princess Street. Rien de ce que vous direz ne pourra m'empêcher de remettre cette liste à la police. Je ne me laisserai pas intimider. L'agent est également de notre côté. J'ai consulté un avocat. Maintenant, nous allons voir.

– Fort bien, dit ma tante. Veuillez partir maintenant.

Il nous lança une autre diatribe pleine de menaces et d'avertissements terribles. Entendant cette voix monotone, Vasu vint aux nouvelles et Shrikant l'invectiva à son tour. Ce qui était une erreur. Vasu peut river son clou à quiconque, de sorte que Shrikant fut proprement jeté dehors et confié aux soins de l'agent en dépit de ses jérémiades incessantes.

– Quel sale type ! fit Vasu avec une grimace. Il m'a dit que tu avais assassiné son oncle parce qu'il t'avait surprise en train de faire du plat au cuisinier.

C'était manifestement les ragots de Shrikant sur les ragots de Mr Rao à propos de notre week-end à Ardeshir Villa[1].

– Lalli, j'ai quelques adresses, j'ai pris une sortie papier pour Savio. Et le mariage a eu lieu à Malad. Quoi d'autre ?

– Une médaille pour nous avoir débarrassées de Shrikant Rao ! À moins que tu ne préfères faire la sieste.

Vasu s'écroula sur mon lit sans se faire prier (Savio a un droit territorial sur le canapé beige).

Lalli se tourna vers moi.

– Comment ça se présente pour toi cet après-midi ?

– Mr Rao a la priorité sur tout le reste, mais j'espère que tu ne vas pas me proposer d'aller voir le Corps.

– Non, loin de là, mais nous devrons partir dès qu'Abhay nous aura transmis la réponse de Padmanabhan.

Comme j'expédiais les tâches ménagères, je m'interrogeai sur l'impatience de Lalli à vouloir localiser l'homme qui n'était pas Atul Shah. Qu'avait-il à voir dans le meurtre de Mr Rao ? Sa présence à la table de Mr Rao dans le restaurant *irani* était purement fortuite. Et aussi infime que fût ce lien, c'était le seul.

L'ours sans tête s'était égaré dans le labyrinthe des récits inachevés. Elena allait mettre un peu de temps à guérir de son emballement pour Atul, mais il n'y avait guère plus dans cette affaire. Il fallait avoir de l'imagination pour associer cela à la mort de Mr Rao.

1. Voir *Saveurs assassines*, du même auteur, le cherche midi, 2007.

C'était triste pour Benny, et plus encore pour sa cousine, mais je ne pouvais pas imaginer sérieusement celui-ci comme l'assassin numéro un. Nous étions trop nombreux à souhaiter la mort de Mr Rao. Je l'avais souhaitée de bon cœur une demi-heure plus tôt quand Vasu avait rapporté la remarque de Shrikant – oubliant complètement que la mission avait déjà été accomplie. La liste de Shrikant pouvait paraître surchargée à Savio mais, à vrai dire, j'en doutais. En fait, bien que Shrikant n'en sût rien, Savio figurait également sur cette liste. Il avait eu l'air prêt à tuer en voyant les fioritures ajoutées par Mr Rao au récit que Felix Rego avait donné des meurtres dont il avait été témoin à la Villa Ardeshir. Mr Rao avait veillé à ce qu'il reste placardé dans le hall jusqu'à ce que tout le Building l'ait lu et j'aurais pu parier que le Building considérait Savio avec curiosité depuis. En outre, la liste de Shrikant ne comportait pas tous les commentaires qui avaient échappé à l'oreille de Mr Rao : la confession dramatique de Padmanabhan « avant les faits ». Les regrets de Patherphaker d'avoir failli étrangler Mr Rao. La remarque désabusée de Ramachandran pour lequel Mr Rao était notre destin, le frisson de haine de Kumudben, le courroux à peine contenu de Mrs Wadia… et la souffrance du propre fils de la victime.

J'entendis Lalli s'entretenir avec Savio au téléphone. Elle lui parlait de la liste de Vasu. Cela m'étonna. Savio avait sans doute des choses plus importantes à faire… comme pister le bocal de Gasso empoisonné. Il semblait n'y avoir aucun progrès de ce côté-là. Lalli aussi semblait moins inquiète pour ces pilules tueuses végétales.

Nous étions pratiquement submergés par les acheteurs de Gasso. Tout le monde demandait à être compté dans le nombre. Le Gasso semblait être un secret difficile à garder. Très certainement, l'homme-qui-n'était-pas-Atul, quand on l'aurait chopé, ne manquerait pas de révéler sa propre cachette pour le Gasso. Toute l'affaire s'était transformée en une vaste farce, une folle campagne pour une pilule végétale : *Mes véritables aveux : j'ai tué pour le Gasso, le Gasso du soulagement éternel, etc.*

Je m'assis à la table de la cuisine, pris un crayon et fis une liste au dos d'une facture.

Que savaient-ils du Gasso ?

Susheela : N'a pas acheté de Gasso cette semaine-là.

Vaibhav : Rien.

Patherphaker : Acheteur hypothétique. S'attend à voir ses empreintes sur le bocal. A acheté un nouveau bocal hier.

Kumud : Rien.

Manda : Rien.

Ponni : Rien.

Ramachandran : Rien.

Betty : Savait que Benny avait acheté un bocal la semaine dernière.

Benny : « Quelqu'un m'a demandé de passer le prendre. » Qui ?

Shrikant : En tant que disciple de Mr Rao, peut être un utilisateur de Gasso.

Vanaja : Achète peut-être du Gasso pour son mari ou pour elle-même.

Claude : Rien.

Abhay : Rien.

Sheriyar, Alisha, Mrs Wadia : Ils avaient tous vu Mr Rao avec le Gasso mardi à seize heures.

(Par-dessus le marché, il y a toujours le vieux bocal de Gasso avec un comprimé à l'intérieur.)

Qui a donné à Mr Rao le Gasso empoisonné ?

Tout le monde a pu le faire.

Pourquoi Mr Rao aurait-il accepté du Gasso de la part de quelqu'un d'autre ?

J'imaginai la scène.

Mr Rao : L'inquiétude, la tension, au jour le jour. *Kaliyug !* Le corps se révolte contre le temps ! Mon état empire chaque jour…

L'Assassin : J'ai souffert comme vous le martyre jusqu'à ce qu'un miracle entre dans ma vie. (Musique douce sur gamme descendante.)

Mr Rao : Vraiment ?

L'Assassin : Mais dorénavant, chaque matin, je connais un soulagement total.

(Sonnerie de trompettes triomphante avec un flash de l'Assassin gambadant en longs bonds lunaires dans des champs pleins de fleurs. Le bruit lointain d'une chasse d'eau. Scène suivante : le visage envieux de Mr Rao.)

L'Assassin (revenu sur la terre ferme) : Je vais partager avec vous mon petit secret… C'est GASSO !

(Bocal géant en plastique jaune que l'Assassin étreint dans ses bras.)

Mr Rao : Gasso ? Mais ça fait des années que j'en prends ! Gardez votre bocal, mon bon ami, je n'en suis jamais à court…

En chœur : GASSO !

Visiblement, un très mauvais scénario.

C'est pourquoi Mr Rao avait dû *acheter* lui-même le Gasso.

– Lalli ! Nous n'avons pas retrouvé le reçu ! (Je me précipitai avec ma découverte.) Les Rao doivent avoir une assurance médicale. Ils sont exactement le type à sauvegarder toutes leurs factures. Où est celle du Gasso ?

– Bien vu, approuva Lalli en essayant de paraître encourageante. Alors tu penses qu'il l'a acheté lui-même.

– Bien sûr. Pourquoi un abonné au Gasso accepterait

du Gasso en cadeau ? Il dirait : Merci, mais j'ai ce qu'il me faut. J'ai ma propre réserve.

Cette fois, elle eut l'air vraiment impressionné. Savio débarqua alors que j'étais au beau milieu de mon explication et sa première réaction fut de poser le portefeuille de Rao sur la table… il l'avait rapporté de la morgue pour le rendre à la famille. Le portefeuille était en imitation de cuir marron lézardé, portant le tampon à peine visible de la société dont c'était l'aimable cadeau. Il y avait une image de Sai Baba dans l'emplacement pour les factures, coincée entre deux billets de cent roupies. Il y avait un billet de train première classe sur la Western entre Vile Parle et Churchgate. Mais pas de récépissé pour le Gasso.

– Rien dans les poches à part un mouchoir chiffonné. Il y a de la moisissure de feuille dessus… ils sont en train de vérifier. Oh, et ce machin provenant des revers de pantalon, c'est un pétale qui a un nom, tenez, je l'ai écrit : *Peltophorum ferrugineum.* Du grec, non ?

– Du latin, corrigea Lalli, aigre. C'est le flamboyant jaune.

Je ne voyais pas du tout ce que c'était.

Savio avait également récupéré la montre de Mr Rao et ses curieux verres de protection. Aucun d'entre nous n'était intéressé par la montre qui était une vieille HMT, mais les lunettes nous firent froncer les sourcils.

– Ce sont des Gucci, remarqua Savio lentement. Vous savez ce que ça coûte ?

Lalli continua à me surprendre.

– Pas plus que ça, dit-elle avec un large sourire.

Savio la regarda fixement mais ne fit aucun commentaire.

– Je vais aller chercher le récépissé du Gasso, dit-il.

– Shrikant Rao vous attend, le prévint Lalli.

Nous entendîmes bientôt le glapissement aigu du neveu de Mr Rao. Le *lamento* sourd en contrepoint était sans doute la voix de sa femme. Le grondement bon enfant de Savio reprit, en hésitant d'abord, puis avec la claire détermination d'étouffer la révolte. L'agent sortit, un large sourire aux lèvres. Il corrigea promptement l'expression quand il m'aperçut. Vaibhav surgit, l'air blafard. Vanaja l'écarta de son chemin et colla son large visage dans l'entrebâillement de notre porte. Elle avait le visage grisâtre et fatigué.

– Pouvons-nous emprunter du lait ? demanda-t-elle. Personne n'a pensé à aller en chercher ce matin et quand cela nous est revenu, personne n'a eu envie d'y aller. L'agent a refusé.

– Je ne suis pas autorisé à quitter mon poste, signala pieusement l'agent.

– C'était une si petite chose qu'on vous demandait de faire, un aller-retour au bout de la rue, c'est tout. Mais à quoi bon espérer dans ce monde de l'aide de la part d'autrui.

Lui en souhaitant mentalement davantage dans le prochain, je me hâtai de lui offrir d'aller chercher le lait, mais elle me suivit dans la cuisine.

– Merci beaucoup, j'irai en chercher demain. Maintenant je suis là jusqu'à ce que toutes les cérémonies soient terminées. C'est terrible, tous ces jours de congé que je dois prendre ! Mais que faire, le devoir familial avant tout !

Le vieux cri de guerre parut la requinquer, car elle tira une chaise et accepta une tasse de café.

– Ça tombe bien, j'ai la tête comme une usine, ça cogne ça cogne sans arrêt. J'ai déjà pris trois Crocin[1], rien à faire. Rien à manger toute la journée d'hier, c'est le problème, et je n'ai pas dormi non plus.

– Je suis navrée. Si j'avais su… l'agent a dit que vous aviez apporté de quoi manger.

1. Marque de paracétamol.

– Oui, quand j'ai appris la nouvelle, je suis vite rentrée chez moi et j'ai pris tout ce qui était au réfrigérateur. Mon mari a une santé très délicate. C'est ma première responsabilité, quoi qu'il arrive.

Elle semblait s'attendre à des félicitations.

– Oui ! Tous les médecins se reposent entièrement sur moi. « Mrs Rao, me disent-ils, sans vous, Shrikant serait très malade. »

Shrikant m'avait l'air en parfaite santé. Je me demandai quelle pouvait être la nature de ce mal étrange.

– Cette semaine du froid, la semaine suivante de la toux. Après il est dérangé. Que faire ? C'est l'époque qui veut ça ! La pollution. Toujours pressé. L'inquiétude. Ses responsabilités ! De très lourdes responsabilités à la banque. C'est comme ça, la vie à Bombay.

– C'est vrai.

– Je l'ai fait manger, et Vaibhav aussi. Susheela n'a pas touché à une goutte d'eau, alors comment aurais-je pu manger ? Je ne suis pas sans cœur.

Elle finit son café et parut disposée à s'attarder.

– C'est une affreuse tragédie, avançai-je.

– Oh oui, affreuse, absolument ! Un si grand homme, plein de bonté, c'est si rare de voir un homme pareil. Des principes ! Plein de principes. Shrikant aussi, le portrait craché de son oncle. C'est ce que j'ai dit à mon père. Tant de propositions de mariage, de toutes les grandes familles, très fortunées. Je n'en ai pas considéré une seule. De l'argent, une maison, pensez ! Rien de tout ça ne compte à mes yeux, ai-je dit à mon père, mais les principes, oui, voilà ce que je veux. Maintenant que l'oncle n'est plus là, j'ai l'impression que nous avons perdu un père. Vous savez, nous avons eu un malentendu récemment, ce n'était rien, mais j'ai dit à Shrikant : Tu parles à ton oncle, tu fais ce qu'il dit. Sans consulter l'oncle, je lui ai dit ça. Parce que j'étais sûre qu'il se mettrait de mon côté. Pourquoi ?

– Les principes ? hasardai-je.

– Exactement ! Très clairement, très immédiatement, vous avez mis le doigt dessus. À cause des principes. L'oncle ne fléchissait jamais. Shrikant le comprenait. Maintenant aussi, à quel point il est éprouvé par la mort de son oncle, moi seule le sais. En fait, il n'y a aucune nécessité à notre présence en ce moment, personne n'aime avoir affaire à la police. Mais… les principes ! Il m'a dit tout de suite : Dans la vie, il était mon oncle ; dans la mort aussi, pareil. Et moi, je pense comme lui.

– Le devoir familial avant tout.

– Exactement ! J'aime votre façon de le dire, si simple, mais si vraie ! Ça ne m'étonne pas que vous soyez écrivain.

– Quelle est votre idée sur la mort de Mr Rao ? demandai-je.

Elle prit un air important.

– Je ne veux rien dire en ce moment, un moment très douloureux, mais voici ce que je dirais. Mr Rao est mort d'ingratitude.

– L'ingratitude ?

J'étais soufflée. Il semblait plutôt étrange qu'on puisse mourir de cela.

– Oui, l'ingratitude. Le monde entier peut être contre vous mais vous pourrez l'affronter si vous êtes soutenu.

– Vous voulez dire…

– Je ne veux rien dire, mais quand votre propre fils, votre fils unique…

Sa voix s'éteignit et elle secoua la tête, l'air affligé.

– Mr Rao a été empoisonné, la repris-je avec douceur. Les comprimés de Gasso contenaient du poison.

Ce fut à son tour de sursauter.

– Je n'en savais rien, avoua-t-elle. Mais ce n'est pas étonnant ! On peut s'attendre à tout de nos jours ! La drogue, le cinéma porno, le disco, les minijupes. Les filles montrent leur nombril n'importe où, les garçons se comportent comme des bêtes. Vous pouvez imaginer l'effet sur un jeune garçon comme Vaibhav.

– Vaibhav est un brave garçon.

– Pour vous, peut-être, dit-elle d'un air maussade. Mais il ne l'est pas d'après nos critères. Nos valeurs sont différentes. Non pas que nous soyons orthodoxes, oh non, rien de tel, nous sommes très libéraux. Mr Rao surtout, c'était un homme très libéral. On pouvait parler de tout avec lui. Ouvert ! Les questions que je n'osais pas aborder avec Susheela, je pouvais en discuter librement avec lui. Mais que voulez-vous ? Les enfants en profitent. Tant qu'ils sont à la maison, tout va bien, mais dès qu'ils sont dehors, comment les tenir ? Ils sont complètement lâchés. Je ne veux rien dire maintenant. Ce qui est fait est fait.

– Alors que faire ? répliquai-je et, sur cette note cordiale, nous nous séparâmes.

À présent, Savio rassemblait toutes les informations sur le Gasso. Il avait trouvé les tickets de caisse dans un tiroir sous la pharmacie de Mr Rao réservée aux laxatifs. Un bocal de Gasso semblait devoir durer environ un mois. Le dernier reçu datait du cinq – sans doute pour le flacon presque vide que nous avions trouvé sur l'étagère. Savio avait établi également une liste de toutes les pharmacies qui avaient vendu du Gasso aux gens figurant sur ma liste. Nous comparâmes les deux, sous le regard impatient de Lalli.

Voici la liste de Savio :

Les pharmaciens de Parle : approvisionnaient régulièrement les Rao.

Les pharmaciens de Parle : ont vendu un flacon hier à Patherphaker.

La pharmacie des Bons Remèdes : a vendu un bocal à Benny D'Souza la semaine dernière.

Les pharmaciens de Dhanwantri : ont vendu un flacon à Patherphaker il y a une quinzaine.

Les pharmaciens d'À Votre Santé (Santa Cruz) : vendent régulièrement du Gasso à Shrikant.

Le samedi, Vanaja Rao a acheté une plaquette de Crocin, un flacon de multivitamines, une bouteille de Horlicks[1], grande taille, une boîte de talc. Pas de Gasso.

– Les pharmaciens de Parle, Les Bons Remèdes et Dhanwantri sont les plus proches et ils connaissent tous les résidents de notre immeuble. Personne d'autre n'a acheté de Gasso. Bien sûr, l'assassin a pu acheter le Gasso ailleurs, précisa Savio lugubre. Et aucun n'a conservé le sac en nylon que Mr Rao agitait quand il est allé rendre visite à vos amis, à Juhu. (Il ajouta, comme après réflexion.) Lalli… ils ont dit si Mr Rao a sorti de sa serviette le sac en nylon avec le Gasso ou s'il le portait à la main ?

Lalli sourit.

– Bien vu, Savio. Je ne suis pas sûre de ce qu'ils ont dit exactement, mais je crois avoir imaginé qu'il le portait à la main. Nous ferions mieux de nous en assurer.

Elle appela Alisha et lui posa la question. Alisha en était absolument sûre, Mr Rao était entré avec le sac en nylon mauve à la main, le bocal clairement visible à l'intérieur. Après le coup de gueule de Mrs Wadia, Mr Rao avait ouvert sa serviette et y avait fourré le sac.

– Ce qui me fait penser, ajouta Lalli, que nous n'avons pas regardé à l'intérieur de la serviette.

– Je viens de le faire. Elle est dans le séjour, annonça Savio. Elle contient ce à quoi on peut s'attendre : des formulaires d'actions, des enveloppes, un stylo-plume fixé sur un classeur. La boîte en plastique à mettre à l'intérieur de son *dabba*. Pas de sachet en polyéthylène. J'ai cherché dans la cuisine où Mrs Rao range ses sacs

1. Marque d'une boisson au lait malté censée favoriser le sommeil.

en plastique… aucun signe du petit sachet mauve en nylon fin. Je pense qu'on peut se dire sans risque que le sachet que nous avons trouvé dans le coffre est celui qu'il avait à la main chez les Patel.

– Mais pourquoi y avoir mis un morceau de savon ? protestai-je.

Lalli se dispensa de répondre.

– Savio, reprit-elle simplement, Shrikant s'occupe de prendre des « dispositions », ils ont besoin d'objets qui se trouvent dans la chambre de Mr Rao. Cela pourrait être le bon moment pour opérer quelques vérifications.

Je leur emboîtai le pas, non sans me rendre compte qu'ils trouveraient difficile d'expliquer ma présence si le besoin s'en faisait sentir. Susheela vint, la mine renfrognée, quand Lalli insista pour qu'elle assiste à l'ouverture du coffre.

– Il ne s'y trouve que des affaires de famille, lâcha-t-elle sèchement.

– Nous comprenons, assura Lalli avec douceur. Pouvez-vous nous parler de cette lettre ?

Elle lui tendit l'aérogramme décoloré.

– C'est la dernière lettre de sa mère. Il lui était très attaché.

Susheela commençait à prendre conscience de la réalité. Il n'y avait pratiquement plus trace de son humeur belliqueuse. Lalli sortit le sachet en nylon mauve contenant le morceau de savon.

Susheela poussa un cri aigu.

– Qu'est-ce que c'est ? Mais c'est le savon de ménage ! Que fait-il là ?

– Vous ne le savez pas ?

– Moi ? Comment le saurais-je ? Il était le seul à avoir la clé du coffre. Personne d'autre ne pouvait s'en approcher. Il a dû y déposer le savon lui-même. Oh !

Un gémissement lui échappa et elle s'effondra de

chagrin. Shrikant et Vanaja se précipitèrent à la rescousse.

– Je vous prie de partir maintenant. Vous l'avez bouleversée ! Vous n'avez pas le droit de la tourmenter ainsi ! cria Shrikant.

Susheela le repoussa.

– Mais pourquoi a-t-il mis le savon ici ? s'écria-t-elle.

– Par distraction, par distraction, bafouilla Vanaja.

– Il n'a jamais été distrait. (Susheela parlait avec l'autorité blessée d'une femme offensée.) Cela prouve simplement quel était son état. Il était malade. L'esprit égaré. Le docteur nous avait prévenus que cela pouvait arriver sans même une fracture. Il nous avait prévenus ! Mais nous n'en avons pas tenu compte. Qui sait combien il a souffert !

De forts sanglots la secouèrent sans prévenir et elle se laissa tomber, anéantie, sur le lit.

– On aurait dû faire le scanner, expliqua Vaibhav. Mon père refusait. Le docteur nous a bien dit que s'il avait mal à la tête, même un mois après la blessure, il fallait faire un scanner. Ça pouvait être un caillot de sang dans le cerveau. Mais mon père n'était pas d'accord. Il disait qu'il n'avait pas mal à la tête, alors pourquoi aller gaspiller son argent ?

– Toujours à critiquer ton père, gronda Susheela en regardant son fils avec dégoût. Tu n'as aucune honte, même maintenant après ce qui est arrivé, tu n'as aucune honte.

Avec un sanglot étranglé, Vaibhav quitta la chambre.

– Ainsi, maintenant, nous savons de quoi il est mort, déclara Susheela d'une voix basse, tendue. Comme il a dû souffrir ! Mais il était toujours comme ça, il ne se plaignait jamais, ne voulait jamais me déranger. Même quand il a été si malade et que le docteur a insisté pour qu'il garde complètement le lit, tout, il voulait tout faire, en temps et en heure.

Nous rendîmes un hommage muet à la ponctualité de Mr Rao. La famille de Mr Rao avait donc décidé qu'il avait succombé à des complications tardives après son coup sur la tête. Contrairement au meurtre, c'était une mort sans surprise et respectable.

– L'autopsie était totalement superflue, affirma Shrikant. Si vous vous étiez renseignés, vous auriez appris tout cela hier et ces complications auraient pu être évitées. Dans toute notre famille, il n'y a jamais eu d'autopsie, depuis l'époque de mon grand-père.

– Vous perdez de vue qu'il a été assassiné. Il a été empoisonné !

– Du poison, du poison, quel poison ? Ces comprimés ? Ce sont ses comprimés habituels. Je vous l'ai dit hier ! (Susheela faillit secouer Lalli.) Vous voulez ruiner sa réputation.

Personne ne prit cela sérieusement, pas même Vanaja.

Shrikant articula lentement.

– Oui, c'est vrai, mais maintenant, nous savons pourquoi il a pris ces médicaments.

– Ah oui ? Pourquoi ?

– Le suicide, parce qu'il avait perdu l'esprit, déclara Shrikant Rao d'un air important.

– Vous ne pouvez pas le lui reprocher, vous ne le pouvez pas, intervint Vanaja précipitamment. Il ne savait plus ce qu'il faisait. C'était le caillot de sang dans son cerveau.

– Vous perdez votre temps ici, dit Susheela à Savio. Vous feriez mieux de chercher qui a frappé mon mari sur Princess Street. Ce sont eux, les vrais assassins.

Adressant à Savio un geste de connivence virile, Shrikant l'attira à l'écart et lui parla à voix basse.

Susheela prit le savon et le considéra fixement.

– Je faisais toute la lessive moi-même, prononça-t-elle, perplexe. Et de toute façon, j'utilise Surf[1] pour la lessive. Je ne le laissais même pas soulever une cuiller dans la maison. Mais pourquoi a-t-il pris ce savon et l'a-t-il mis dans le coffre ? Chaque fois je le regarde…

Les paroles s'étranglèrent dans sa gorge.

Vanaja passa un bras autour de ses épaules et la calma comme si elle était un enfant.

– N'y pensez pas, n'y pensez pas, lui dit-elle. Penser, c'est très mauvais pour la santé, vous n'y pouviez rien, comment auriez-vous pu savoir qu'il était malade ? Là, je vais emporter ce savon, il ne vous tourmentera plus.

Nous trouvâmes les deux autres morceaux de savon sur l'étagère de la cuisine. Vanaja tourna en rond, vérifiant les boîtes et les bocaux.

– Le sucre est presque fini, je vais en chercher. C'est ça, et du Horlicks, je vais prendre du Horlicks. Elle acceptera peut-être d'y goûter, après tout, ce n'est pas comme prendre un vrai repas. Même quand on jeûne, on peut prendre du Horlicks.

Je me demandai quel Manu[2] avait décrété cette vérité-là. Je me souvins alors que les pharmaciens d'À Votre Santé lui avaient vendu une grande bouteille de Horlicks le samedi.

– Je rentre chez moi, une heure seulement, expliqua-t-elle. La situation financière est très difficile. Il ne faut pas déranger Susheela avec des choses pareilles maintenant, d'après Shrikant, alors je dois aussi aller à la banque. J'ai dit à Shrikant que si nous ne faisions pas ça pour eux, pour qui nous le ferions ?

1. Lessive indienne dont la publicité souligne qu'elle exige peu de rinçage.

2. Dans l'hindouisme, le Législateur. Ce nom désigne aussi l'auteur du Manusmriti, le code de conduite.

Elle fourra dans son grand panier un *tiffin*, une sorte de *dabba*, les trois morceaux de savon et une thermos.

– Je serai de retour à deux heures, assura-t-elle à Susheela. Vaibhav, essaie d'être sage, ne contrarie pas ta mère. Avez-vous besoin de quelque chose ? Je peux vous le rapporter quand je reviens.

Vaibhav secoua la tête et Vanaja s'en alla, assurant jusqu'au pied de l'escalier que Shrikant n'avait absolument pas besoin de venir jusqu'au portail, qu'elle était parfaitement capable de trouver elle-même un pousse-pousse.

Depuis l'instant où il avait décrété le suicide sous l'effet d'un accès de folie, Shrikant avait perdu la plus grande part de son hostilité. Il gloussa et donna une tape dans le dos de Savio. Il proposa à l'agent une tasse de thé pour se désaltérer. Il supplia sa tante de songer à sa santé et de prendre un peu de repos. Il donna du « madame » à Lalli, et j'eus même droit à un petit sourire hautain. Seul Vaibhav avait l'air malheureux, mis à l'écart du cercle de famille.

– Inutile de se voiler la face, il est évident que Mr Rao était déçu par ce garçon, confia Shrikant quand Vaibhav eut été renvoyé pour veiller au repos de sa mère. C'est un génie, certes, mais le génie n'est pas tout. Il faut avoir de la morale aussi.

– Êtes-vous en train d'essayer de me dire quelque chose de particulier ou faites-vous une observation générale ? s'enquit Lalli sèchement.

– Oh, en général, généralement parlant, disons. Ses parents lui ont donné le meilleur en tout, mais le garçon est dans l'erreur, que faire ? Il n'y a aucun garçon bien dans le Building, c'est le problème. Inutile de leur faire des reproches, du reste, un milieu différent, des valeurs différentes. Nous voulons tous que notre enfant ait nos valeurs. C'est le problème. (Il nous conduisit à la porte.) Vous pensez que ça va aller, pour ma tante ?

demanda-t-il à Lalli. Dois-je faire venir un médecin ? Peut-être qu'un sédatif…

– Si elle est d'accord.

– Madame, elle n'est pas en état d'être ou de ne pas être d'accord ! Je crains qu'elle puisse se faire du mal. Maintenant que l'oncle est parti, nous devons…

Nous le quittâmes là-dessus, alors qu'il parlait encore à Vaibhav qu'il exhortait à développer des valeurs, bien qu'il eût disparu dans l'escalier.

Dès que nous fûmes rentrés, Abhay et Claude surgirent avec des nouvelles de Padmanabhan. Bien sûr, la première chose qu'ils lui avaient dite, c'est que Mr Rao était mort.

– Il a dit : « Dieu merci, il n'y aura plus de problème pour le bébé. » Tel que. Il a vraiment manqué de considération, remarqua Claude. Il a dit que ça ne pouvait pas être une crise cardiaque car Mr Rao n'avait pas de cœur. Il a répondu à votre message, à propos.

Lalli lui arracha presque le mot de Padmanabhan dont elle dévora le contenu. Elle me fit sortir au quart de tour, envoyant Savio enquêter sur la piste fournie par Vasu.

Il y avait longtemps que je ne l'avais vue aussi tendue. Finie, l'excitation. Elle avait la mâchoire serrée comme un étau. Elle bondit derrière le volant et nous quittâmes Adarsh Road à toute allure, doublant la circulation engorgée avec une agressivité brutale jusqu'à ce que nous soyons parvenues à Santa Cruz.

Comme nous dépassions l'hôpital où on rafistolait la jambe de Padmanabhan, j'entrevis Mr Siddiqui, le financier de Century, près de la voiture des quatre saisons proche de l'entrée, qui faisait ses emplettes avant d'effectuer sa visite de charité. Le fameux régime de santé semblait pouvoir couvrir des besoins aussi essentiels que des raisins et des oranges.

Lalli tourna dans une ruelle calme et ralentit. Elle indiqua un réverbère devant nous.

– C'est notre point de repère. Padmanabhan a percuté le camion ici.

Nous prîmes à droite dans une rue affairée, encombrée par les clientes de l'après-midi, principalement des femmes d'intérieur. Il était presque deux heures : elles allaient flâner jusqu'à l'heure du thé. Lalli se gara dans un étroit espace entre deux Tempo. Nous marchâmes en esquivant les lambins, coupant au milieu des camelots qui faisaient leur boniment, traînant avec nous dans l'après-midi le fantôme de Mr Rao. C'était quelque part ici que Padmanabhan avait paniqué en apercevant Mr Rao dans la boutique d'un bijoutier.

Je comptai au moins six bijoutiers sur la route, mais Lalli fut plus sélective. Elle sauta les quatre premiers. Il y en avait deux tout près de l'endroit où Padmanabhan avait décroché brutalement : Lakhamsi et Swarna Lakshmi. Nous essayâmes Lakhamsi en premier. L'assistant ne se souvenait pas d'avoir vu de messieurs d'un certain âge mardi après-midi. Cela lui rappelait-il quelque chose ? demanda Lalli en sortant une photo de Mr Rao. Elle provenait du dossier des Homicides et n'était pas très jolie à voir. L'assistant y jeta un coup d'œil et fonça dans le bureau du *seth*, le patron.

Cette fois, Lalli sortit sa carte de police avant de montrer la photo. Le seul effet que cela produisit fut que le *seth* aboya à son assistant qu'il aurait dû envoyer chercher du thé-café-boissons-fraîches, ce que Lalli refusa en bloc. Le *seth* était d'huile pure. Il avait le genre de sourire taillé sur mesure pour mettre le monde à l'aise quand Armageddon frapperait.

– Nous avons une toute petite affaire, dit-il, tout sourires. Plus une affaire de famille qu'un commerce ! Aussi nous consacrons tout notre temps à un seul client pendant la saison des mariages. Hier, c'était la famille Chhabria, nous avons passé tout l'après-midi à choisir le collier de la mariée, la mère aimait un motif, la fille un autre, les sœurs encore un autre, c'est un tel plaisir de ne pas pouvoir se décider !

Lalli plissa les paupières et s'écarta. Il parlait toujours après notre départ.

Swarna Lakshmi attendait notre visite. Le *seth* vint lui-même à notre rencontre. C'était un homme de haute taille à l'allure austère, qui alla droit au but, interrompant Lalli dans ses préliminaires.

– Venez dans mon bureau, je vous prie. Je suis au courant, l'employé de Lakhamsi vient juste de repartir.

Nous le suivîmes dans son petit refuge. Je rejoignis Lalli, assez tendue, sur le *gaddi* blanc immaculé, espérant que mes pieds poussiéreux ne laisseraient pas de trace dessus. Il flottait dans l'air des notes de jasmin, dont une épaisse guirlande pendait à un autel au-dessus du coffre dans le mur. Le *seth* polit une loupe d'un air songeur et attendit que Lalli eût sorti la photographie.

C'est à peine s'il y jeta un bref coup d'œil.

– Oui, il était ici avant-hier. C'est donc bien une affaire qui intéresse la police, finalement ! C'est ce que je pensais. Dans mon métier, on acquiert une sorte de flair pour ces choses. Je vais vous raconter exactement ce qui s'est passé.

« Avant-hier, peu après deux heures, cet homme est entré dans notre boutique et il a demandé à voir des motifs pour une chaîne en or. Mon employé lui en a montré plusieurs, mais aucun ne lui convenait. Il a alors demandé à me voir, en disant qu'il voulait un conseil.

« Je l'ai invité ici. Il s'est assis là, tout comme vous. Je m'attendais à entendre l'histoire habituelle… la vente de vieux bijoux de famille ou, peut-être, le désir d'en faire une copie en argent. Ce genre de clients n'aiment pas discuter de leurs affaires dans la boutique où on peut les entendre, je les reçois donc ici.

« Mais cet homme – il s'appelait Rao, dites-vous ? – Rao m'a surpris. Il m'a raconté une histoire comme s'il l'avait préparée. Il a ouvert sa serviette et en a sorti un pli. "J'ai hérité de ces gemmes récemment, m'a-t-il dit. Ils étaient dans la famille depuis une éternité, après la mort de ma mère le mois dernier, ils sont tombés sous ma responsabilité. Un de mes ancêtres était bijoutier, il s'occupait surtout de diamants. Il n'a jamais vendu ceux-là parce qu'ils lui semblaient être d'une grande valeur. Je veux en avoir une estimation." Tout le temps où il m'a débité son histoire, il a conservé le pli. Il aurait pu s'épargner cette peine. Avant même qu'il me le donne, je savais que c'était un mensonge.

– Comment ? le coupai-je sans pouvoir m'en empêcher.

Son sourire me glaça.

– Voulez-vous l'expliquer à votre assistante, madame ?

– Avec plaisir. Un « pli » est un terme de diamantaires pour désigner un papier utilisé selon un certain mode de pliage dans lequel on range un lot de pierres. Cela n'a rien de spécial, c'est un simple papier blanc bien plié pour contenir de petites pierres – mais, pour un diamantaire, cela se reconnaît immédiatement. N'est-ce pas ce que Mr Rao vous a apporté avant-hier ? Et le papier était neuf, c'est cela ? demanda Lalli.

Le *seth* fit signe que oui.

– Un souvenir ancestral sera probablement encore dans son paquet d'origine, visiblement vieux. Bien sûr, le papier aurait pu avoir été changé récemment, mais, en général, celui qui n'est pas bijoutier ne le remballe pas de cette façon très typique. Cependant, c'est quand vous avez ouvert le paquet que vous avez été tout à fait certain que Mr Rao mentait.

– Oui ! Et vous savez aussi pourquoi ?

– Non, pas du tout. Mais je veux bien deviner. Le pli contenait non des pierres taillées mais des brutes.

Le *seth* posa la loupe et dévisagea longuement Lalli. J'étais totalement médusée.

– Vous paraissez en savoir un rayon sur notre métier, madame.

– C'est le cas de quelques amateurs.

– Disons que peu d'amateurs parlent notre jargon…

– Et Mr Rao ne le parlait pas.

– Certainement pas. Le pli contenait des pierres brutes d'environ cent carats. D'excellente qualité. Il se rendait compte qu'elles étaient précieuses, et qu'elles n'étaient pas taillées. J'ai eu l'impression qu'il triomphait de les avoir en sa possession. Tout son corps exultait. Ce n'était pas la joie d'un homme qui a acquis une fortune. C'était celle d'un homme qui a mis au jour un secret. C'est pourquoi j'ai eu l'impression, même si je savais que les pierres étaient volées, que cet homme n'était pas le voleur.

Lalli soupira.

– J'imagine que, dans votre métier, on ne manque pas d'occasions de vérifier ses intuitions.

– Sans arrêt. Il y a de la malhonnêteté à chacun des maillons de la chaîne. Et pourtant, cette profession repose entièrement sur la confiance réciproque…

– Ou la méfiance réciproque.

– Sans doute. C'est le revers de la médaille. Pour en revenir à Mr Rao, je ne lui ai posé aucune question, ne voulant pas entendre davantage de mensonges. Je lui ai dit que je pouvais lui donner une estimation, mais pas une évaluation officielle. Il m'a demandé combien cela coûterait de les tailler et de combien cela augmenterait leur valeur. Je lui ai répondu mais, à mi-chemin de mes explications, je me suis aperçu qu'il ne m'écoutait plus. Il était tout à son triomphe. Je me suis débarrassé de lui aussi vite que possible car je ne voulais rien avoir à faire dans cette histoire.

– Quelle histoire exactement ? D'où pensez-vous qu'il tenait ces pierres ?

– Dans ma profession, madame, nous ne pensons pas à la provenance des pierres, nous les évaluons. Nous les taillons. Nous les vendons. Nous sommes comme des chevaux sur la piste. Nous avons des œillères.

– Que se passe-t-il normalement quand vous achetez des pierres brutes ?

– Nous devons les tailler et les monter. Puis soit je les vends directement à un client, soit je les mets sur le marché par le biais d'un agent. Vous pouvez donc comprendre à quel point feu Mr Rao manquait de crédibilité. Il ne pouvait avoir acheté les pierres brutes, sinon il en aurait connu la valeur. Si elles avaient été dans sa famille depuis si longtemps, quelqu'un les aurait sûrement fait tailler ! Les pierres brutes sont un mauvais investissement, à moins d'être dans le métier. Mr Rao n'était pas un agent, il était dans une ignorance totale concernant les gemmes. Quand je lui ai dit que les pierres ne représenteraient qu'une trentaine de carats après la taille, il était outré. Et pourtant, voyez-vous, le plus curieux concernant ce monsieur, c'est que… allez, essayez donc de deviner.

– Il n'avait pas l'air de se cacher ?

– Exactement ! C'était un homme prudent, mais il n'avait rien à cacher. Ces pierres étaient le secret de quelqu'un d'autre, pas le sien. Pour moi, c'est quelqu'un qui aimait tenir les autres en son pouvoir. Du chantage, peut-être ? Voilà, je pense que c'était un maître chanteur. Mais il n'était pas un voleur. Ainsi, il est mort. Qui l'a tué ?

– À vous de deviner cette fois.

– Vous avez retrouvé les diamants ?

– C'est trop tôt pour le dire.

– Dans ce cas, j'attendrai que vous les ayez retrouvés pour essayer de deviner.

Il n'avait aucune désinvolture. Il y avait un léger film de sueur sur son crâne en forme d'œuf malgré une température quasi polaire diffusée par l'air conditionné.

– Vous pensez que ce pourrait être des diamants du sang ?

J'eus la surprise d'entendre le *seth* éclater de rire.

– Des diamants du sang ? Cela ne veut rien dire. Qui sait d'où vient un diamant ? Si une pierre est belle, si j'ai du liquide et que je la veux, je l'achète. Je ne veux pas savoir d'où elle vient. Je ne veux pas entendre parler des massacres et des mutilations dans un coin reculé d'Afrique. Les pierres ont une façon bien à elles de répandre le sang. Regardez votre Mr Rao. Ou regardez le diamant à votre doigt – un joli solitaire, soit dit en passant – il éblouit l'œil. Personne ne peut voir ce qui se trouve derrière les facettes de ce diamant.

– Certes, je le comprends ! Vous ne voulez pas chercher à savoir d'où provient le diamant. Mais vous vous souciez sûrement de savoir où il va ?

Le visage du joaillier se durcit face à l'inoffensive question de Lalli. Je remarquai ses yeux pour la première fois : ils étaient marron clair, transparents et mal assurés, les yeux d'un animal qui souffre. Ils réfutaient totalement ses manières suaves. Il articula avec difficulté :

– Vous croyez que Mr Rao s'est inquiété de savoir où ces pierres allaient ?

– Non, il ne savait pas assez de choses pour s'en inquiéter. Mais son assassin, oui. J'ai seulement une autre question à vous poser : que portait Mr Rao quand il est venu ici ? Vous vous en souvenez ?

– Absolument. Une serviette noire, assez abîmée.

– C'est tout ? Ne portait-il pas un sac en plastique ? Très fin, de couleur mauve ? Il y avait un petit bocal dedans, bien visible.

– Non, non. Rien de la sorte. Et j'ai vu l'intérieur de

cette serviette aussi ! Il l'a ouverte ici, sur le *gaddi*. Elle contenait un classeur avec un stylo accroché dessus, des feuilles, une *lunch box*, je pense, à en juger par la forme, dans une boîte en plastique rouge. C'est tout.

– Pas de sac en plastique avec un bocal à l'intérieur, ou simplement un bocal peut-être, un petit bocal marron et jaune ?

– Absolument pas. J'ai un œil exercé, comme vous avez dû vous en apercevoir. Je ne rate pas les détails.

Comme nous partions, il demanda l'autorisation de regarder la bague de Lalli.

– Une taille très ancienne, dit-il après avoir examiné la pierre. Début XIXe, dirais-je.

– C'était à ma mère. Et malheureusement pas à mon aïeule… originaire de Golconda[1] !

Il sourit.

– Mr Rao portait également une pierre, une agate carrée. Il aimait croire que c'était du jade noir. J'imagine que la sienne venait de Golconda !

Je ne pus retenir un frisson en retrouvant le soleil.

– C'est l'air conditionné que tu n'as pas supporté là-dedans ? s'enquit Lalli. Ou c'est l'homme ?

– L'homme.

– Il m'a plu, au contraire ! affirma Lalli. J'espère qu'il ne prendra pas de risques à l'avenir.

– Des risques ? Quoi, tu crois qu'il commercialise des diamants du sang, c'est ça ?

– Aucun doute là-dessus.

– Tu crois qu'il a acheté les pierres de Mr Rao, alors ?

– Non, je ne crois pas qu'il nous ait menti, sauf sur un point.

1. Le Régent, le plus gros diamant du monde (qui se trouve à présent au Louvre), est originaire de Golconda.

J'aurais bien voulu lui demander quel était ce mensonge, mais un regard sur son visage me montra qu'elle était à des kilomètres de l'incident avec le bijoutier.

– D'après toi, qu'a fait Mr Rao ensuite ?

Il y avait une pharmacie sur le trottoir d'en face. Je souris.

– Il a acheté du Gasso.

– Vraiment ? Il est deux heures et demie. Mr Rao n'est arrivé chez Mrs Wadia qu'à quatre heures. Qu'a-t-il fait dans l'intervalle ?

– Allons, Lalli, il a pu faire n'importe quoi. Faire des courses… d'accord, faire du lèche-vitrines puisque nous n'avons pas trouvé d'achats à part le Gasso, il a pu avaler un en-cas dans un troquet. Il a pu faire n'importe quoi.

– Exactement. Il a pu faire n'importe quoi sans acheter de Gasso.

– Je ne suis pas d'accord ! Il a traversé la rue exactement à cet endroit et il a acheté du Gasso dans cette pharmacie-là.

Lalli soupira et traversa la rue en direction du magasin. Je traînai derrière elle. Elle demanda à voir le propriétaire et montra sa carte de police. Elle alla droit au but. En deux minutes, nous étions de retour sur le trottoir. Le Gasso était un produit à action lente, avait dit le pharmacien, ils n'en avaient pas vendu depuis un mois. Nous les vîmes vendre leur marchandise : pas de sacs en plastique.

– Très bien, tu as gagné. Mais il y a d'autres pharmacies dans le secteur ! m'obstinai-je, m'enferrant dans mon erreur.

– Si tu réfléchissais un peu plus et imaginais un peu moins, tu verrais que Mr Rao n'a pas pu acheter ce bocal de Gasso.

– Je ne crois pas qu'il y ait tellement de différence entre la pensée et l'imagination…

Lalli soupira, résignée.

– Prochi habite rue Kataria, c'est à Juhu, non ? Si tu devais aller d'ici à Juhu et si tu n'avais pas de voiture, quel moyen de transport choisirais-tu ?

– Le bus. Un pousse-pousse. Pourquoi ?

– Le bus ? Avec des diamants sur toi ?

– D'accord, un pousse alors !

– Un trajet chaotique, non ? Alors ne voudrais-tu pas retirer ce mince sac en plastique de ton poignet pour le mettre dans ta serviette ?

– Pas forcément. Je pourrais être trop prudent pour vouloir ouvrir la serviette étant donné ce qu'elle contient.

– Exact. Mais pourquoi ne pas le glisser dans la poche de ton pantalon ? Et combien de temps dure le trajet ? À peine dix minutes. Mr Rao a mis bien davantage pour aller de la bijouterie à la maison de Prochi. Il n'a pas pu balancer allègrement ce bocal de Gasso à bout de bras sur tout le chemin. Je sais qu'il y a des gens capables de faire ce genre de chose – comme la personne qui se trouve à côté de moi en ce moment. Mais Mr Rao n'avait rien de commun avec toi. Il manquait de panache. C'était un enquiquineur.

Il aurait fallu que je sois la reine des casse-pieds pour vouloir poursuivre le débat, donc je laissai tomber, même si je n'étais pas du tout convaincue par ses arguments. En outre, mon panache ne reçoit que rarement des éloges.

– Il est évident qu'il venait juste d'acheter son Gasso quand il est arrivé chez Prochi, poursuivit Lalli. Alors allons-y, tu veux ?

Comme la circulation était fluide, nous atteignîmes la rue Kataria en cinq minutes. Lalli n'avait pas l'intention d'aller voir Prochi, manifestement. Nous nous garâmes non loin de Sunflower Apartments, juste à l'entrée de la ruelle. Elle regarda autour d'elle, puis entra dans la rue à toute allure, de sorte que je dus courir pour la rattraper.

La ruelle faisait un tournant à l'autre extrémité. Curieusement, elle aboutissait à un parc.

Il n'y avait ni balançoire, ni toboggan, ni cage à écureuil. C'était juste un espace vert clôturé avec de grands arbres ombreux et quelques bancs de pierre. L'herbe était saupoudrée d'une éblouissante traînée d'or. Les fleurs tombées étaient jaunes et plissées avec une tache marron. Lalli ramassa quelque chose. C'était une petite cosse rougeâtre. Nous avions trouvé le flamboyant jaune.

Lalli éclata de rire devant mon visage déconfit.

– Comment ai-je deviné qu'il était venu ici ? Tu l'aurais compris toi-même si tu avais remarqué le mode de comportement adopté récemment par notre cher Mr Rao…

– Tu veux parler du poème ?

– Certainement pas ! Quand je t'ai dit que ce n'était pas le meurtrier qui avait adopté le schéma que tu voyais, je ne pensais pas plus à Mr Rao ! Mais réfléchis un instant au changement de tactique de Mr Rao. Allons, suivons ton propre cheminement à partir de l'incident de l'employé de banque : à quoi ça t'a menée ? Pose-toi la question à chaque strophe du poème et cela te conduira ici même, au pied de ce flamboyant. Cet endroit était facile à trouver. Je n'ai eu qu'à chercher un grand flamboyant proche des multiples lieux où Mr Rao s'est rendu mardi. À supposer, bien sûr, qu'il ait mis un pantalon propre mardi matin.

Le parc était désert. Nous marchâmes jusqu'au banc de pierre sous le flamboyant. Une plaque sur le siège indiquait que c'était un don de feu Sarosh Dabawalla. Un elfe de marbre soutenait une fontaine (à présent à sec), don du même généreux fantôme. Une riche odeur de terre humide montait du sol. C'était merveilleusement inattendu, dans la chaleur accablante de l'après-midi. Je retirai mes *chappal* et laissai mes orteils s'enfoncer dans l'herbe luxuriante pour battre promptement en retraite devant l'alerte, les cosses cuivrées me rentrant dans la plante des pieds. Il avait fallu cette piqûre douloureuse pour que je retrouve mes esprits et me rende compte combien l'odeur de la terre mouillée était incongrue sur ce coin de pelouse desséchée. On entendait, tout près de nous, le doux chuchotement de l'eau. Je m'adossai contre le banc, fermai les yeux et pensai aux cours d'eau souterrains. Une brise répandit une ondée fraîche de pétales. L'herbe scintilla, formant une toile pointilliste de vert et d'or. L'arbre frissonna et des losanges de soleil d'un jaune acide glissèrent à travers le gazon.

– Ils se sont assis ici, murmura Lalli. Mr Rao et… qui donc ?

À l'idée de l'assassin, le soleil devint brusquement cru et écœurant à vomir, et le cri rauque des corneilles prit un accent funeste. À présent, le bruit de l'eau était dérangeant, agaçant.

– Il y a un jardin derrière toi, remarqua Lalli sans se retourner.

À demi caché par les fleurs du flamboyant se trouvait un petit bungalow. Il avait un jardin, quelques buissons de roses poussiéreuses et des plates-bandes fraîchement retournées bordant un sentier de gravier. Un homme d'âge moyen arrosait les massifs. Il était petit, assez rondouillard, et tellement absorbé dans sa contemplation de l'arc d'eau scintillant qu'il ne nous avait pas remarquées.

Nous passâmes par le portail. Mr Dabawalla (le nom était sur la grille) vint vers nous avec un regard plein d'espoir, tel un enfant à qui on a promis une récompense.

– Mr Dabawalla, nous sommes de la police, annonça Lalli en lui montrant sa carte.

Il n'y jeta pas un coup d'œil. Son visage s'éclaira.

– Je n'ai encore jamais rencontré de femme policier, dit-il. Je croyais qu'elles portaient un sari kaki et un *danda*, un bâton.

– C'est le cas pour certaines. Nous voulons seulement vous poser quelques questions concernant une enquête en cours. Vous occupez-vous habituellement du jardin vers cette heure-ci ?

– Oh non, aujourd'hui seulement, parce que c'est le jour de congé du jardinier. Il a retourné les plates-bandes et le sol doit rester humide. Sinon, je dois avouer que c'est l'heure de ma sieste. Un bon repas est toujours suivi d'un bon roupillon, c'est une loi de la nature… Mais que vouliez-vous savoir ?

Mr Dabawalla s'interrompit pour reprendre son souffle.

– Vous étiez chez vous mardi après-midi ?

– Mardi, oui. Je veux dire, non. Je n'étais pas chez moi. Je suis parti aussitôt après le déjeuner. J'ai pris le bus pour le marché de Dadar. Toute cette agitation que vous voyez autour de nous, c'est pour l'arrivée de ma nièce. Elle vient habiter chez nous ! Oui ! Elle sera là dans exactement une semaine. Sinon je bouge rarement.

Son regard se posa sur le flamboyant.

– Alors Sarosh…

– C'était mon fils unique. Tué dans un accident il y a vingt-cinq ans. J'étais au volant. Après ça, la vie s'est juste… refermée. Ma femme est décédée il y a cinq ans. Tout s'est désintégré. Voici tout ce qui reste des Dabawalla… une vieille maison, un vieil homme et sa vieille mère. Mais c'est fini. Fini ! Ma nièce vient vivre avec nous. (Il me sourit.) Elle a à peu près votre âge, elle est pleine d'idées, de vie, elle va secouer tout ça. (Je me sentis stupidement heureuse pour lui.) Je veux un beau jardin pour sa venue, pas une jungle pareille. J'ai acheté des plants, des fleurs, des buissons de roses. J'ai fait retourner toutes les plates-bandes cette semaine.

– C'est un bon mois pour planter, affirma Lalli d'un air entendu. Ils devraient bien prendre.

– Oh, vous croyez ? Yellappa n'en est pas sûr, et ma mère croit tout ce que dit Yellappa. J'ai mis une arcade de bougainvillées par-dessus le portail. Rouge et jaune, je crois.

– Ce sera très gai.

– Que fait votre nièce ? demandai-je.

– Oh, elle est décoratrice ! Elle compte monter sa propre affaire. Prends le temps de regarder autour de toi, je lui ai dit, donne-toi un ou deux mois, apprends à connaître les gens, les lieux, ce genre de choses…

Je savais, je savais exactement à quoi ressemblerait cette nièce. C'était un homme voué au malheur.

Sans s'embarrasser de scrupules, Lalli alla droit au but.

– Dites-moi, quand vous êtes parti de chez vous, mardi après-midi, avez-vous remarqué quelqu'un dans le parc ?

Mr Dabawalla réfléchit quelques instants.

– Dans le parc, non. Mais je venais de dépasser cet arbre quand j'ai remarqué un homme qui avançait vers moi. À présent, notre maison est la seule au bout de cette allée, alors je lui ai demandé si c'était moi qu'il cherchait. Il a ri de façon aimable et, non, il voulait seulement se reposer pendant une heure dans un endroit ombragé et comme il connaissait déjà ce petit parc, il voulait se reposer sur ce banc sous l'arbre pendant un moment. Ce n'était pas un jeune homme, il avait à peu près mon âge, je dirais, et il faisait très chaud. Demandez au *mali* si vous voulez boire un verre d'eau, lui ai-je dit, il ira vous en chercher à la maison. La fontaine dans le parc ne marche plus, vous voyez. Il m'a remercié et a poursuivi son chemin. Il semblait d'excellente humeur.

– Et a-t-il demandé de l'eau au jardinier ?

– Je n'ai pas pensé à le lui demander.

– Bien sûr que non. Mais le jardinier a dû le voir.

– Nécessairement. Il retournait ces plates-bandes. Je crains que vous ne puissiez pas le trouver aujourd'hui, c'est son jour de congé et je ne sais pas où il habite. Mais il sera là à huit heures tapantes demain matin. Il est très ponctuel. Je peux lui poser la question.

– Non, n'en faites rien. Voici ma carte. Si vous pouviez m'appeler quand il commence à travailler demain matin, j'aimerais venir pour lui parler, si ça ne vous dérange pas.

– Seulement si vous acceptez ensuite une tasse de café. Les visites sont rares chez nous, alors nous ne les lâchons pas facilement !

– Même la police ?

Mr Dabawalla éclata d'un rire profond, ses petits yeux scintillant comme des raisins dans un *bun* anglais.

– Si vous venez avec une jeep pleine de *havaldar*, il se peut que je change d'avis ! (Nous entendîmes un léger toussotement provenant de la maison. Mr Dabawalla regarda par-dessus son épaule d'un air soucieux.) Je reviens, elle a peut-être besoin de quelque chose, dit-il en se précipitant.

Il revint presque aussitôt.

– Désolé, souffla-t-il. Laissez-moi reprendre ma respiration. (Il s'arrosa le visage à l'aide du tuyau.) C'est ma mère, expliqua-t-il. Quelquefois elle n'arrive plus à respirer et je dois lui donner un comprimé. C'est l'âge. Il n'y a pas de remède à ça, n'est-ce pas ?

Il parlait tristement, tandis que ses yeux balayaient le parc, le jardin desséché, la vieille maison.

Lalli lui montra la photographie de Mr Rao.

– C'est lui, c'est sûr. Il est mort ? Assassiné ?

– Peut-être. Nous n'en sommes pas encore sûrs. Nous essayons de nous faire une idée de ses déplacements mardi après-midi : peut-être que votre mère aura remarqué quelque chose ?

– Ma mère a quatre-vingt-douze ans et elle est aveugle depuis une vingtaine d'années. Est-il possible qu'elle ait remarqué quelque chose ?

– Autant que vous et moi. Essayez de lui poser la question. Ne l'ennuyez pas maintenant, mais si vous pouviez aborder le sujet sans l'inquiéter, je vous en serais reconnaissante.

– Je vais le faire. Pauvre homme, il paraissait tellement heureux, ce jour-là ! Il rayonnait de contentement, comme on dit dans les livres. Quand est-il mort ?

– Mercredi matin.

Mr Dabawalla secoua la tête et ramassa le tuyau d'arrosage. Celui-ci pendouillait, l'air déprimé, aspergeant ses chaussures de toile pendant qu'il nous faisait au revoir.

Je me sentis ragaillardie par cette rencontre avec Mr Dabawalla, par sa foi douloureuse en un monde qui ne lui avait apporté que du malheur.

Nous n'allâmes pas jusqu'à Kandivli pour voir le Bhelpuri House où Benny avait mangé avec les enfants de sa cousine. J'étais contente. J'avais mal à la tête et je rêvais de me réfugier dans la fraîcheur tranquille de ma chambre. Mais Vasu, qui n'était pas allé avec Savio, ronflait encore sur mon lit. Je me douchai et passai un *kurta* d'un blanc éclatant, mis une paire de boucles d'oreilles en argent, m'aspergeai de parfum et m'apprêtai à laisser dehors l'effroyable monde du crime. J'étais à mi-chemin de la porte quand le téléphone sonna. Je jurai entre mes dents et plongeai dessus. Lalli n'était pas là. Un précédent appel l'avait fait partir précipitamment une demi-heure plus tôt.

C'était Mr Dabawalla au bout du fil.

– Je m'excuse de vous déranger pour une chose aussi futile, dit-il quand je lui eus signifié que Lalli était sortie et que je pouvais prendre un message. J'ai presque honte d'en parler, mais ma mère insiste. Mardi après-midi, environ une demi-heure après mon départ, le jardinier s'est arrêté de chanter.

Il me fallut un certain temps pour comprendre la portée de ses propos. Cela n'avait pas de sens. Mon interlocuteur reprit :

– Voilà ! Je savais que cela vous paraîtrait sans importance. Peu importe, j'ai fait mon devoir, maintenant faites le vôtre en transmettant le message. Merci…

– Non, attendez ! J'ai besoin d'en savoir davantage. Je vous en prie, dites-moi exactement ce que votre mère a remarqué.

– Notre jardinier Yellappa chantonne tout le temps en travaillant. C'est un chant monocorde et sa bêche marque la mesure. Mardi après-midi, au beau milieu de son travail, il s'est arrêté de chanter. Ma mère dit que l'air est resté immobile et que c'est ainsi qu'elle a remarqué qu'il ne chantait plus. Environ dix minutes plus tard, son chant a repris. C'est tout ce que j'ai à dire.

Il s'excusa de nous avoir dérangées pour si peu et raccrocha.

Savio surgit au moment même où je reposai le combiné. Il eut l'air anéanti quand je lui dis que Lalli s'était absentée. Faute de mieux, je lui proposai un Vasu comateux. Il hocha la tête sombrement et partit dans la cuisine. J'entrepris de réveiller mon frère, ce qui est pire que le supplice de Sisyphe. Il consentit de très mauvaise grâce à sortir de sa torpeur, mais se dérida quand il vit le sandwich titanesque que Savio présenta devant ses yeux. C'était un sandwich très compliqué avec des couches sédimentaires de tout ce qu'il y avait de comestible à la cuisine, soudé en une masse de plastique par du fromage fondu et des rondelles carbonisées qui avaient une vague odeur d'oignon grillé. Un pain entier était passé dans sa confection et il fallut le scier en morceaux. La cuisine est le seul point de convergence entre Savio et Vasu : en matière de gastronomie, il n'y a qu'à couper et cramer. Dans les premiers temps de notre rencontre, Savio avait signalé qu'il était génial pour les toasts. À l'époque, j'étais trop naïve pour comprendre ce qu'il entendait par là.

Tandis qu'ils progressaient gaillardement vers une trêve gastronomique, je leur racontai notre après-midi mouvementé.

Lalli revint, l'air fatiguée et éprouvée par la chaleur. Elle haussa les épaules devant les vestiges du festin.

– N'espérez pas que je me joigne à votre suicide collectif. Quelqu'un peut-il m'apporter quelque chose de civilisé ?

Je fis du thé, odorant et léger, comme elle l'aimait, et puis la protestation que j'avais retenue toute la soirée sortit.

– Lalli, tu t'attendais à trouver des diamants !

– Pas toi ? répliqua-t-elle benoîtement.

– Il a été remarqué chez des diamantaires mardi après-midi, avança Savio en hésitant.

– *Et tu quoque* ? Vraiment, Savio, après tout ce que vous avez fait à Dwarkanath Bhavan, vous avez sûrement des choses à nous raconter !

Premières nouvelles ! Je n'étais pas du tout au courant.

– Qu'est-ce que vous avez fichu à Dwarkanath Bhavan ? demandai-je impavide.

Mais qu'est-ce que ça à voir avec Mr Rao ?

Savio leva les mains dans un geste d'incompréhension.

– Oui, c'est vrai, ça. (Vasu avait suffisamment récupéré pour recommencer à charrier Savio.) Vous y étiez seulement pour l'affaire du petit nounours.

Savio fit la sourde oreille.

– Vous vous souvenez de ces bureaux fermés à clé à Dwarkanath Bhavan ? Eh bien, certains étaient loués à des diamantaires qui sont en fuite… deux d'entre eux, Navketan Gems et Bright Star Diamonds, ont escroqué pour près de dix millions de roupies chacun. Tout le monde est au courant dans le milieu, mais chacune des pistes qu'on a suivies ne nous menait nulle part. Enfin, jusqu'ici… (Il hocha la tête d'un air renfrogné en direction de Vasu.) Grâce à vous, j'imagine.

Vasu reçut cet hommage en inclinant la tête d'un air narquois.

– Nous avons retrouvé l'homme qui n'était pas Atul Shah, annonça Lalli. Il s'appelle Chandu Palanporia. Il est bijoutier.

– C'est que Mr Rao a rencontré dans le parc ! m'écriai-je.

Savio et Vasu eurent l'air interloqués.

– Et si on reprenait lentement dans l'ordre ? proposa Vasu.

– Très bien. Je vais vous exposer tous les faits. Quand j'aurai fini, vous saurez exactement ce que je sais. Après ça, si vous êtes encore dans le coaltar, vous n'aurez qu'à vous creuser un peu la cervelle, déclara Lalli.

– Alors vous savez qui l'a fait ? s'exclama Savio.

– Si je sais qui a tué Mr Rao ? Oui, je le sais, et je l'ai su dès l'instant où nous avons découvert Claude tenant le corps. Et tu aurais dû le savoir aussi ! (Elle me toisait d'un air sévère.) Tu as fait, toi, une remarque cruciale. Pourquoi n'as-tu pas encore trouvé ce que cela signifiait ? À propos, Savio, qu'a dit Susheela quand vous lui avez donné les lunettes de protection de Mr Rao ?

– Elle ne savait pas qu'il les portait quand il est mort. Elle a pleuré tant et plus en posant une main sur sa bouche. Puis elle a dit : « C'était donc pour ça qu'il était revenu ! » Je lui ai demandé de s'expliquer et, très à contrecœur, elle m'a dit que, à peine cinq minutes après son départ pour sa promenade, elle avait entendu son mari revenir. Il était entré dans leur chambre et avait pris quelque chose dans un tiroir. Elle avait cru qu'il avait besoin d'un mouchoir. Il est ressorti immédiatement.

– Très bien. Et oui, Kumud vient de me dire que Mr Rao ne portait certainement pas ces verres noirs quand elle l'a aperçu dans la rue.

– Les lunettes sont importantes ?

– Autant que la nièce du mari de la sœur. Peux-tu réciter tout le poème par cœur ?

– Je vais essayer.

Et je le fis, avec l'aide de Vasu pour pallier mes trous de mémoire.

– Voilà ! dit Lalli triomphante. Je savais que tu avais l'étoffe d'un bon détective ! Ce poème nous conduit pratiquement à tous les faits importants de cette affaire ! Ajoutez à cela trois questions et vous aurez la solution. Oh, je ne dois pas vous cacher une information importante : pratiquement tout le monde aurait pu se procurer le poison qui a tué Mr Rao !

« Voici les trois questions :

1. Pourquoi Mr Rao portait-il ses verres de protection Gucci hors de prix au moment de sa mort ?

2. De qui Mr Rao accepterait-il sans difficulté un flacon de Gasso ?

Et le plus important, la troisième question :

3. Pourquoi Mr Rao, qui était d'ordinaire sournois et cachottier, est-il devenu ouvertement provocant après son agression ?

(C'est tout le problème avec ma tante. Elle est toujours surprise quand le monde entier ne trouve pas en même temps qu'elle la solution d'une affaire.

Pour elle, une enquête est, à parts égales, une question de logique et de chance.

Je n'en suis pas si sûre.

Alors, allez-y, montrez-moi que j'ai tort.

Je vous ai répété exactement ce qu'elle nous a dit ce soir-là, tous les faits de cette affaire, et je vous défie de trouver l'assassin.)

– Je suis éreintée, conclut Lalli. Je vais me coucher de bonne heure. Espérons que nous pourrons boucler ce dossier demain.

Quand je me réveillai à sept heures, je trouvai Lalli attablée devant son café. Elle était prête à affronter la journée dans un fringant sari turquoise et vert émeraude de Kalakshetra [1]. Elle paraissait élégante et pleine d'aisance : seule l'étincelle dans ses yeux trahissait son excitation. J'étais en plein dans mon petit déjeuner à huit heures et demie quand le téléphone sonna. Dès que la voix de Mr Dabawalla me parvint, je m'aperçus que j'avais oublié de parler à Lalli de la chanson du jardinier.

– Yellappa n'est pas encore arrivé, disait Mr Dabawalla d'une voix irritée. Ma mère s'inquiète beaucoup pour lui, je ne sais pas pourquoi.

Je le mis en attente et racontai à Lalli mon histoire à propos du jardinier chantant.

– Pouvons-nous venir tout de suite ? demanda Lalli à Mr Dabawalla sans préambule. Je crains qu'il ne soit déjà trop tard.

Je courus à fond de train me doucher et m'habiller. Lalli resta la bouche pincée sur tout le trajet, manifestement furieuse que j'aie oublié de lui transmettre le message de Mr Dabawalla la veille au soir.

Il nous attendait près du portail.

1. Kalakshetra : littéralement, « lieu sacré pour l'art ». École des beaux-arts de Madras qui, dans les années 1950, relança l'artisanat traditionnel, abandonné durant la colonisation, et rendit aux tisserands leur statut. Le tissage du coton et de la soie est porté très haut au Tamil Nadu.

– Mais je ne sais pas du tout où il a pu passer, dit-il, préoccupé. Je ne savais pas que c'était aussi important. Yellappa est normalement ici avant huit heures… il aime avaler son petit déjeuner ici. Il n'est jamais en retard.

– Comment l'avez-vous engagé ? s'enquit Lalli.

– C'est ma mère qui l'a fait. Elle s'assoit généralement près de la grille, le soir, elle aime entendre les enfants jouer. Yellappa s'est approché et lui a parlé il y a une quinzaine de jours. Elle a aussitôt reconnu sa voix. Il avait déjà travaillé pour nous une fois, il y a cinq ans, quand ce parc a été aménagé. Ma mère avait surveillé le travail à l'époque. Ma femme venait de nous quitter. J'étais incapable de rien faire. Ma mère venait de perdre la vue mais elle était capable de tout faire. Elle connaissait très bien Yellappa.

« À l'époque, Yellappa était au chômage. Il avait travaillé pour la municipalité pendant deux ans, mais il travaillait surtout au noir, rien de stable. Il avait du mal à s'en tirer. Ma mère l'a donc engagé sur place. Yellappa est un brave homme et un excellent jardinier.

– Pouvons-nous voir votre mère ?

– Certainement ! Quelle négligence de ma part. Je vous garde ici à attendre, je vous en prie, entrez, elle vous attend.

La maison était sombre et spacieuse. Des générations de Dabawalla nous souriaient avec lassitude sur tous les murs. La vieille dame était allongée sur un divan, frêle forme chimérique contre le riche brocart pourpre. Elle tourna la tête à notre approche et tendit une main amincie que Lalli prit entre les siennes.

– Vous n'êtes pas jeune, chuchota-t-elle d'une petite voix plaintive.

– En effet ! J'ai soixante-quatre ans.

– Vous êtes venue au sujet de Yellappa. C'est un curieux, qui fourre son nez partout.

– Ah bon ?

– Il connaît tous les couples du parc.

– Il en parlait ?

– Quelquefois. J'aimais l'écouter. Il m'apportait des nouvelles du dehors. (Elle tourna vers moi ses yeux aveugles.) Qui êtes-vous ? demanda-t-elle. Je vous fais pitié, hein ?

– Maman, je t'en prie, murmura Mr Dabawalla.

– Chut, maman, maman, tout le temps ! Où est le café ?

Mr Dabawalla sortit précipitamment. On entendit la vaisselle qui s'entrechoquait et alors, badaboum ! La maison retint son souffle. Puis il revint, chargé d'un plateau portant des tasses de café fumantes et des biscuits Shrewsbury.

– Ne mangez pas les biscuits, dit la vieille dame à Lalli. Ça va vous couper l'appétit pour le déjeuner. Oui, à propos de Yellappa. Il chantait en travaillant, vous savez, la même phrase sans arrêt, encore et encore, la a la a la a lala la, ce genre de chose, en fait il psalmodiait plus qu'il ne chantait. Ça me rappelle les tables de multiplication. Mardi après-midi, il chantait comme d'habitude et j'étais assise à la fenêtre, pensant à autre chose. C'était très paisible. Puis brusquement, je me suis rendu compte qu'il ne chantait plus. L'air était immobile au point que j'ai eu peur. Je me suis dit que mon heure était venue. Mais tout était pareil. Sauf qu'on n'entendait plus la chanson de Yellappa. J'ai pensé qu'il était peut-être allé aux toilettes... il y en a dans la cour pour les employés, mais je n'avais pas entendu ses pas et il ne passait jamais devant moi sans me dire un ou deux mots. Ce silence a duré dix minutes. C'était tellement... étrange. Et puis il a recommencé à chanter.

– A-t-il de nouveau bavardé avec vous ce jour-là ?

Elle leva une main languissante.

– On ne bavarde pas avec le *mali*, ma chère. Quand je me sens assez bien, je m'assois au jardin et je lui demande de me dire les nouvelles. Non, mardi, ça ne me disait rien.

J'aidai Mr Dabawalla à débarrasser la table. Manifestement, c'était lui qui effectuait les tâches ménagères et il ne s'en tirait pas très bien. Il me posa toutes sortes de questions au sujet de Lalli. À mon retour, je la trouvai en train de prendre affectueusement congé de la vieille dame.

– Tu ferais mieux de les accompagner et de trouver Yellappa, Feroz, lui enjoignit-elle d'un ton sec. À mon sens, il pourrait aussi bien être mort au fond d'un *nallah*.

– Maman !

– Si, si, nous aurions dû y penser plus tôt. Lalli m'a raconté toute l'histoire. Je ne sais pas ce qui a pris à Yellappa. C'est un être simple, si crédule.

Elle donna des petites tapes impatientes à Feroz pendant qu'il arrangeait son coussin, disposait ses médicaments avec un en-cas et un verre d'eau à portée de la main. Il mit le téléphone près de son coude et, curieusement, alluma la télévision. Il fut enfin prêt à partir et ramassa un sac volumineux près de la porte.

– Des livres de la bibliothèque, dit-il. Wilbur Smith, Frederick Forsyth, Tom Clancy. Rien d'extraordinaire.

Lalli était déjà derrière le volant.

– Où est Bakri Masjid[1] ? demanda-t-elle. Votre mère m'a dit que c'est là que nous trouverions Yellappa.

Mr Dabawalla n'avait jamais entendu parler de cette *masjid*, et il en fut de même des autres personnes auxquelles nous posâmes la question en chemin. La lumière nous vint enfin de deux écoliers : c'était au deuxième croisement. Son nom curieux s'expliquait quand on s'en approchait. Derrière la mosquée blanchie à la chaux se trouvait un bout de gazon couleur émeraude,

1. Littéralement « Mosquée aux chèvres ».

minutieusement tondu par une douzaine de chèvres. Lalli arrêta Mr Dabawalla qui était sorti d'un bond et beuglait le nom de Yellappa par-dessus la clôture.

– Demandez Abdulbhai. Il saura.

Yellappa n'avait pas de toit, pas de vraie maison ni de masure. Il habitait un abri sommaire à l'extérieur d'un *zopadpatti*. Abdulbhai partit à sa recherche, comme l'avait dit la vieille dame.

– Voyons, tu ne crois pas qu'on va le ramasser au fond d'un *nallah*, tout de même ! dis-je en me marrant. La vieille dame a beaucoup d'imagination.

Lalli me regarda d'un sale œil et mit le contact en voyant Mr Dabawalla revenir au trot, un vieil homme sur ses talons.

– Voici Abdulbhai et je ne comprends rien à ce qu'il raconte, s'exclama Mr Dabawalla, fort irrité.

Abdulbhai avait un strabisme qui donnait l'impression qu'il vous regardait de travers quand il vous disait bonjour.

– Pourquoi vous venez maintenant ? demanda-t-il. Vous n'avez pas causé assez de mal comme ça ?

– Pourquoi, qu'est-ce qu'il a fait ? s'insurgea Lalli d'un ton aussi exaspéré que celui d'Abdulbhai.

Abdulbhai cracha avec dégoût.

– Oui, vous avez bon cœur, je ne le nie pas, mais ça sert à quoi d'avoir un cœur si on n'a pas de cervelle ? Vous auriez dû penser à son âge !

– C'est juste. Il n'est pas jeune.

– Vous auriez dû savoir ce qu'on ressent. À notre âge, les bonnes nouvelles peuvent causer un choc autant que les mauvaises.

– Oh ! Il n'est pas…

– Non, non, mais ça ne m'étonnerait pas qu'il y reste. Il est devenu fou. De la folie furieuse ! Voilà ce qui lui est arrivé. Je l'ai mis en garde hier soir. Vas-y doucement, je lui ai dit. À notre âge, notre système est délicat. Il était complètement surexcité, et il buvait comme un trou. Il avait une bouteille pour moi aussi, pourquoi vous mentirais-je ? Et il en avait encore une autre dans son sac.

« Ce matin, il a réveillé le *mohalla* avant six heures en faisant un raffut incroyable… il criait, il chantait, il tapait des pieds et il dansait. Je me suis dit qu'il mettait du temps à cuver cet alcool. Très vite, il a jailli de son abri, tapant des pieds comme un éléphant, chantant à tue-tête. Il ne m'a pas donné l'impression qu'il était soûl, si vous voyez ce que je veux dire. Et ses yeux ! Ma femme lui a jeté un coup d'œil et elle est rentrée à la maison en criant. Il avait les yeux comme des braises, rouges et fixes. Il avait planté une fleur de chardon derrière une oreille et il avait un vieux parapluie qu'il ouvrait et fermait, ouvrait et fermait, et il dansait sans arrêt. Il chantait si fort qu'il avait le visage rouge foncé, aussi cramoisi qu'une betterave. Il était terrible à voir. J'ai voulu le calmer, mais il est devenu violent. Il a attrapé un bâton et me l'a lancé…

– Comment va-t-il maintenant ? l'interrompit Lalli.

– Il dort. Il s'est mis à courir en rond, de plus en plus vite, puis il est tombé sur le côté et il a commencé à ronfler.

– Peut-être est-il réveillé à présent et erre-t-il quelque part ? s'interrogea Lalli.

– Oh non, impossible. On l'a attaché. On ne voulait pas prendre de risques, vous comprenez.

Abdulbhai était plus que disposé à nous conduire au *zopadpatti* où le jardinier avait été pris de cet étrange accès de folie. Nous le suivîmes au-delà de la rue principale, de l'autre côté d'un pont qui enjambait une innommable rivière d'immondices. Sa vase glauque charriait à présent les eaux usées des principaux égouts de Juhu, mais cela avait peut-être été la résurgence d'une vraie rivière dans un passé lointain. Bordant ses berges et jusqu'à perte de vue, on pouvait voir une rangée désordonnée de bicoques improvisées. Et sur le pourtour, des abris de fortune fabriqués avec de la toile de sac tendue sur des piquets et cloisonnés çà et là par des nattes. C'était là que demeurait Yellappa.

Notre apparition fut saluée par l'arrivée d'une volée d'enfants. Avec une prescience infaillible, ils nous conduisirent à l'abri situé à l'extrémité de l'allée. Ils ralentirent en formant un arc de cercle à mesure que nous approchions de l'endroit. Personne ne parlait.

– Il est là ? s'enquit Abdulbhai à une femme qui lavait le riz sur un *charpai*.

– Il dort comme un bébé.

Un bébé rudement bruyant, car la voix de stentor qui nous parvenait de la cabane était sonore et gutturale, faisant glousser les enfants. Abdulbhai s'effaça pour laisser passer Lalli, renonçant par ce geste à tout intérêt ultérieur en la matière.

Il faisait très sombre à l'intérieur. La puanteur aigre du vomi nous saisit immédiatement à la gorge. L'étroit tissage de la natte piquetait l'espace d'un semis de points lumineux, juste assez pour qu'on devine une silhouette recroquevillée sur le sol. Lalli s'accroupit avec une brève exclamation et le retourna. Elle se pencha et colla une oreille sur sa poitrine. Se remettant debout, elle sortit à toute allure et dit d'une voix pressante :

– J'ai besoin d'aide ! Cet homme est en train de mourir. Il faut le transporter d'urgence à l'hôpital. On ne peut pas attendre une ambulance. Prenez ce *charpai*, vite ! L'hôpital est à cinq minutes à pied.

La femme ramassa son assiette et abandonna le *charpai* à contrecœur, la mine renfrognée. À présent, des hommes avaient rejoint les enfants. Ils restaient là, placides, à se curer les dents ou à se gratter les aisselles. Lalli leur adressa un regard dur et, dès qu'elle eut sorti sa carte de police, ils passèrent à l'action. Tirant hors de l'appentis la silhouette roulée en boule (toujours ligotée), ils l'installèrent sur le *charpai* en quelques minutes. Abdulbhai dénoua les ficelles et fixa les poignets au raphia du *charpai*. Lalli demanda à la femme au riz de monter la garde : personne ne devait pénétrer dans l'abri de Yellappa jusqu'à notre retour.

– C'est une affaire de police maintenant, annonça-t-elle à la foule. Si vous ne voulez pas d'histoire avec les autorités, ne vous avisez pas d'entrer dans sa cabane.

Mr Dabawalla était parti devant avec les hommes. Lalli passa quelques coups de fil avant que nous arrivions à l'hôpital.

Nous trouvâmes les brancardiers dans le couloir devant la salle des urgences. Ils nous dirent que Mr Dabawalla était au bureau pour remplir les formulaires et que Yellappa avait été emmené au fond du couloir sur un chariot.

Nous fonçâmes aux urgences. Le médecin considérait avec un dégoût non dissimulé un eczéma mis à nu. Il leva les yeux avec impatience quand Lalli l'interrogea au sujet de Yellappa.

– Ce fou ? Pourquoi vous vous intéressez à lui ?

– Où l'avez-vous envoyé ? insista Lalli.

Il la considéra fixement, puis retourna à la contemplation de l'eczéma. Mais le patient, refusant de céder à ce regard hypnotique, avait jalousement recouvert la zone enflammée.

Lalli fit un mouvement en avant. Je crus qu'elle allait lui en allonger une, mais elle se contenta de coller sa carte sous le nez de l'urgentiste.

– En psychiatrie, lâcha le médecin à la hâte. Le commissaire est de mes amis et…

Lalli n'attendit pas pour entendre la suite. Elle fonça dans le couloir et tourna dans une salle barricadée par une grille escamotable sinistre, qui était heureusement ouverte. Il y avait un écran autour du lit le plus proche de l'entrée, avec une flopée d'infirmières en train d'installer une perfusion. Une femme chirurgien considérait avec inquiétude Yellappa, toujours inconscient.

– Oh, vous êtes avec lui ? demanda-t-elle, soulagée, en nous voyant. Il a déjà fait ce genre de crise ?

Lalli répondit rapidement :

– Vous pensiez donc à une maladie mentale, docteur ?

– Ma foi, oui, il souffre d'une psychose aiguë...

– Empoisonnement à l'atropine. Prenez de l'ésérine 10 mg IV, vite ! Vous avez de la pilocarpine ? Il va y rester si vous ne vous dépêchez pas. Mettez l'oxygène !

– J'appelle le chef de clinique ! dit la jeune femme, paniquée. Je n'ai jamais vu d'empoisonnement à l'atropine. Bon sang, je n'arrive même pas à trouver une veine...

– Cherchez les médicaments, démarrez l'oxygène, appelez le chef de clinique. Je m'occupe de trouver sa veine.

Lalli prit sa place pendant que les infirmières installaient l'oxygène. Elle branchait la perfusion et était en train d'injecter l'ésérine quand un grand garçon à lunettes débarqua.

– Eh, vous vous croyez où ? l'interpella-t-il.

– Mettez-lui une sonde stomacale et conservez le contenu pour l'analyse. Vous m'en donnerez un échantillon, déclara calmement Lalli sans se retourner.

– Ça alors, vous êtes qui pour me donner des ordres ?

– La police.

La discussion en resta là. Ils travaillèrent en silence. Je sortis pour réfléchir sur mon malheur. L'atropine ? Du nom de la Parque qui tranchait le fil de la vie. J'avais entendu dire qu'elle entrait dans la composition des gouttes oculaires – comment fichtre Yellappa pouvait-il avoir été empoisonné avec des *gouttes oculaires* ?

Si Yellappa mourait, ce serait de ma faute. Si seulement je n'avais pas oublié hier de transmettre le message de Mr Dabawalla à Lalli ! Cette horrible vérité s'imposait à mon esprit, incontournable. Peu importait qui avait administré le poison, j'étais la vraie coupable.

Lalli me rejoignit une demi-heure plus tard. Les deux médecins étaient avec elle et écoutaient ses directives en hochant docilement la tête. Ils lui donnèrent du « madame » en la raccompagnant jusqu'à la sortie.

– Je vais tordre le cou de l'urgentiste, assura le chef de clinique avec entrain.

Un agent avait été posté au chevet du lit, prêt à noter les moindres paroles lucides que prononcerait Yellappa.

– C'est inutile, remarqua Lalli avec tristesse.

Toute la culpabilité qui m'étouffait faillit jaillir dans un flot de larmes.

– Cela aurait été trop tard même si tu avais pensé à m'en parler hier soir, dit Lalli. Je crois que l'assassin s'en est pris à lui beaucoup plus tôt dans la journée. Mais nous saurons cela quand nous serons dans sa cabane.

– Et comment a-t-on pu l'empoisonner avec du collyre ? protestai-je.

Lalli s'abstint de répondre.

Nous nous débarrassâmes de Mr Dabawalla. Lalli lui intima l'ordre de rester chez lui auprès de sa mère jusqu'à notre retour. Aucune visite, fût-ce des policiers, lui intima Lalli. Pas de nouveaux aliments. Mr Dabawalla était déjà accablé de culpabilité et de terreur.

– J'ai prévenu votre mère, dit Lalli. Il y a un agent posté devant votre portail.

Mr Dabawalla partit dans un jaillissement confus d'excuses et de remerciements.

Abdulbhai nous raccompagna à la cabane. Je pris la torche dans la voiture. L'abri de Yellappa était un endroit lugubre, même sans son pitoyable occupant.

Un bout de natte rustique servait de matelas et une couverture pliée d'oreiller. Nous trouvâmes dans un coin du papier journal gras roulé en boule. Ça empestait l'oignon frit et il y avait des miettes de friture collées dessus.

– *Bhajiya*. Le *bhajiya* que vous lui avez donné hier… mais ce n'était pas vous, la *bai*, la dame, hein ? Tenez, je m'y perds.

– Non, ce n'était pas moi, Abdulbhai. Laisse-moi finir mes recherches, et ensuite tu me parleras de la bienfaitrice de Yellappa.

La cabane avait été dévastée par la crise de démence de Yellappa. Un calendrier avec une beauté plantureuse vantant les mérites du *paan masala* avait été déchiré en deux. Au-dessus d'une malle cabossée, un parapluie brisé gisait, les baleines pliées et tordues. En dehors du couchage, c'était là, à soixante et quelques années, le seul mobilier de Yellappa.

La torche projetait de hautes ombres sur la natte, telles des chauves-souris noires accroupies au-dessus du trésor d'un fou. Les mains de Lalli se levèrent et tombèrent telles des serres, frissonnantes d'énergie contenue. Ce n'était pas tant la torche que sa rage qui éclairait la cabane.

La rouille avait mordu l'émail rose et vert de l'antique malle métallique. La serrure n'étant plus dans l'alignement, elle béait curieusement, de sorte qu'un bout de ficelle était noué pour tenir en place le couvercle. Elle contenait quelques effets : un *dhoti* déchiré et rapiécé, un tee-shirt blanc avec le logo d'une école, à présent décoloré par l'âge. Un classeur plat en plastique, égratigné et jaune. Celui-ci contenait une carte d'identité. Le carton était écorné, mais la photographie, qui montrait un Yellappa plus jeune, était bien conservée. Datée d'octobre 1990, elle indiquait que Yellappa Binni du village de Dasarahalli au Karnataka était un employé temporaire classe IV de la municipalité. Dans le fond de la malle, il y avait également une ceinture en plastique noire, une veste marron et plusieurs shorts kaki.

Lalli laissa retomber le couvercle et indiqua une bouteille qui avait échappé au massacre grâce à un bout de natte flottant.

– Il n'a pas bu autant qu'Abdul le croyait.

Abdulbhai n'avait pas grand-chose à dire. Yellappa traînait habituellement à Bakri Masjid vers l'heure du coucher du soleil. Parfois, quand ils avaient de l'argent, Abdulbhai l'accompagnait au Damu's Bar au coin de la rue. Ils pouvaient rarement s'offrir davantage qu'une bouteille. Yellappa avait la tête dure comme le roc, il pouvait boire tant qu'il voulait sans que ça le dérange. Mais lui, Abdul, ne tenait pas le coup. Yellappa pouvait descendre une bouteille entière en demeurant ferme sur ses jambes avec la voix claire.

– Il reste une bouteille pleine, remarqua Lalli.

Abdulbhai fronça les sourcils.

– C'est bizarre ! Alors il n'a pas bu tant que ça avant de perdre la boule. Ça ne peut pas être l'alcool seulement. Vous savez ce que je crois, hein ? Il avait un ennemi !

– Ah oui ?

– Ces choses-là arrivent. C'est un monde terrible ! Elle doit être puissante, la magie que son ennemi a utilisée contre lui ! J'aurais dû écouter tout son speech, mais je ne comprends pas sa langue.

– Que s'est-il passé exactement, hier soir ?

C'est ce que je suis en train de vous expliquer. Il est arrivé de bonne heure, vers cinq heures et demie. "Viens, Abdul, aujourd'hui, laisse-moi te payer un bon repas… ma fortune est faite." Voilà ce qu'il m'a dit.

« Je ne pose jamais de questions quand on veut me donner quelque chose. Je ne cherche jamais à me mettre en travers du chemin d'un homme qui veut accroître sa vertu. Chaque pas le rapproche du seigneur Allah, alors qui suis-je, moi, humble mortel, pour l'en empêcher ? On est donc allé au *naka* et j'ai mangé une double omelette, quatre *pau* avec deux verres de thé. Mais Yellappa, lui, il n'a rien mangé.

« Que se passe-t-il, *dost*, je n'aime pas manger seul, je lui dis.

« Pour toute réponse, il rote. Et il y a de riches odeurs dans ce rot. Il a déjà mangé, et pas un menu de *footpathia* ! Et le voilà qui sort un rouleau de billets de banque de son *lungi* et il le pose sur le comptoir entre nous.

« Compte-les, me dit-il. Six cents roupies. Mes gages pour le premier mois, qu'il dit, très fier. Une avance ! Je vais devenir *mali* en chef dans une grande ferme !

« C'est ça ! C'est toi qu'ils ont choisi parmi tous les *lakh*[1] de cette ville, je lui dis, mais figurez-vous qu'il était sérieux.

« Des gros bonnets, très riches, très respectables, qu'il me dit. Ils ne veulent pas des petits jeunots qui travaillent deux jours et qui se tirent. "On veut quelqu'un de confiance, qu'ils m'ont dit. À toi, on peut te faire confiance." Et pour ça, ils m'ont versé une avance et donné un *khana*, un repas. Et c'est seulement le début ! Reste avec moi, Abdul, et je te trouverai une place à la ferme dans quelque temps.

« J'étais heureux pour lui, mais la perspective de travailler dans une ferme, ça ne m'emballe pas trop. J'ai une constitution délicate. Je ne peux pas faire de travaux pénibles. D'accord, si tu trouves du travail facile, fais-le-moi savoir, je lui dis.

« Puis il achète une poignée de *bidi* et on s'assoit parmi les chèvres et on fume. Il fait nuit maintenant, les lumières sont allumées. On ne parle pas beaucoup. On est heureux, *bas*, assez, c'est tout. C'est notre petit

1. Unité indienne : cent mille.

train-train à nous. Quelquefois, on n'a pas de *bidi*, on n'est pas toujours heureux. Mais toujours, on ne parle pas beaucoup.

Une sorte de douleur lui crispa les traits et il fixa son strabisme sur l'horizon.

– On vient ici de temps à autre et on boit. Yellappa avait apporté les bouteilles avant et il les avait laissées dans sa cabane. Il s'est mis à parler, très excité, mais pas fou, pas encore. Qu'il allait être riche avec ses six cents roupies à dépenser, racheter le Damu's Bar en deux mois, s'asseoir derrière le comptoir et doubler le prix des bouteilles. Rien que des blagues, vous me suivez.

– A-t-il dit quelque chose sur ses nouveaux employeurs ? Où est cette ferme ?

– Quelque part aux alentours de Panvel, qu'il a dit. Il est censé les rencontrer de nouveau lundi et ils doivent l'y conduire dans leur Sumo. Non, il n'a pas donné de nom ni dit où ils habitaient. Ils lui ont donné l'argent et la nourriture – qui poserait des questions après ça ? Il y avait un paquet de *bhajiya* qui restait, enveloppé dans ce papier journal. Il a insisté pour que je les mange, mais j'étais rassasié. « Tant pis, qu'il a dit. Je les mangerai en buvant ma deuxième bouteille. Ils sont très bons ! » C'était des *bhajiya* au piment. Je ne supporte pas le piment, j'ai l'estomac délicat. Et cette huile que les gens utilisent de nos jours ! Du temps de mon père, tout était frit dans du *desi ghee* pur… voilà comment j'ai été élevé. Regardez-moi ! (Il nous lorgna avec assurance.) Ai-je l'air d'avoir soixante-neuf ans ? Personne ne me donnerait plus de quarante ans !

– Eh ! Pourquoi tu ne dis pas carrément que tu suces encore le lait de ta mère ? cria une femme de l'autre côté du chemin. (C'était la même qui avait rincé le riz sur le *charpai*.) Tu fais tes soixante-neuf piges sans problème, et un peu plus.

– Ma femme a une langue de serpent, geignit-il. J'ai

supporté sa laideur pendant quarante ans, il n'y a plus de pénitence pour moi. Après ma mort, j'irai droit au paradis.

– Et je t'y attendrai, répliqua sa femme. Sinon, comment tu saurais si tu es arrivé au bon endroit ? À force de loucher, tu vas forcément te tromper de direction !

Nous les laissâmes continuer et regagnâmes Bakri Masjid où nous étions garées.

Lalli me surprit en s'arrêtant à l'hôpital de Padmanabhan. Je n'étais guère d'humeur à faire la conversation. En outre, je doutais qu'une simple fracture mérite autant d'attention.

Padmanabhan dictait du courrier quand nous entrâmes. Le dispositif métallique qui soutenait sa jambe plâtrée avait plusieurs dossiers glissés dedans. Des feuilles s'étaient répandues sur le lit telles des pellicules. Un petit employé accroupi, l'air misérable, sur un tabouret métallique prenait des notes sous sa dictée. Le nouveau *durbar* de Padmanabhan était une chambre agréable aux murs abricot et avec un rideau à carreaux devant la fenêtre couverte de suie qui surplombait un tamarin poussiéreux et un parking défoncé. Une corneille, qui squattait les lieux à en juger l'état du rebord de la fenêtre, rivalisait énergiquement avec la voix de Padmanabhan.

– C'est agréable de vous voir, s'exclama Padmanabhan avec un large sourire. Nous avons presque fini. Une petite notice encore. Je suis responsable du service, vous savez, je ne peux pas me permettre de négliger mes responsabilités.

Lalli lui assura que nous avions tout le temps nécessaire et nous prîmes place sur les chaises en plastique moulées que les hôpitaux fournissent pour éviter que les visiteurs s'attardent trop longtemps.

– Attention ! Attention ! aboya Padmanabhan, ce qui me fit sursauter.

Son employé, un étudiant malingre à peine sorti de l'adolescence, réagit plus calmement.

– C'est bien compris ? demanda Padmanabhan, très sérieux. Attention, deux fois. Je veux que les gens y regardent à deux fois. Attention, deux fois !

Je vis le garçon biffer ce qu'il avait écrit et substituer le chiffre deux.

– J'ai remarqué... oui, oui, notez ça... j'ai remarqué... quel est le problème, maintenant ?

– La première personne, monsieur. On n'écrit pas une notice à la première personne, monsieur.

– Ah bon ? Très bien, mettez ça à la deuxième personne alors. Convertissez, c'est tout. Remarqué en passant devant la machine à café que le personnel salissait par terre après usage. On est prié de se servir de la poubelle destinée à cet effet. Par ordre, etc. C'est tout pour le moment, Kurup. Veillez à ce que ce soit affiché, deux ou trois exemplaires aux endroits stratégiques.

Kurup emporta ces précieuses instructions, l'air défait. Il était encore jeune. Dans quelques années, il battrait Padmanabhan à ce jeu-là.

– Alors ! déclara Padmanabhan en passant sa jambe plâtrée à cheval sur le dispositif métallique et la balançant confortablement au-dessus du lit. Quelles sont les nouvelles ? (Il se pencha en avant avec prudence, sans doute pour prendre la béquille en aluminium. Mais non, je me trompais, il prit une petite tasse sur le casier. C'était une tasse en porcelaine blanche épaisse contenant une gélule rose et une pilule rouge. Il les avala avec délectation, se reversa de l'eau de la carafe et, ainsi remonté, il fit face à ses visiteuses.) Voilà, j'ai fini d'accomplir tous mes devoirs ! Je suis libre jusqu'à dix heures !

– Vous devez en avoir assez, des visites, maintenant, dit Lalli en souriant.

– Loin de là ! Je n'arrive à supporter cet endroit que

parce que vous vous montrez tous tellement attentionnés ! Les gens de mon bureau aussi ! Le déjeuner d'aujourd'hui venait de chez Mr Siddiqui, vraiment très savoureux ! Le dîner de ce soir sera de Mr Parikh. Le déjeuner d'hier venait de Mrs D'Souza et le dîner de Mrs Patherphaker ! Vous savez, la variété est le piment de la vie !

La corneille glousssa comme aurait pu le faire Ramachandran.

– On vous a changé de chambre, remarquai-je.

– Oui, c'était seulement pour les cas graves ! Ils m'ont mis ici hier soir. Heureusement qu'ils m'ont déménagé ! L'autre, c'est une chambre qui porte malheur.

– Vraiment ?

– Oui, ils y avaient amené une vieille dame, hier soir, admise pour subir une opération mineure aujourd'hui. Une dame très âgée, quatre-vingt-cinq ans. Ce matin, ils sont venus la réveiller pour la préparer, mais ils voulaient qu'elle signe d'abord le formulaire d'acceptation. Et l'acceptation s'est fait désirer !

– Elle avait changé d'idée pendant la nuit ?

– Aucun risque ! La vieille était morte ! Froide comme la pierre dans son lit.

Après un silence convenable, Lalli demanda :

– Vous savez pour Mr Rao…

Padmanabhan répondit avec délectation.

– Oui ! Les garçons m'ont appris la nouvelle hier. Une belle fin ! Mon oncle aussi a fini comme ça. Il est monté un jour sur la terrasse pour faire *Surya namaskaar*[1] et il ne s'est jamais relevé. Comme ça, sans prévenir ! Son âme est allée tout droit rejoindre *Surya*. (Il balaya l'air d'un grand geste de faucheur.) Une crise

1. La salutation au soleil. Cet exercice de yoga, qui se pratique à découvert face au soleil, est très exigeant et peut effectivement provoquer une mort soudaine.

cardiaque, m'ont dit les jeunes, mais c'était leur hypothèse. Je voulais poser la question à Mrs Patherphaker quand elle m'a apporté le déjeuner hier, mais comme Vanaja, la nièce de Mrs Rao, était avec elle, je n'ai pas voulu en parler. Au début je ne voulais pas lui présenter mes condoléances parce qu'on a dû lui parler de notre dispute, quand je l'ai traité de serpent à sonnette. Elle aurait pu ne pas comprendre. Mais je n'ai aucun regret ! Strictement aucun !

Il resta un moment à ruminer en silence.

– Vanaja Rao avait l'air très affectée. Elle rentrait chez elle pour prendre quelques affaires, m'a-t-elle dit. Ils habitent tout près d'ici, je crois. Manda Tai et elle ont partagé le pousse, et c'était très aimable de la part de Vanaja de se donner la peine de venir me voir au milieu de leurs problèmes. Mr Rao a eu beaucoup de chance en ce sens. Il avait une famille très unie. Pendant qu'elle me parlait, Vanaja avait les yeux remplis de larmes.

– Oui, Vanaja est très affectueuse, renchérit Lalli.

– Ex-trêmement affectueuse. Ex-trêmement cultivée. Shrikant n'est pas cultivé, lui. Il n'est pas capable de comprendre des sentiments plus raffinés. Je l'ai souvent remarqué. Mais Vanaja, si. Je lui ai donc expliqué que je regrettais le malentendu avec feu Mr Rao. Mrs Patherphaker est allée chercher l'infirmière, elle voulait qu'on garde un *dabba* au réfrigérateur, elle m'avait apporté du *shrikhand.* J'ai donc pu parler plus librement avec la nièce de Mr Rao. Maintenant je me fais des reproches, lui ai-je dit. Mardi après-midi, quand j'ai vu Mr Rao à la boutique du bijoutier, si seulement je m'étais arrêté pour lui parler ! Peut-être juste un petit bonjour, je ne me sentirais pas comme ça maintenant. J'aurais dû entrer et lui parler. C'est ce que je dirai à sa femme, comme je l'ai dit à Vanaja : si j'étais allé lui parler quand je l'ai vu dans cette bijouterie, je n'aurais pas percuté le camion et je ne me serais pas fracturé la jambe.

Il dépeça sauvagement une grappe de raisin de Century Finance qu'il engloutit avec une voracité de prédateur.

– C'est le destin. C'est écrit ici. (Il frotta l'index sur son front.) C'est exactement ce que j'ai dit à Waghchaure. Vous vous souvenez de Waghchaure ? Lui aussi est venu hier. Il vient tous les jours. Manda Tai l'a rencontré en revenant du réfrigérateur et elle l'a conduit ici. Le destin, ai-je dit à Waghchaure, tout est question de destin. Waghchaure était d'accord. C'était le destin qui l'avait amené chez Century Finance… il n'en fait partie que depuis six mois, juste à temps pour me sauver la vie. Mrs Rao était également d'accord. Mais Manda Tai, non. « Le destin est un autre nom pour la paresse », a-t-elle dit. Vous vous rendez compte !

Il attendait qu'on se joigne à son indignation, mais Lalli prit la parole.

– J'ai besoin de votre aide, Padmanabhan, si vous vous en sentez la force. Ma nièce va poursuivre son chemin, mais j'aimerais avoir une demi-heure en tête à tête avec vous.

Je dis à Lalli que j'allais rentrer en bus et, en souhaitant à Padmanabhan une prompte guérison, je m'échappai dans la pénombre aseptisée du couloir. Je faillis me cogner contre un chariot naufragé au milieu du passage, probablement pour assurer un supplément de travail à l'orthopédiste. C'était un chariot du service de médecine qui repartait à la pharmacie, et qui avait l'air perdu d'une poussette abandonnée. Il croulait sous un tas de petites tasses en porcelaine comme celle dans la chambre de Padmanabhan. Chaque tasse était rangée dans sa fente sur une grille numérotée. Un employé, m'apercevant, se précipita pour écarter l'engin de ma route.

– Les filles font ça sans arrêt, marmonna-t-il. Même pour faire rouler le chariot jusqu'à la pharmacie, elles ont besoin de Yashwant, tellement ce sont des *rajkumari*, des princesses !

Il expédia d'un geste le chariot en direction d'une lucarne blanche qui jouxtait l'entrée. À côté se trouvait une porte étroite où était écrit le mot : Pharmacie. Je fis remarquer que le chariot n'avait pas l'air de passer par l'embrasure.

– Qui le fait entrer ? Je le laisse sous cette ouverture et l'infirmière se penche par là et remplit les tasses. Votre patient s'appelle « Clou en 8 », vous voyez, c'est sa tasse. Hier quand il était en B-1, sa tasse était là. L'infirmière est la seule à pouvoir remplir les tasses, car les médicaments sont des poisons, ce que nous savons tous ! Un malade cardiaque doit recevoir des médicaments pour le cœur, mais qu'est-ce qui se passe quand quelqu'un en bonne santé avale un médicament pour le cœur… ? *Khala !* – crève ! Mais aucun risque ici. Garanti à cent pour cent. Votre Clou est nickel. Vous êtes de la famille ? Une voisine ? Tous les visiteurs sont des voisins ou des collègues de bureau, pas de famille.

– Sa famille n'habite pas à Bombay, dis-je.

– Alors vous vous occupez tous de lui ? Très bien. Ce Clou est un veinard !

Tandis que je partais, une infirmière se pencha par la petite fenêtre et, après avoir remonté le chariot, elle se mit en devoir de récolter les tasses vides. Le système garanti à cent pour cent était à l'œuvre.

Presque tous les habitants d'Utkrusha étaient rentrés. Certains, comme moi, pouvaient s'éloigner de leur travail avec la consolation qu'ils ne nuisaient qu'à eux-mêmes. D'autres, moins chanceux, étaient restés chez eux en craignant des mémos ou des réductions de salaire, mais ils étaient restés malgré tout. *En raison de circonstances indépendantes de ma volonté*..., dirait leur lettre. La phrase banale recouvrait une multiplicité d'embarras qui, jusqu'à présent, n'intégraient pas le meurtre.

Comme j'entrais dans le Building, j'eus la mauvaise surprise de voir que l'ascenseur était mis sous scellés. J'avais été si occupée à suivre les curieux déplacements de Mr Rao ce dernier après-midi que j'avais complètement perdu de vue ses conséquences : le meurtre.

Je pénétrai dans l'appartement et me laissai tomber dans le premier fauteuil, brusquement terrassée de fatigue. Au bout d'un moment, je parvins à me tenir suffisamment debout pour aller chercher une bouteille d'eau fraîche au réfrigérateur. Je la vidai d'un trait et m'allongeai sur le sofa beige. Je ne pouvais me sortir le visage de Yellappa de la tête. La misère dans laquelle il vivait, son brusque retour de fortune et les effets horribles du poison avaient tous les éléments de la tragédie... et, pourtant, je ne pouvais me débarrasser de ces vers absurdes dont la folie ne me laissait aucun répit. Pour rendre les choses pires encore, la voix de Yellappa récitant ces vers résonnait dans ma tête, bien que le seul bruit que j'aie jamais entendu de lui fût ses ronflements sonores...

Il croyait voir un serpent à sonnette
qui lui posait des questions en grec.
Il regarda de nouveau et s'aperçut que c'était
le milieu de la semaine prochaine.
« La seule chose que je regrette, dit-il,
Est que ça ne parle pas. »

La sonnette me réveilla. Quelqu'un gardait le doigt pressé dessus. Ça sonnait comme une sonnette de bicyclette déréglée, un carillon de fin du monde. Je vacillai jusqu'à la porte, la bouche épaisse, la vue brouillée par le sommeil. J'ouvris la porte.

– Oh… Qu'est-ce qui se passe ?

– Qu'est-ce qui se passe avec *vous* ? Lalli vient de nous appeler parce que vous ne répondiez pas. Vous dormiez si profondément ?

Je ressentis l'étreinte glacée de la peur. Avais-je vraiment dormi au point de ne pas entendre sonner le téléphone ? Jamais de ma vie je ne m'étais sentie aussi apathique en plein jour. J'essayai de protester, mais je n'émis qu'un coassement. J'avais la bouche complètement desséchée.

Le jardinier s'était-il senti ainsi : abruti et l'esprit embrouillé ?

Mais je n'avais rien mangé ni bu, à part… l'eau ! J'avais pris de l'eau au réfrigérateur ! Une douleur aiguë cognait contre mes tempes avec une insistance vertigineuse. Je replongeai dans mon fauteuil.

– Vous êtes étourdie. Allongez-vous, c'est peut-être le soleil, couchez-vous. Je reviens.

Je m'effondrai sur la banquette, sourde à tout ce qui n'était pas le bruit de la terreur qui frappait à coups réguliers contre mes côtes. La pièce s'estompa. Dans la cuisine, quelqu'un faisait du thé. La forte odeur réconfortante qui flottait jusqu'à moi m'éclaircit l'esprit.

Je pris la tasse avec précaution. J'étais assoiffée, je mourais de soif. Le thé était un antidote, non ? Antidote à quoi ? Je ne pouvais me rappeler le nom, mais je savais que le thé était recommandé.

– Écoutez, dis-je…

Mais le mot devint gluant sur ma langue.

– Buvez d'abord votre thé.

Avec reconnaissance, je humais la vapeur. Pas assez aromatique, trop âcre à mon goût. Un thé qui avait bouilli. Qu'importe, je ferais mieux de le boire…

– *Lâche cette tasse !* ordonna la voix de Lalli, grave, claire et précise.

– *Lâchez cette tasse !*

La porcelaine s'échappa de ma main et se brisa par terre. Je criai quand le thé m'ébouillanta les orteils. Le visage de Lalli se brouilla.

Mon esprit s'éclaircissant lentement, je me tournai vers la personne que j'avais fait entrer. Mais ses yeux étaient ailleurs. Sa bouche frémit sans émettre un son. Je suivis son regard. Derrière l'épaule de Lalli, le visage décomposé et couvert de sueur, se tenait Padmanabhan.

Brusquement, la pièce grouilla de policiers. Il en sortait de partout, de la cuisine, du balcon, de la salle de bain. Ils avancèrent sans précipitation, sans menace, convergeant vers nous, s'arrêtant au bord du cercle magique qui nous liait, l'assassin et… moi.

Padmanabhan entra péniblement sur ses béquilles, progressant avec un lent crissement suivi d'un coup sec, aussi délibéré que le rythme d'un cœur qui revient à la vie. Quand le cri jaillit, je ne pus croire qu'il ne sortait pas de ma gorge.

Elle leva les mains pour se protéger du regard de Padmanabhan, mais ce fut moi qui tombai dans les pommes.

Je tombai dans un puits d'obscurité profonde. Je tombais, je tombais…

Quelqu'un me remontait, me ramenait de l'obscurité. Quelqu'un me transportait sur la banquette et plaçait un coussin sous ma tête. Une grande main se posait très légèrement sur mon épaule. Je la saisis. Elle était chaude, robuste, rassurante. Je pouvais ouvrir les yeux maintenant.

Lalli était près de la porte. Elle fit un pas de côté pour laisser entrer les agents. Menotté entre eux se trouvait l'assassin. Elle évita le regard implacable de Lalli et se tourna vers moi.

De sa voix de tous les jours, Vanaja Rao me dit :

– Pourquoi vous avez gaspillé ce thé ? C'était un *bon* thé.

– Lalli, c'était moins une, remarqua Savio. (Il avait l'air très fatigué. Je lui tenais encore la main. Je voulus la lâcher, mais il serra plus fort.) Et si…

Lalli secoua la tête. Elle s'assit, exténuée.

– C'est fini, dit-elle d'une voix lointaine. Il était temps.

Savio lâcha ma main comme si c'était une patate chaude et il sortit de la pièce à grandes enjambées.

– Il finira par comprendre, assura Lalli avec un geste désinvolte.

Avec une seringue, ils parvinrent à aspirer suffisamment de thé pour procéder aux analyses.

– Mais je me sentais mal avant qu'elle vienne, Lalli, protestai-je.

Elle m'arrêta d'un geste.

– Par réaction. La terreur, du fait de ton sentiment de culpabilité envers Yellappa, t'a démolie. Tu vas devoir te faire une raison, tu sais. Tu as oublié de me transmettre le message et oui, Yellappa est probablement mort à l'heure qu'il est. Tu vas devoir vivre avec ça.

Un toussotement me rappela que Padmanabhan était toujours parmi nous.

– Pourquoi était-elle aussi terrifiée en vous voyant ? demandai-je.

Car c'était Padmanabhan qui lui avait coupé le sifflet.

Padmanabhan eut un large sourire.

– Parce qu'elle m'a assassiné hier, dit-il.

Padmanabhan avait évité la mort du simple fait qu'il avait changé de chambre. La garantie cent pour cent avait eu des ratés. La vieille dame qui avait été hospitalisée dans l'habitacle de Padmanabhan en vue d'une opération avait avalé la dose destinée à celui-ci pour la nuit et… elle en était morte.

– Nous enquêtons là-dessus, expliqua Lalli. Padmanabhan, vous feriez mieux de retourner à l'hôpital.

– Jamais ! clama ce dernier avec véhémence. Je vais vivre et mourir dans un plâtre, mais jamais je n'y retournerai !

Savio revint avec une pizza et de la glace. Padmanabhan avait été raccompagné à l'hôpital par Patherphaker qui contenait sa curiosité et s'arrêta juste le temps de dire à Lalli :

– Nous attendons. Le Building doit savoir à quoi il a été confronté.

– À six heures, déclara sobrement Lalli.

Savio débarrassa la table et houspilla Lalli pour qu'elle prenne une heure de repos. Une jeep avait promptement transporté Vanaja au poste pour qu'elle y soit inculpée. Savio avait encore la pénible tâche d'affronter Susheela Rao.

– Je n'y arriverai jamais sans m'être sustenté, expliqua-t-il. Cette dame me file les boules.

Lalli hocha la tête.

– Moi aussi. Elle est capable de m'agresser si je me présente maintenant. Peut-être plus tard.

Lalli avait l'air sombre et accablé. Je savais qu'elle partageait encore le cheminement intérieur de Vanaja Rao et songeait à l'instant où celle-ci allait entrevoir, pour la première fois, cette solitude glacée qui serait désormais son lot.

10

Et ses mystères pour moi
Sont clairs comme le jour

Le Building avait envahi la salle de séjour. Tout le monde finit par trouver un siège. Et tout le monde, à part les Rao, était présent. Ramachandran avait dissuadé Vaibhav de venir. Vaibhav avait refusé une heure plus tôt l'entrée de l'appartement à Shrikant, malgré sa mère qui prophétisait à tue-tête qu'il courait à sa perte. « Tout cela, c'est la faute du Building ! Mon propre fils est de leur côté, comment faire ? » Le *lamento* de Susheela transperçait l'air. Le Building, complètement groggy, se pressait contre la rampe d'escalier, sans trop savoir que faire. Vaibhav se tourna vers nous, l'air grave.

– Ça va aller, dit-il, et il nous ferma la porte au nez.

Nous attendîmes, impassibles, pendant que Shrikant se hâtait de disparaître.

Il y avait une heure de cela. À présent, les plaintes de Susheela s'étaient apaisées. Le Building pouvait plus facilement se concentrer sur ce qui le préoccupait. Patherphaker avait tracé un diagramme compliqué au dos d'une note d'électricité. Il circulait de main en main. Manda Tai affirma tout haut qu'il savait exactement comment le FBI s'y prenait pour dresser un profil psychologique. Patherphaker eut l'air penaud. Son regard croisa celui de Lalli et il dit : « C'est www.mostfoul.com[1] ». Quel shakespearien tordu avait pu inventer un site pareil ?

1. L'anglais *most foul* est extrait de *Hamlet*, I, 5, de Shakespeare : « [Ce meurtre] fut *le plus horrible*, le plus étrange, le plus monstrueux » (trad.

Une douche avait rendu son énergie à Lalli. Elle paraissait détendue et heureuse, ses yeux noirs pétillaient de malice tandis qu'elle écoutait leurs théories et leurs suppositions sans chercher à argumenter. Finalement, ils se turent, un peu effrayés maintenant qu'ils allaient entendre la vérité.

Lalli avait choisi une chaise près de la fenêtre. Nous n'avions pas encore allumé la lumière. Le crépuscule ambré allait bientôt pâlir mais, pour le moment, il dorait nos visages rougis par l'émotion.

– Je suis ici pour vous dire comment Mr Rao est mort et pourquoi, commença Lalli. Je parlerai à Vaibhav plus tard. Entre-temps, j'aimerais que ses amis lui transmettent ce que je vais vous dire ici aujourd'hui. Claude, tu as découvert le corps de Mr Rao. Je vais commencer mon histoire à partir du moment où je t'ai tiré de l'ascenseur et où le corps de Mr Rao est tombé par terre.

« Il était un peu plus de sept heures du matin. L'entrée était encore sombre et vous savez tous comment éclaire la veilleuse dans l'ascenseur. Il y avait très peu de lumière pour y voir. Cependant, dès le premier coup d'œil sur le corps de Mr Rao, j'ai compris qu'il avait été assassiné.

Un hoquet d'incrédulité balaya la pièce. Je me sentis brusquement irritée par cette tribune improvisée.

– Comme je vous l'ai dit, il faisait sombre dans l'entrée. Et cependant… quand Mr Rao est mort, il portait ses lunettes de protection, des lunettes noires spécialement conçues – il nous l'avait dit – pour éviter l'éblouissement des phares la nuit. La plupart des gens les portent pour conduire. Or Mr Rao ne conduisait pas. Je l'ai vu récemment plusieurs fois après la tom-

François Victor-Hugo). L'expression célèbre a été reprise par Agatha Christie dans le titre d'un de ses romans, *Murder Most Foul*, publié en 1964 *(Mrs McGinty est morte)*.

bée de la nuit, et à aucun moment il ne portait ces verres.

« Le fait qu'il portait sur lui ces lunettes signifie qu'il avait prévu qu'il en aurait besoin. Le besoin que Mr Rao en avait était celui que toute personne éprouve : l'éblouissement le dérangeait. Mr Rao était gêné par la réverbération dans la faible lumière du matin. Peu après, il était mort.

Patherphaker toussota.

– Une tumeur au cerveau, dit-il. Ces choses-là sont connues. Un phénomène optique. On voit un éclair très brillant.

– C'est juste. Mais même un pareil phénomène optique n'annonce pas toujours la mort, répondit Lalli. Il y a une chance sur un million qu'une tumeur du cerveau ou un trouble neurologique grave explique cela. Mais globalement, si je me pose la question : y a-t-il une condition naturelle – autrement dit, une maladie – qui puisse rendre une personne excessivement sensible à la lumière et la faire succomber peu après ? La réponse est : non.

« Y a-t-il alors une condition *anormale* qui rende une personne excessivement sensible à la lumière… et la fasse mourir peu après ?

Patherphaker n'en démordit pas.

– Vous deviez déjà savoir quelque chose pour envisager que c'était un meurtre ! Quelque chose que nous ne savons pas !

Lalli sourit. Elle considéra Benny.

– Demandons l'avis du spécialiste en pharmacologie.

Il répondit, mal à l'aise :

– Oui, un certain groupe de poisons peuvent en être la cause. Mais…

– Mais ils ne provoquent pas toujours la mort ? C'est juste. Le résultat d'un empoisonnement dépend de la réactivité de la victime, poursuivit Lalli. L'enquête criminelle, comme tout processus logique, doit répondre aux questions suivantes : quoi ? quand ? comment ? pourquoi ? Et, pour finir, on arrive à : qui ?

« Si Mr Rao a été empoisonné, quand et comment l'a-t-il été ? Vous remarquez que je ne demande pas qu'est-ce qui l'a empoisonné… simplement parce que j'ai su, dès que j'ai découvert le corps, quel poison c'était et sous quelle forme il avait été utilisé. Eh non, cela ne relève pas de l'autopsie. Je l'ai su parce que le même poison a été utilisé très récemment à Utkrusha…

Surprise ! Une vague de protestations s'éleva. Patherphaker était outré. Même Benny éleva la voix.

– Voilà qui est un peu exagéré, intervint Ramachandran. Je suis sûr que si quelqu'un avait été empoisonné plus tôt, nous l'aurions su.

– Je suis ravie de savoir que ces messieurs sont aussi confiants : cependant nous autres, femmes, sommes moins crédules. Betty, Ponni, Kumud, vous avez toutes détecté le poison… non, laissez-moi avancer à mon rythme, je vous en prie.

Les hommes se turent, un peu impressionnés par l'omniscience de leurs femmes. Je n'avais pas la moindre idée de ce qu'elle manigançait et je pouvais parier mon dernier paisa[1] que, même si elles essayaient de prendre un air inspiré, Betty, Ponni ou Kumud non plus.

– *Quand* Mr Rao a-t-il été empoisonné ? Pour répondre à cette question, reconstituons le dernier matin de Mr Rao. C'était un homme très pointilleux. Voici ses habitudes telles qu'elles ont été décrites par sa femme et elle ne l'a jamais vu y déroger. Il se lève à cinq heures. Il va dans la cuisine, allume la lumière, met à bouillir une casserole avec exactement une tasse

1. Le centième d'une roupie.

d'eau dedans, va dans la salle de bain, retourne à la cuisine, se verse la tasse d'eau chaude, l'emporte sur la table dans le couloir, s'assoit et dit une prière pendant que ça refroidit, avale deux comprimés de Gasso du bocal sur la table, puis se prépare pour sa promenade. Il quitte le domicile à cinq heures un quart exactement.

« Ce mercredi, Mrs Rao dit que son mari est revenu dans l'appartement, disons cinq ou dix minutes après son départ. Il est entré dans leur chambre, a pris quelque chose dans un tiroir et est reparti sans la réveiller. Nous savons à présent qu'il est revenu chercher ses verres noirs ou plutôt les lunettes de protection, comme il aimait les appeler. Il paraît probable que, quand il a quitté le bâtiment et traversé la cour jusqu'au portail, les lumières fluorescentes près de la clôture lui aient irrité les yeux et qu'il soit revenu pour les chercher. Plus tôt, il avait été dans la cuisine brillamment éclairée sans être gêné. Ainsi, le poison a commencé à agir plus ou moins au moment où il a quitté la maison. Mr Rao venait d'avaler quelque chose. Il semble légitime d'en conclure que Mr Rao avait avalé le poison dans ou avec sa dose matinale de laxatifs. L'analyse du contenu stomacal de Mr Rao prouve le bien-fondé de mes soupçons. J'avais la réponse au “comment”.

Patherphaker eut un hochement de tête approbateur et chuchota quelque chose à Ramachandran. Tous les deux se tournèrent pour observer Benny. Lalli attendit. Ils baissèrent les yeux comme des écoliers qui se font réprimander.

– J'ai su *qui* était l'assassin dès l'instant où j'ai connu le poison. Deux heures après la découverte du corps de Mr Rao, je savais ce qui l'avait empoisonné, comment il avait été empoisonné, quand il avait été empoisonné et qui l'avait empoisonné. Ce que je ne savais pas encore, c'était le pourquoi. Il m'a fallu un jour de plus pour le découvrir. Mais mon affaire ne pouvait être bouclée tant que je n'avais pas retracé chacun des faits et gestes de l'assassin. L'inspecteur Savio vous dira que nous avons besoin de preuves béton avant de pouvoir procéder à une arrestation. Obtenir cette preuve a pris un autre jour. Je ne me pardonnerai jamais ce délai. Dans l'intervalle, l'assassin a encore frappé. Deux fois.

« Juste avant que je commence à parler, Patherphaker a mentionné quelque chose à propos du profil psychologique des criminels. La plupart d'entre vous connaissent bien ça en raison des innombrables thrillers et séries télévisées. Nous nous en inspirons… mais les Indiens sont des sceptiques notoires. Quand on en vient à la minute de vérité, c'est le joker qui l'emporte ! En trente ans d'activité au Bureau des homicides, j'ai trouvé qu'il était utile de se concentrer d'abord sur la victime. Comment Mr Rao a-t-il pu me conduire à son assassin ? Quel est l'enchaînement des circonstances que Mr Rao a mis en branle et qui ont abouti à son assassinat ? Pour le comprendre, j'ai dû passer les derniers jours avec Mr Rao.

Un frisson parcourut la pièce. Pour la première fois ce soir-là, la présence du mort nous oppressa. Nous étions de nouveau blottis les uns contre les autres, cherchant à nous liguer contre une autre de ses machinations. Encore une fois, le Building se dressait contre un Mr Rao omniprésent.

La voix de Lalli changea de timbre. Elle parla d'un ton sec, les yeux brillants.

– Environ un mois avant sa mort, Mr Rao a commencé à montrer un changement notable de comportement. J'ai relevé très souvent des signes de ce changement dans les semaines qui ont précédé l'assassinat. Et vous ? L'un de vous a-t-il noté un changement d'habitudes chez lui ?

– Un changement ? Il était plus méchant que jamais, je dirais, affirma Betty sans ambages.

Il y eut un murmure d'approbation.

– Il y a tout de même un point significatif, déclara Patherphaker d'un air important. (Le Building se tourna vers lui dans un silence encourageant.) Une différence. Mrs D'Souza a raison. Maintenant que Vaibhav n'est pas là, nous pouvons parler librement, les jeunes n'iront pas le lui répéter. Mr Rao était toujours aussi infect. Mais il l'était ouvertement. Il ne le faisait plus en cachette, comme dans mon cas ou dans le cas de Kumud. Il n'avait plus aucune retenue. C'est ouvertement qu'il est allé chez les parents de Padmanabhan et qu'il leur a raconté son histoire tordue. Ouvertement qu'il a parlé à Vaibhav de Ramachandran…

– Quoi ! jappa Ramachandran.

– Rien d'important, affirma Patherphaker, sans broncher. Ouvertement…

– Oui, tout à fait, coupa aussitôt Benny. Il montrait son jeu.

Lalli opina.

– Exactement. Si on gardait ce changement à l'esprit, il était facile de suivre l'enchaînement des choses qui conduisait à l'assassinat de Mr Rao. Bien sûr, cela aurait été impossible sans ma nièce.

Le Building prit l'air sceptique. Je me sentis complètement idiote.

– Ma nièce a une imagination fertile. Elle est parfois capable de faire preuve de cette imagination qui me manque. Quand je lui ai posé la question que je vous pose maintenant, elle a eu une réponse qui était très différente de celle de Patherphaker. Elle a noté des constantes, elle aussi… non pas dans le comportement de Mr Rao, mais des constantes dans les événements qui coïncidaient avec les vers d'un poème absurde. Elle a fait le rapport sans voir le sens de chaque événement du point de vue de Mr Rao. Elle avait une facette de la vérité. Je n'aurais pas tort de prétendre que Mr Rao nous a livré une autre facette de cette vérité. Je l'ai découverte en passant ses derniers jours de son point de vue.

« Mais avant de vous parler de cela, je vais partager avec vous les principaux événements comme ma nièce les a vus, et je vais vous demander d'y réfléchir. Allons-y.

« Cela commence avec l'employé de banque descendant de l'autobus.

– Shrikant et l'épisode de Princess Street, s'exclama Ramachandran.

– Survient ensuite le curieux incident avec la nièce du mari de la sœur…

– Latika ? Que vient faire cette histoire ? protesta Betty.

– Arrive alors la lettre de sa femme, suivie par l'aventure de l'ours sans tête. Dont vous n'avez peut-être pas encore entendu parler. Vous vous souvenez tous du serpent à sonnette qui l'a interrogé en grec et, pour finir, le comprimé spécial à base de légumes qui a tué Mr Rao. Tout cela paraît absurde et pendant que vous essaierez d'y mettre de la logique, nous allons goûter la glace que Padmanabhan nous a apporté pour célébrer son évasion de l'hôpital.

Tout le monde se réjouit pour Padmanabhan.

– Le Building célèbre sincèrement votre survie, lui dit Patherphaker.

Pendant ce temps, Savio fut appelé au téléphone. Shrikant Rao faisait des problèmes et on réclamait Savio au poste. C'était une glace à la mangue, ma préférée. À présent, le Building m'avait collé l'étiquette de folle attitrée. Même Ramachandran, mon ancien suspect, me consentit un sourire apitoyé. Et Alisha s'exclama, déclenchant l'hilarité générale :

– Mon Dieu, c'est ce que tu écris dans tes bouquins ? Je n'en lirai jamais.

C'est avec joie que j'aurais injecté de l'alcaloïde de tropane dans la glace.

Nous avions allumé les lampes et, dans cette lumière aveuglante, ils formaient un groupe de voyeurs avides, se gavant du malheur des autres. J'éprouvai un élan de sympathie inattendu pour feu Mr Rao. Je me demandai s'il nous avait détestés autant que nous le détestions.

Je regardai Lalli à la dérobée. Son visage s'était durci. Encore une fois, je me demandai comment elle pouvait irradier une pareille sérénité. Un à un, ils remarquèrent sa présence immobile et se turent. Claude et Abhay rassemblèrent les coupes à glace, et je m'aperçus que Lalli n'en avait pas. Je lui apportai un verre d'eau fraîche et allumai un lampadaire près de la bibliothèque. Puis j'éteignis les autres lampes. Je pouvais distinguer leurs visages dans l'ombre maintenant et entendre ce que j'avais besoin de savoir.

« La nuit n'est pas pour la multitude
La nuit pour ton voisin est solitude… »

Curieux que Lalli choisisse ces vers de Rilke[1].

Elle les répéta avec étonnement, comme si elle venait d'en comprendre la vérité profonde.

« La nuit n'est pas pour la multitude
La nuit pour ton voisin est solitude… »

« C'est dans le silence et la solitude, je dirais même dans l'effroi de la nuit, dans un lieu étrange et inconnu, que Mr Rao a commencé son voyage vers la mort. Il s'est réveillé dans la salle des compteurs à Dwarkanath Bhavan après avoir été assommé. Il a été agressé parce qu'il a vu ce qu'il a prétendu voir : l'employé de banque descendant de l'autobus. Il savait qu'il ne se trompait

1. *Menschen bei Nacht*, Le Livre d'images, Livre I, 2e partie, de Rainer Maria Rilke, 1899.

pas. Il savait qu'il avait été assommé par quelqu'un qui voulait l'empêcher d'espionner Shrikant. Autrement dit, Shrikant devait mijoter un mauvais coup.

« C'est dans l'intention de mettre en garde Shrikant que Mr Rao a réclamé une enquête. C'est aussi la première fois que nous avons vu ses lunettes protectrices. Elles étaient un cadeau de son neveu. Un cadeau… ou un pot-de-vin ? C'était des Gucci, d'une valeur de dix mille roupies, infiniment plus que nous serions prêts à payer pour des lunettes de soleil. Il se peut que ce cadeau extravagant soit une des raisons pour lesquelles Mr Rao s'est mis à fréquenter Dwarkanath Bhavan.

– Mr Rao y est donc retourné ? s'exclama Betty, sidérée.

– Et comment ! Et comme à vous, Betty, ça m'a paru curieux. Jusqu'à ce que j'en apprenne davantage sur Dwarkanath Bhavan. La société possède plusieurs bureaux qui servent de façade au trafic de diamants.

Au mot diamants, un murmure éclata comme une éruption. L'air vibrait d'intérêt. Mr Rao, dont la personne avait été principalement associée jusqu'ici avec l'antimite, sans devenir vraiment glamour, prit au moins un air de voyou qui en était approchant. Comme Susheela n'avait apparemment jamais porté de diamants, Manda Tai osa une supposition qui lui attira des exclamations horrifiées de la part des femmes et des ricanements indulgents de celle des hommes. Mr Rao avait pu offrir ses diamants « ailleurs » !

« Je n'ai pas dit que Mr Rao trafiquait des diamants, interrompit Lalli d'une voix âpre. Le commerce du diamant est un milieu très fermé. Les pierres… des diamants illégaux en provenance de mines d'Afrique sont souvent introduits dans notre ville de façon clandestine pour blanchir de l'argent. Les grosses entreprises de diamantaires dans le monde appellent ces pierres les diamants du conflit. C'est un euphémisme ;

parlons plutôt de meurtre. Je préfère l'expression « diamants du sang », car chacune de ces pierres pénètre sur le marché sous la menace d'un revolver. Des gens sont tués ou estropiés pour ces gemmes, et le fruit de ce trafic sert à l'achat d'autres armes et d'autres bombes pour tuer d'autres gens. La moitié des explosions à la bombe de ces dernières années, y compris celle du 11 juillet, ont été financées par les diamants du sang.

Cela déclencha une tempête de protestations. Ramachandran brailla :

– Quelles que soient ses fautes, je refuse de croire une chose pareille de la part de Mr Rao.

– Ce sont toujours ceux qui veulent se faire passer pour des petits saints qui sont les pires, affirma Patherphaker bien fort.

– Lalli, s'écria Kumud. Mr Rao affichait un respect maladif pour la loi. Il n'aurait rien pu faire d'illégal, même s'il l'avait voulu… sa terreur de l'autorité était trop forte.

Je crus que Lalli allait réagir avec agacement. Je fus surprise de la voir se dérider.

– Je partage totalement votre point de vue. Nous y viendrons bientôt. Mr Rao n'était pas impliqué dans le trafic des diamants du sang, mais Shrikant l'était ! Shrikant Rao était impliqué dans ce qui est un commerce très retors, mais aussi très lucratif. C'était un intermédiaire. Il prenait des pierres brutes et les vendait soit à des bijoutiers, soit à des clients anonymes qui avaient besoin d'argent pour financer la drogue, les armes, des explosifs.

« Or ce soir-là, Shrikant était filé par quelqu'un d'autre que Mr Rao. Pour ce qui est d'espionner, le conjoint est toujours le premier suspect… et cela s'est confirmé également dans le cas présent. Vanaja suivait Shrikant.

« Elle a immédiatement repéré Mr Rao. Lui aussi

suivait Shrikant ! Peu importe ce que Shrikant fabriquait, Vanaja ne voulait surtout pas qu'un fouineur pareil s'en mêle. Elle a donc rattrapé Mr Rao et balancé son sac – alourdi du poids de son *dabba* métallique – au sommet du crâne de ce monsieur. Puis elle est allée surprendre Shrikant.

« Jusqu'à cet instant, elle ne savait pas ce que son mari fabriquait. Elle l'avait filé en le soupçonnant de quelque chose de totalement différent. Une liaison, sans doute. Mais quand elle a compris la vérité, elle est devenue une associée digne de confiance et une alliée.

« Avec Mr Rao dans les parages, Shrikant n'osait plus s'aventurer à Dwarkanath Bhavan après les heures de bureau. Ce fut donc à Vanaja d'agir pendant ces heures-là. Le registre à sa banque fait apparaître une série de rendez-vous de médecins et d'analyses qui ont servi de prétextes à ses absences.

– Elle s'y rendait donc pour recevoir les livraisons, remarqua Patherphaker d'un ton admiratif. Qui aurait pu la suspecter ? On dirait la femme d'intérieur *pucca*, extra, tellement correcte, tellement digne !

Lalli ne releva pas son propos.

– Passons au deuxième incident : celui de la nièce du mari de la sœur. Vanaja avait besoin d'être sur place à Dwarkanath Bhavan le matin quand Susheela lui a demandé de chaperonner Latika. Quel ennui ! Vanaja a réagi en l'occurrence avec la même impulsivité qu'envers Mr Rao plus tôt. Sauf que, cette fois, l'arme était différente. Betty avait vu juste en disant que c'était l'*agarbatti* qui avait embrouillé l'esprit de Latika. Comme elle l'a dit à juste titre, c'est une manière ancestrale de se débarrasser d'une personne gênante. Manda est même allée jusqu'à nous indiquer la composition de l'*agarbatti* de Vanaja… sans se douter qu'il contenait un produit narcotique !

– Mais quel produit ? s'enquit Betty. On ne peut pas

se procurer du poison si facilement, ça ne se vend pas en magasin ! De plus, comment pouvait-elle savoir ces choses-là ? Elle n'a aucun diplôme en sciences, seulement en économie ! On n'a pas besoin de plus pour travailler dans une banque.

Lalli dévisagea Benny, qui était décomposé.

– Ce n'est pas possible que..., commença-t-il, puis il secoua la tête et devint muet.

– Touché, Mrs D'Souza, approuva Patherphaker. L'usage du poison exige des connaissances précises. Mrs Rao junior n'était pas habilitée.

– On peut apprendre dans les livres, Patherphaker, prononça Kumudben lentement. Et puis il y a les usages traditionnels... Dans nos villages, les vieilles femmes savent comment provoquer un coup de foudre, comment faire oublier, comment vous rendre fou et comment tuer votre ennemi. Il y a une plante pour chaque chose.

– Chaque champ est une pharmacie, lâcha brusquement Benny, puis il retomba dans son mutisme, rouge comme une écrevisse.

Lalli opina en silence.

– Voici votre réponse, Betty. Il peut être difficile de trouver du poison en magasin, mais s'il pousse dans votre jardin ? Comme l'a souligné Kumud, il y a de multiples façons d'acquérir un savoir. Vanaja savait tout sur les poisons. Elle savait comment s'en servir, elle en connaissait les effets. Elle s'est munie de l'*agarbatti* empoisonné avant de partir de chez elle. Elle était fermement décidée à s'en servir si quiconque tentait de lui barrer la route. Que voulait-elle faire à Latika ? Voulait-elle qu'elle soit sonnée ou voulait-elle la tuer ?

– Je ne pense pas qu'elle y ait réfléchi à l'avance, intervint Ponni. À mon avis, ce n'était pas ça qui importait à ses yeux. Après avoir donné l'*agarbatti* à la jeune femme, elle s'en est lavé les mains.

Ramachandran fixa sa femme, horrifié, mais il y eut un murmure d'assentiment parmi les femmes.

– En effet, en dernière analyse, j'en suis venue à cette conclusion. Mais je dois dire qu'il m'a fallu du temps pour l'admettre. Quand Vanaja est retournée au sanctuaire de Hanuman, elle a trouvé Latika, l'esprit égaré, voire somnolente. Elle a fourré dans un pousse la jeune femme dont les idées étaient brouillées, a payé le conducteur pour qu'il la laisse à Chembur et, pour le reste, s'en est remise au qu'en-dira-t-on. Cela lui a laissé le temps de régler ses affaires à Dwarkanath Bhavan avant de sonner l'alarme concernant l'étrange disparition de Latika.

– Elle ne prenait pas un gros risque de ce fait ? s'enquit Kumudben. Et si le conducteur avait emmené Latika au poste ou à l'hôpital ?

– Cela aurait tout autant arrangé Vanaja, affirma Lalli. C'est Latika qui aurait dû donner toutes les explications, pas elle ! Pour comprendre le geste de Vanaja, il faut comprendre la nature de la pression qu'elle subissait. Elle agissait sous l'effet d'une obsession et une seule : protéger les intérêts de son mari dans son trafic. Elle devait être sur place quand c'était nécessaire. Elle ne voyait pas au-delà. Curieusement, s'il y a une chose que j'ai apprise pour identifier l'intention d'un criminel, c'est son incapacité à voir au-delà de cette compulsion. Au-delà ne veut pas seulement dire « avant », cela veut dire aussi « autour ». Le crime survient quand on n'a plus le choix. Quand Vanaja a mis Latika, l'esprit égaré, dans un pousse, elle n'avait pas d'autre option. Elle n'a rien envisagé après cela. Une fois Latika hors de sa vue, elle était également hors de son esprit et Vanaja a pu filer à son rendez-vous galant.

– Alors quel est ce mystérieux poison dont elle se sert ? demanda Ramachandran. Autant que nous soyons prévenus.

– Le produit dont elle se sert est courant. Son principe actif est l'alcaloïde de tropane. Inutile d'être un as de la pharmacologie comme Benny pour savoir comment se le procurer. Ça pousse sur tous les talus, sur toutes les parcelles d'herbe folle en bord de route. Ce sont le datura, la belladone[1]. Il y en a justement un gros bouquet dans l'arrière-cour de Vanaja.

– Et Mr Rao avait deviné tout ça ? demanda Patherphaker.

– Cela m'étonnerait ! s'exclama Lalli. S'il avait regardé de plus près l'épisode Latika, il n'aurait pas fait confiance à Vanaja… et il serait peut-être encore en vie aujourd'hui. Peut-être que les combines de sa famille l'ont mis à l'écart de l'épisode Latika. Peut-être aussi était-il ravi d'échapper à ces complications ? Bref, il était trop profondément plongé dans l'affaire Shrikant pour s'intéresser à des banalités.

« Ce qui me conduit au troisième incident. À ce stade, c'est grâce à l'aventure de l'ours sans tête que j'ai pu prendre la mesure de l'intérêt que Mr Rao portait à Dwarkanath Bhavan.

« Ma nièce a des amies qui sont descendues dans une mission située en face de Dwarkanath Bhavan. Elles viennent des Pays-Bas et ont apporté avec elles des sacs de jouets et de vieux vêtements dont elles comptent se débarrasser. Leur chambre a été cambriolée. Le voleur est entré par la fenêtre qui domine Dwarkanath Bhavan. Un sac de vieux jouets et un de vieux habits ont été emportés… le sac contenant les vêtements a été rendu. Il y avait à l'intérieur, peut-être par erreur, un jouet provenant de l'autre sac, un petit nounours brun, la tête arrachée. Alors que les deux jeunes filles étaient terrifiées par ce qu'elles ont pris pour de la magie noire, il

1. En anglais, le mot *nightshade* est à double sens. Il désigne des lunettes de protection et la belladone *(deadly nightshade)*.

nous est apparu comme évident que le voleur cherchait de la contrebande à l'intérieur de la peluche. L'inspecteur Savio a pris l'affaire en main et a établi le rapport avec les trafiquants de haut vol de Dwarkanath Bhavan. À quoi bon vous raconter tout ça ? Parce que… qui ai-je trouvé à rôder dans les parages ? Notre Mr Rao, bien sûr.

« Dès lors, il était évident que Mr Rao cherchait à remonter plus ou moins la même filière que celle de la police. En fait, partout où il croyait pouvoir trouver Shrikant, il y allait.

– Ce qui veut dire qu'il ne savait pas encore tout des agissements de Shrikant, souligna Patherphaker. Il avait encore beaucoup à découvrir. Il se préparait à affronter Shrikant, mais il lui fallait des faits solides !

Ramachandran émit un bruit grossier.

– Depuis quand Mr Rao se préoccupait-il des faits ? A-t-il attendu d'avoir des faits pour répandre des rumeurs sur notre compte ?

Patherphaker lui adressa un sourire désabusé.

– Pour le Building, le soupçon est plus que suffisant. Qui est Ramachandran ? Qui est Patherphaker ? Casse-pied numéro un et Casse-pied numéro deux. Mais Shrikant est un membre de la famille. Mr Rao aimait que le Building ait des problèmes. Cela lui donnait l'impression qu'il était supérieur ! Tous les Rao sont des gens bien, mais le Building est un ramassis de voyous ! En revanche, des problèmes dans la famille, ça, c'était intolérable. Regardez ce qu'il a fait aussitôt après avoir été frappé sur le crâne. Il a mené son enquête. Il voulait être sûr. Il a continué à traquer Shrikant pour exactement la même raison : il voulait en avoir le cœur net.

– Souvenez-vous de l'affaire du serpent à sonnette, remarqua Lalli avec un sourire entendu.

Padmanabhan se rengorgea visiblement. De nouveau, il accepta les félicitations qui affluèrent, mais, à présent, il avait acquis de la gravité. Il adopta une mine sévère et se prépara à juger ce que Lalli avait à dire sur l'affaire du serpent à sonnette.

– Nous étions tous indignés, et à juste titre, après la visite de Mr Rao chez les parents de Padmanabhan. Nous étions si outrés que nous n'avons pas posé la question évidente : que fabriquait Mr Rao à Vashi ?

– Il y était allé pour voir mes parents, marmonna Padmanabhan avec humeur. Il n'y a aucun mystère là-dedans. Et s'il s'est donné tout ce mal, c'était uniquement pour mettre des bâtons dans ma barque.

Ramachandran se détendit. Un sourire ravi se répandit sur ses traits tendus. Avec Padmanabhan remis en selle, ça ne pouvait pas aller si mal.

– Tout le trajet jusqu'à Vashi seulement pour se mêler de votre vie privée, Padmanabhan ? C'est un trajet de deux heures à partir d'ici... et en semaine ! s'exclama Lalli.

Padmanabhan eut l'air déconcerté.

– Mais il les a vus, protesta-t-il.

– Je n'en doute pas. Sauf qu'il a fait plein d'autres choses en plus. En fait, il filait Shrikant. Il l'avait suivi jusqu'à Vashi. Et tant qu'il y était, il est allé rendre visite à vos parents. C'était un écran de fumée. Il savait que le Building réagirait vivement à cela. Et si Shrikant ou quiconque avait remarqué par hasard sa présence, il n'aurait aucun mal à se justifier. Il était là pour rendre visite aux parents de Padmanabhan et lâcher sa bombe concernant le bébé. Quiconque connaissant Mr Rao trouverait ça normal. Mr Rao était comme ça !

Un silence méditatif tomba. Finalement Patherphaker s'éclaircit la gorge.

– Poursuivez, je vous prie. Montrez-nous ce qui s'est passé derrière l'écran de fumée. Il nous a vraiment menés en bateau, mais fermons les yeux là-dessus.

– On est vivants et il est mort, donc je suppose que ça nous met à égalité, déclara Kumudben. Poursuivez, je vous en prie, Lalli.

– Très bien. Pour en revenir à cette journée, vous vous souvenez aussi que Shrikant s'est plaint en prétendant que les questions de Mr Rao étaient du grec pour lui : concernant son appartement à Worli, sa ferme à Alibag, et ainsi de suite. C'était pour Mr Rao sa façon de cacher à Shrikant qu'il en savait plus qu'il ne le disait sur sa nouvelle fortune.

– Pourquoi le cacher ? Pourquoi ne pas affronter carrément son neveu ? s'étonna Ponni.

– Aucune preuve, lâcha sèchement Patherphaker.

– Très vite Mr Rao s'est occupé d'envoyer des lettres d'avertissement à Sheriyar Patel. Quelle était son intention ? J'ai compris entre-temps ce qu'il cherchait : Mr Patel travaille à l'Opéra. À côté de son bureau se trouve une Bourse pour les diamantaires. Mr Rao ne voulait pas qu'on le reconnaisse ou qu'on l'interroge pendant qu'il rôdait, espérant arrêter Shrikant au passage. Il a donc tramé quelque chose de futé pour éloigner Sheriyar. Ça a marché, non ? Sheriyar a pratiquement campé devant Utkrusha toute la semaine. Bien que cela nous ait tous effrayés à l'époque, cette initiative a eu indiscutablement un heureux résultat. Les lettres à Sheriyar ne m'ont pas déboussolée autant que celles à Shrikant… ah, cela vous étonne, non ?

Sans doute. Le Building ne se doutait pas que les Rao, quels qu'ils soient, avaient eu leurs propres problèmes. Chaque nouvelle révélation sur la vie privée de cette famille était accueillie avec stupéfaction.

– Shrikant Rao a débarqué ici à une heure tardive – près de minuit – pour annoncer qu'il avait reçu une lettre de sa femme. Vanaja l'avait quitté ! Elle ne reviendrait que s'il prenait à cœur les conseils de Mr Rao. À quel sujet ? ai-je demandé, mais Shrikant a prétendu n'en rien savoir. Il a dit qu'il avait passé la soirée avec les Rao, que son oncle lui avait dit qu'il prenait un mauvais tournant et que tant qu'il n'aurait pas pris le bon, Vanaja ne reviendrait pas.

« L'épisode Latika nous avait permis de nous faire une idée des positions de la famille Rao sur le mariage : c'était la perpétuité. Avec cela en toile de fond, l'éloignement entre Shrikant et Vanaja était apparemment inexplicable. Je devais me demander : à quoi ressemblait cette séparation du point de vue de Mr Rao ? Dès que j'ai pu me mettre à sa place, le scénario m'a crevé les yeux. C'était le numéro habituel du bon et du méchant. En disant à Mr Rao qu'elle s'inquiétait au sujet de Shrikant, Vanaja s'introduisait dans ses bonnes grâces. Ainsi elle se liguait moralement avec lui contre Shrikant. Ensemble, ils allaient réformer Shrikant, autrement dit lui faire prendre "le bon tournant".

« Shrikant et Vanaja savaient que Mr Rao se doutait de quelque chose. Mais que savait-il exactement ? Ils ont monté cette petite combine ensemble pour en avoir le cœur net. À présent, Mr Rao étant devenu le confident de Vanaja, il se faisait tirer les vers du nez pendant qu'elle se tourmentait sur ce que son mari concoctait.

« Que savait exactement Mr Rao ? Et qu'a dit Mr Rao à Vanaja ? Je ne saurais le dire avec certitude, mais je peux le deviner. Ce qui est sûr, c'est que Mr Rao avait presque réussi à démonter l'arnaque. Il n'avait rien à tirer de cette affaire à part de l'autorité morale sur son neveu. Mr Rao était un grand défenseur de la morale, même si ce n'était pas celle de tout le monde. Il était résolu à réformer Shrikant. La ruse de Vanaja a bien failli marcher. La lettre de Mr Rao assurait à Vanaja qu'il gardait un œil « paternel » sur son neveu et qu'il la tiendrait informée de ce qui se passait. De sorte que Shrikant et Vanaja ont cru qu'ils conservaient une longueur d'avance sur Mr Rao.

« Jusqu'à ce que celui-ci fauche les diamants ! Mr Rao, voyez-vous, s'était bien gardé de dévoiler ce qu'il savait. Il n'avait pas vraiment révélé à Vanaja jusqu'où ses recherches l'avaient conduit. Là encore, cette affaire a un lien avec l'histoire des deux jeunes Hollandaises. Elles avaient été dirigées sur cette institution par quelqu'un qu'elles avaient rencontré à Amsterdam alors qu'elles récoltaient de vieux jouets pour leurs bonnes œuvres. L'homme s'était présenté sous le nom d'Atul Shah. Il y a environ deux semaines, nous avons dîné avec ces amies et comme nous les raccompagnions à la mission, une des jeunes filles a repéré cet ami de rencontre, Atul Shah, dans le restaurant *irani* de ce bâtiment. Elle s'est précipitée pour lui dire bonjour… mais a eu la déconvenue de se rendre compte que c'était un étranger qu'elle avait pris pour son ami. À vrai dire, il ressemblait à Atul Shah comme deux gouttes d'eau. Et qui partageait la table de ce personnage ? Notre cher Mr Rao. Celui-ci décida alors de profiter de notre voiture pour rentrer à la maison et, tandis que ma nièce expliquait la confusion à celui qui n'était pas Atul Shah, Mr Rao a fauché un petit paquet brun sur la table, payé sa note et s'est engouffré dans la voiture. Plus tard, il a absolument nié connaître cet homme en assurant qu'il avait seulement partagé sa table dans le restaurant bondé.

« Mais j'en savais déjà assez long sur son jeu. Je savais aussi que son compagnon de table était là pour rencontrer Shrikant… Mr Rao avait arrêté celui-ci en chemin. Je ne sais pas quelle menace ou argument Mr Rao a utilisé, mais ils étaient en grande conversation quand ma jeune amie néerlandaise leur est tombée dessus. Profitant de l'agitation créée par l'incident, Mr Rao a tranquillement ramassé le paquet qui était destiné à Shrikant. Ce paquet contenait des diamants : des bruts que Shrikant devait livrer à son client. L'inspecteur Savio est actuellement sur la piste de ce dernier.

« La pression était à présent sur Shrikant qui devait livrer les pierres, alors que celles-ci étaient en possession de son oncle. Comment faire pour le convaincre de s'en dessaisir ? Le moment était venu pour Vanaja d'avancer ses pions. Elle alla pleurer dans le giron de Mr Rao : il fallait qu'elle sache ce que tramait Shrikant, son angoisse était intolérable ! Mr Rao a fait son jeu en lui racontant qu'il avait découvert l'affreux business auquel Shrikant était mêlé. Il avait des preuves suffisantes pour le compromettre. Dès lors, le cours des événements était prévisible.

« Vanaja a dû exprimer ses doutes. Il a dû répliquer qu'elle pouvait en juger par elle-même. Ils convinrent d'un rendez-vous. Mr Rao n'était pas homme à se rendre à ce genre de rendez-vous sans s'y préparer. Il a probablement fait évaluer les pierres avant. Mr Rao n'avait aucun intérêt financier en la matière : il n'était ni un voleur ni un maître chanteur. Il voulait amender son neveu, le tirer de ce qu'il tenait pour une situation immorale et illégale. Peu importe le mal que Mr Rao nous voulait ou combien il nous détestait, il s'inquiétait sincèrement pour son neveu.

« J'ai l'impression que Mr Rao a organisé une rencontre avec Vanaja pour lui montrer les pierres. Il n'est pas allé chez eux pour ne pas éveiller les soupçons de Shrikant… les voisins auraient pu parler. Il a préféré lui fixer un rendez-vous dans un petit jardin discret de Juhu. Vanaja a accepté, mais elle n'est pas venue les mains vides.

« Je dois à présent changer le fil de mon récit. Nous savons que Mr Rao avait avalé le poison avec les comprimés de Gasso. Qui a trafiqué les comprimés ?

– Nous en venons enfin à la pomme de discorde ! s'exclama Patherphaker. Le Building a considéré l'affaire du dehors, voyez-vous ! Notre seule question, c'est : qui a trafiqué le Gasso ? Quelle est votre idée sur la question ?

– À aucun moment je n'ai suspecté la famille de Mr Rao : chez lui, il était le dieu. En outre, Susheela a été réellement surprise de découvrir un nouveau bocal de Gasso, presque plein, sur la table. L'ancien ne contenait plus qu'une dose, elle le savait et elle avait prévu d'aller se réapprovisionner vendredi. Alors qui a procuré un bocal de Gasso à Mr Rao ? Cela ne m'a pas surprise d'apprendre que presque tout le monde à Utkrusha à un moment ou à un autre l'avait approvisionné. Et tout le monde, mais absolument tout le monde avait aussi une bonne raison de vouloir se débarrasser de lui. Il contrariait chacun d'entre nous. Certains s'étaient même disputés avec lui.

« Cela dit, de qui Mr Rao accepterait-il un nouveau flacon de Gasso ? La réponse la plus probable est : personne. Il l'aurait probablement refusé pour la bonne raison qu'il avait sa propre réserve. Nous savons aussi que les comprimés n'ont pu être trafiqués après que le bocal est entré en possession de Mr Rao, à moins que son fils ou sa femme l'ait fait. Alors comment s'y est-on pris pour trafiquer ces pilules ? Il a fallu les écraser, mélanger la poudre avec du poison, la rouler et la laisser sécher. Cela prend du temps. Cela ne pouvait pas se faire durant les quelques heures de sommeil de Mr Rao. Pour sécher ces pilules sans les chauffer, il faut le soleil ou un dessiccateur. Cela n'aurait donc pu se faire chez Mr Rao pendant la nuit. Je suis forcée d'en revenir à ma première hypothèse : *quelqu'un a donné à Mr Rao un bocal de Gasso trafiqué*.

« S'est-il produit un événement particulier qui a pu amener Mr Rao à accepter un bocal de Gasso ? Oui. Connaissant la tournure d'esprit de Mr Rao, j'ai décidé que oui. Mr Rao était un homme borné : ses règles pour sa famille étaient totalement différentes de celles qu'il appliquait au reste du monde… comme Patherphaker l'a si justement souligné ici tout à l'heure. Mr Rao pouvait accepter un bocal de Gasso d'un membre de sa *famille*.

« Dès que j'en suis venue à cette conclusion, j'ai su que c'était Vanaja qui avait donné le bocal à son oncle. Où l'a-t-elle acheté ? Elle ne l'a pas acheté ! Benny l'a acheté pour elle. N'est-ce pas, Benny ?

Benny opina du bonnet d'un air malheureux.

– Pourquoi ne m'avez-vous pas dit que c'était pour elle ?

– Elle m'a demandé de passer prendre le bocal vendredi dernier et de le lui donner samedi…, bafouilla Benny.

– Exactement. Ce ne pouvait être que vous, Benny. Vous étiez tout désigné puisque Susheela avait dû rapporter à Vanaja votre dispute homérique avec Mr Rao mardi soir. Le bocal qui a empoisonné Mr Rao devait, inévitablement, nous conduire à vous…

– Pourquoi tu ne m'as rien dit ? gémit Betty.

Benny nous regarda et haussa les épaules.

– On comprend, assura Patherphaker. Ça aurait redémarré si tu en avais parlé.

Benny approuva d'un geste.

– Ça aurait redémarré quoi ? demanda Betty.

– Laissez tomber, Betty, intervint Lalli.

– À quel sujet vous vous êtes engueulés mardi soir ? demanda Kumudben à Benny.

Celui-ci s'abstint de répondre, et Lalli reprit son récit.

– Maintenant je tenais mon assassin. J'avais le poison, j'avais la source, j'avais aussi le moment : je savais quand Vanaja avait donné à Mr Rao le Gasso. Le mardi après-midi, juste avant son accident, Padmanabhan a aperçu Mr Rao dans la boutique d'un bijoutier. Un peu plus tard, tandis que Mr Rao rendait visite aux Patel chez Mrs Wadia, il portait le Gasso dans un sac en nylon mauve très mince. Aucun magasin n'ose plus donner ce genre de sac à ses clients de nos jours… il risque une amende de cinq mille roupies.

« Mr Rao portait aussi une serviette et, tandis qu'il parlait avec Sheriyar Patel, il a ouvert sa serviette et fourré le sac en nylon à l'intérieur. Cela m'a amenée à conclure que Mr Rao avait reçu le sac avec le Gasso quelque part à proximité de la maison de Mrs Wadia. Il avait rencontré quelqu'un dans les parages, quelqu'un qui lui avait donné le Gasso dans un sachet en plastique usagé.

Où avait-il rencontré cette personne ? Le pantalon qu'il avait porté mardi après-midi avait quelques pétales dans les revers. Ils provenaient d'un flamboyant jaune. Ils n'ont pu pénétrer dans les revers que s'il est entré jusqu'aux chevilles dans une herbe couverte d'un amoncellement de fleurs tombées. La ville est pleine de flamboyants en fleurs, mais j'ai centré mes recherches sur un secteur. J'ai cherché un arbre situé à proximité de la maison de Mrs Wadia, et je l'ai trouvé. Un petit parc isolé au bout d'une allée. C'est un lieu paisible, avec un banc de pierre sous un grand flamboyant jaune. C'est là, j'en suis convaincue, que Mr Rao a retrouvé Vanaja pour l'entretenir des diamants. Et c'est là qu'elle lui a donné le Gasso empoisonné.

« Malheureusement pour Vanaja, leur rencontre avait un témoin. Cela s'est produit d'une façon très étrange. Derrière le parc se trouve un bungalow avec un jardin. Yellappa le jardinier travaillait à retourner les plates-bandes et il chantait, ce faisant, son chant monotone. La propriétaire de la maison, Mrs Dabawalla, est une nonagénaire qui a perdu la vue. Mais elle a fait preuve d'un esprit particulièrement alerte en l'occurrence. Qu'a-t-elle remarqué ? Principalement ceci : mardi après-midi, au milieu de son travail, Yellappa a arrêté de chanter. Dix minutes plus tard, il a repris sa chanson.

« Pourquoi Yellappa s'est-il arrêté de chanter ? Ce qui est sûr, c'est qu'il a été distrait. Est-ce par quelque chose qu'il a vu ? Le flamboyant dissimule le siège et le petit parc depuis les plates-bandes où Yellappa travaillait. Peut-être alors a-t-il entendu quelque chose ? Je voulais lui poser la question mais, hier, Yellappa ne s'est pas présenté à son travail. J'ai donc dû m'en remettre à mes propres intuitions.

« Qu'est-ce qui attire votre attention quand une tâche vous absorbe ? Votre nom. Ou, dans une ville aussi polyglotte que Bombay, votre propre langue. Mr Rao parlait kannada. De même que Yellappa. Je ne pense pas que le contenu de la conversation ait intéressé Yellappa. Il n'a pas tardé à reprendre sa chanson. Un peu plus tôt, Mr Dabawalla, qui se rendait au marché, a remarqué Mr Rao tandis qu'il s'approchait du parc. Nous savons donc avec certitude que Mr Rao était dans le parc cet après-midi-là. L'incident de la chanson du jardinier m'a appris que, mardi après-midi, Mr Rao a rencontré quelqu'un dans le petit parc, une personne avec laquelle il a parlé en kannada. À ce point de mon enquête hier, je ne pouvais que supposer que sa compagne était Vanaja. Il me fallait encore en trouver une preuve formelle.

« Que s'est-il passé à cet endroit ? À la fin de la rencontre, Vanaja a donné à Mr Rao le Gasso empoisonné. La rencontre a probablement commencé par Mr Rao montrant à Vanaja les diamants bruts en lui précisant la valeur que le bijoutier leur avait attribuée. Elle a dû vouloir lui reprendre les pierres en prétendant qu'elle allait convaincre Shrikant de les rendre à qui de droit et de se retirer du jeu. Mr Rao a dû la trouver naïve. Il s'est accroché aux diamants. Vanaja avait soupçonné que le cher homme ne se séparerait pas si facilement de ces cailloux. D'où le Gasso. Elle avait vu juste. Mr Rao rentra donc chez lui avec les pierres… et le Gasso.

Lalli plongea une main derrière sa chaise et en rapporta le morceau de savon marbré.

– J'ai trouvé ceci dans le coffre de Mr Rao, enveloppé dans un sachet de plastique mauve, en fait dans *le* fameux sac en plastique mauve. N'est-ce pas une chose étrange à mettre dans un coffre ? Mais peut-être… pas si étrange, en fin de compte.

Lalli brisa le savon par le milieu. Enchâssés dans la surface tendre mise à nu, des cailloux sombres apparurent.

Un soupir parcourut la pièce. Au bout d'un moment de silence absolu, il y eut des sifflets, des hoquets, des suppositions folles sur leur valeur.

« Ceci n'a aucune valeur, dit Lalli en riant. Ce sont juste des billes de verre que j'ai incrustées là… les pierres gemmes sont entre les mains de la police. Déçus ? Ce n'est rien comparé à ce que Vanaja va éprouver quand elle va ouvrir le savon que nous avons substitué à celui-ci !

– Alors elle les a trouvés ! Elle est géniale ! s'exclama Patherphaker, de nouveau béat d'admiration.

– Oui, Vanaja a retiré le savon du coffre de Mr Rao hier et elle l'a emporté chez elle. Elle a partagé un pousse-pousse avec Manda et a fait un saut avec elle pour voir Padmanabhan. Ce n'était pas prémédité… mais sa visite a eu des conséquences dramatiques.

Padmanabhan était de nouveau le centre d'intérêt. Il avait souffert un léger revers quand Lalli l'avait remis à sa place concernant la visite à Vashi, mais rien ne pourrait diminuer son importance maintenant.

« Padmanabhan a confié à Vanaja qu'il avait vu Mr Rao chez le bijoutier juste avant son accident…

– Juste en passant, je n'ai fait que le mentionner, précisa-t-il.

– Exactement. Mais Vanaja a paniqué ! On risquait d'apprendre que Mr Rao avait vu un bijoutier le dernier jour avant sa mort. Et si la piste du diamant remontait jusqu'à Shrikant ? Vanaja a su immédiatement comment réagir à la menace. Il suffisait qu'elle en trouve l'opportunité.

« Sur le chemin de la sortie, elle s'est arrêtée pour passer un coup de fil… le chariot de l'hôpital avec les médicaments attendait tout près du téléphone. Cela lui a donné une idée pendant qu'elle suivait la conversation des infirmières. Des petites tasses blanches sont disposées sur le chariot en fonction du numéro des chambres, chacune contenant la dose de pilules *ad hoc*. Padmanabhan était en C-1. B-2 appartenait à une patiente qui avait une défaillance cardiaque. Vanaja a tranquillement interverti le contenu des deux tasses. Et elle a laissé agir le destin. Mais le destin, si une pareille chose existe, s'est montré aimable pour Padmanabhan. Au cours de la même journée, on l'a changé de chambre. La nouvelle malade en C-1 était une Mrs Baliga, quatre-vingt-cinq ans, hospitalisée pour une opération mineure qui devait avoir lieu le lendemain matin. Cette nuit-là, Mrs Baliga, qui avait un cœur en parfaite santé, a avalé sans méfiance les pilules destinées à soigner un cœur défaillant. Elle en est morte, bien sûr.

« Tandis que Vanaja quittait l'hôpital cet après-midi-là, Manda l'a suivie des yeux depuis la fenêtre de Padmanabhan. Un homme en short kaki l'a accostée. C'est tout ce que Manda a vu. C'était donc à moi de remplir les blancs.

« Revenons à présent à la maison derrière le flamboyant jaune. Yellappa, le jardinier chantant, n'était pas de retour dans le jardin de Dabawalla le lendemain matin, ce qui était bizarre. Nous sommes donc partis en quête de Yellappa et nous l'avons trouvé. Il avait été frappé de folie, d'après son ami Abdul. Il était devenu fou de joie en célébrant son nouvel emploi. Il avait été engagé comme *mali* dans une ferme, et son nouvel employeur lui avait donné six cents roupies d'acompte… et un gros paquet de nourriture.

« L'homme que Manda avait remarqué en train de parler avec Vanaja quand elle avait quitté l'hôpital n'était autre que Yellappa. Je vais reconstruire l'enchaînement des faits pour vous.

« Yellappa reconnaît Vanaja dans la rue devant l'hôpital et il la salue. "Je ne vous ai pas vue hier au jardin ? Vous étiez avec un monsieur d'un certain âge. Je vous ai remarqués parce que vous parliez kannada. Je suis de Dasarahalli… d'où vous êtes ? Je me fais un devoir de saluer les gens de mon pays quand j'en rencontre. Je suis *mali*… un très bon *mali*. Vous avez besoin d'un jardinier ?"

« Vanaja, qui réfléchit vite, décide que oui. "J'ai une ferme et j'ai besoin d'un jardinier en chef, dit-elle. Venez dans une heure à cette adresse et nous discuterons des conditions. Même si vous ne voulez pas le travail, venez quand même, j'ai fait *Satyanarayan*[1] *puja* aujourd'hui, vous devez prendre le *prasad*. Emportez à manger chez vous pour les enfants."

« Hélas, dit Yellappa, il n'a pas d'enfants. Il est tout seul… mais ça, c'est fini. Maintenant il a trouvé des gens de son pays, il sera là, dans une heure tapante.

« Et c'est le cas. Vanaja tient parole. Elle l'engage et lui verse un acompte. Il retourne dans son *mohalla*, son quartier, la poche bourrée de billets qui lui brûlent les doigts et le cœur réjoui par un gros paquet de nourriture. Quand nous l'avons trouvé, Yellappa était presque mort… en raison du poison dans les *bhajiya* au piment

1. Littéralement, « Seigneur de la Vérité », qui représente l'universalité divine. Ici, une célébration qui peut être publique pour affirmer que l'humanité forme une seule et même famille.

que Vanaja avait emballés pour lui. Très astucieux, en fait : les graines de datura peuvent se confondre avec les graines de piment.

« Après avoir vu Yellappa, j'ai compris que Vanaja était acculée, et qu'elle n'hésitait plus à frapper. J'ai décidé de lui tendre un piège. J'ai rendu visite à Padmanabhan et il m'a raconté lui-même la visite de Vanaja hier. Je n'avais pas pu empêcher un autre meurtre. Vanaja avait appris que la présence de Mr Rao chez le bijoutier ne serait bientôt plus un secret pour personne… et avait agi sous le coup de l'impulsion. Padmanabhan était sain et sauf grâce à une interversion, mais Mrs Baliga était morte.

L'air grouilla de remarques enfiévrées. Padmanabhan était le héros du moment. Il leva un doigt impérieux.

– Attendez ! Ce n'est pas encore la fin de l'histoire…

Alors Lalli poursuivit son récit.

– Comme Vanaja ne savait pas encore que sa victime lui avait échappé, j'ai mis Padmanabhan dans la confidence. Et sachant que Vanaja était chez Susheela, je lui ai téléphoné. Je lui ai dit que j'essayais de joindre ma nièce, mais que personne ne répondait au téléphone. J'ai dit à Vanaja que Padmanabhan était mort. Il m'avait adressé un message urgent la veille au soir par le biais d'un employé de l'hôpital, mais le messager ne m'avait remis le mot qu'une heure plus tôt. Il avait pris son service à deux heures et avait découvert Padmanabhan mort. Accablé de remords du fait de sa négligence, l'employé avait sauté dans un pousse pour foncer à Utkrusha, remis le billet à la dame qui avait ouvert ma porte et, en rentrant à l'hôpital, il avait avoué son retard. La note était essentielle pour les besoins de l'enquête : qui sait quels indices elle pouvait contenir ? Peut-être que ma nièce s'était endormie. Vanaja pouvait-elle aller la réveiller et lui demander de me lire le message au téléphone ?

« Sans le vouloir, ma nièce a joué le jeu… Elle dormait à poings fermés quand Vanaja est allée sonner à la porte. Elle est entrée et il n'y avait rien de plus naturel que de préparer une tasse de thé pour une amie fatiguée et mal en point. Nous n'avons pas encore reçu les résultats des analyses mais… je ne doute pas de ce que nous allons découvrir.

– Ça, c'est trop ! éclata Padmanabhan. C'est trop dur à supporter pour une femme ! Seul un homme peut affronter la mort !

Il me foudroya du regard, prêt à défendre bec et ongles sa place sous les feux de la rampe.

– Tout de même, une jeune femme comme Vanaja, qui va jusqu'à de pareilles extrémités, s'étonna Ramachandran. C'est incroyable !

– Vous trouvez ? demanda Lalli sèchement. Quel âge faut-il avoir pour arroser une fille de pétrole et lui jeter une allumette ? C'est arrivé dans l'immeuble en face de chez nous, cela se produit tous les jours dans une partie de notre pays ou une autre. Quel âge faut-il avoir pour étrangler son enfant nouveau-né ? Et qu'en est-il des crimes qui n'apparaissent jamais dans la presse : où les enfants sont employés comme « serviteurs » – comme je déteste ce mot – pour être punis et torturés dans le cadre d'une vie de famille bien respectable ?

Cet accès de véhémence était rare chez elle. Tous restèrent muets de stupeur.

– J'ai vu beaucoup d'horreurs au cours de mes trente ans aux Homicides, reprit Lalli d'une voix calme. Mais rien ne me fait autant horreur que les crimes domestiques, des crimes commis entre les quatre murs d'une maison dans la conspiration du silence. Il y a des crimes spécifiques à notre société, des crimes commis par nécessité de se conformer, par peur d'affronter la vérité, par sentiment de culpabilité, par hypocrisie et pour des raisons moralisatrices. Une façade de respectabilité est la seule morale que la vie exige de nous. Tout est respectable s'il y a suffisamment d'argent. Pour Vanaja Rao, tout est là. C'est ce qui lui a permis d'aller aussi loin pour préserver le racket lucratif de son mari. Dans des crimes de ce genre, la famille a tendance à se serrer les coudes… vous avez vu vous-mêmes la première réaction de Susheela. D'une certaine façon, le meurtre est une insulte moins grave que le fait qu'on « dise du mal de nous » ! (Lalli eut un sourire triste.) Comme vous pouvez le voir, je ne comprends pas l'esprit des criminels. Mais vous, peut-être ?

Je croyais que la journée n'en finirait jamais. Il était dix heures passées quand ils partirent. Ils sortirent en traînant les pieds, mal à l'aise, un peu privés de spectacle. Les paroles de Lalli avaient conféré à Mr Rao une dignité dont il avait manqué dans la vie. Privé du rôle qu'ils lui avaient attribué, c'était un homme solitaire qui était mort en se battant pour une forme d'honnêteté en laquelle il croyait. Et surtout, c'était un brave homme. Son prix était plus élevé que celui des diamants. Il avait creusé son chemin vers la mort sans se rendre compte qu'il détruisait tout sur son passage.

Lalli fulminait. Elle resta assise, muette et broyant du noir, longtemps après leur départ. Je n'avais pas le cœur à parler, moi non plus. Peu après minuit, Savio et Vasu arrivèrent, chargés de nouvelles.

Shrikant avait appelé un avocat, mais Vanaja avait décidé de ne rien dire avant même qu'il arrive. Son sac à main contenait un petit tube à film Kodak. Il était bourré de poudre de datura. Le morceau de savon fut retrouvé dans le coffre de Vanaja à son domicile. Shrikant était présent quand Savio ouvrit le savon.

Quand elle vit qu'il n'y avait plus rien à l'intérieur, Vanaja dit à son mari :

– Fouille de nouveau la chambre de l'oncle. N'oublie pas de regarder sous le matelas.

Tel que, comme s'ils étaient chez eux et non pas au poste de police.

Sur quoi Shrikant s'effondra.

– Il prétend ne rien savoir du meurtre, dit Savio. Il a même essayé de coller le trafic de diamants sur le dos de sa femme… mais Chandu Palanporia a fait une déposition. Il est en soins intensifs en train de récupérer de la crise cardiaque que Mr Rao lui a flanquée, semble-t-il.

Vasu commençait juste à trouver l'histoire intéressante.

– Je parie qu'Elena va aller raconter dans toute la presse d'Amsterdam comment elles s'y sont prises pour démanteler le trafic des diamants, dit-il. À propos, Chandu Palanporia est le cousin d'Atul Shah. Ces gens-là aiment bosser en famille.

– Tu n'aurais jamais établi le lien sans Atul Shah, insistai-je. Il était le pivot de cette affaire.

Lalli contesta ce point de vue.

– Non, le pivot était ce pauvre Yellappa. Sans la chanson du jardinier, il n'y aurait pas eu d'affaire. Vanaja aurait pu tirer son épingle du jeu.

L'aube pointait quand Savio et Vasu repartirent. Une lumière moite teintait le ciel mou. Je restai sur le balcon tandis que leurs motos déchiraient le silence d'un long mugissement irrégulier. La rue était déserte. À l'autre extrémité, près du comptoir du lait, les arbres s'inclinaient, pareils à des sentinelles endormies.

Sous mes yeux, les réverbères clignotèrent et s'éteignirent un à un. La route était longue et obscure. Pour Vanaja, le voyage ne faisait que commencer.

Glossaire

a

agarbatti : Bâtons ou cônes d'encens.

arati, aarti ou *aarati :* Rituel purificatoire consistant à balancer à bout de bras une lampe allumée ou un encensoir contenant du camphre.

b

bai : Littéralement, une femme.

banian : De *vaniya*, ou *baniya*, qui signifie « marchand » ou « commerçant ». Au XVIe siècle, ces marchands venus du Gujerat ou du Marwar (nom de l'ancien royaume des Rathor) s'installaient à l'ombre du *nyagrodha (Ficus bengalensis).* En anglais, leur gilet en mousseline devint un *baniyan*, et l'arbre fut baptisé *banyan*, ou *banian*.

bas : Assez.

bhajan : Hymne ou chant religieux.

bhajiwali : Vendeuse de légumes.

bhajiya : Beignet.

bhangi : Balayeur.

bheja-masala : Plat de cervelle (généralement de chèvre) très épicé.

bhelpuri : En-cas croustillant et savoureux de riz soufflé, lentilles, vermicelles frits, cacahuètes, chutney, oignons frits, épices. Cette spécialité de Bombay se vend sur les étals de rue.

bidi ou *beedi* : Cigarette indienne, le plus souvent fumée dans les couches sociales défavorisées.

bun maska : Petit pain servi avec une épaisse couche de beurre dans les restaurants irani, traditionnellement accompagné avec un verre de thé au lait sucré

c

chakli : Pâtisserie frite dans l'huile à base de farine de riz et de lentilles.

chandan : Pâte de bois de santal. De même que le *vibhuti*, le *chandan* est utilisé dans les cérémonies religieuses. Le fidèle porte une trace ronde sur le front, alors que le *vibhuti* forme un trait.

chappal : Sandale.

charpai : Banquette traditionnelle de l'Inde du Nord, composée d'un cadre en bois et en raphia.

chokra : Garçon, serveur.

chowki : Commissariat.

d

dabba : Grande boîte en métal, inoxydable de préférence.

dada (hindi) *:* Grand frère. Ici : « brute ».

danda : Bâton.

darshan : Accorder une audience. Ce mot désigne, à l'origine, le moment où, dans les temples, on tirait le rideau qui dissimulait l'autel décoré devant la foule des fidèles en attente.

desi ghee : Beurre clarifié de qualité.

dhoti : Tissu drapé autour de la taille, non cousu, comme le *lungi*, mais pour une tenue habillée. Le pantalon indien est originaire d'Asie centrale.

dost (ourdu) *:* Ami.
durbar : Salle d'audience.

f

farsan : Pâtisserie frite dans l'huile, à base de farine de riz et de lentilles.
footpathia : Ceux qui vivent sur les trottoirs. Après la guerre d'Indépendance du Bangladesh, en 1971, les réfugiés ont afflué à Bombay, vivant sur les trottoirs *(footpaths)* avant d'arriver à s'intégrer.

g

gaddi : Dans l'échoppe du bijoutier traditionnel, petit matelas recouvert de toile blanche destiné aux clientes. Celles-ci retirent leurs chaussures en entrant dans la pièce et s'assoient, tandis que le patron, confortablement calé contre des coussins, s'installe derrière une table basse chargée des outils spécifiques à la profession (loupe, balance, etc.).
galli : Ruelle.
goonda : Racaille.

h

Haan yaar : « Oui, mon pote » ou « Oui, ma vieille ».
hadi : Casserole.
haritaki : Terminalia chebula. Plante d'usage traditionnel dans la médecine ayurvédique.
havaldar : Gendarme.

j

janata : Le prolétariat.

jeera goli : Pâtisserie sous forme de boule à base de poudre de mangue, de cumin et de jus de citron roulée dans le sucre, avec une pointe de sel sulfuré.

jugalbandi : Littéralement, jumeaux entrelacés. Musique classique indienne, avec deux musiciens en solo.

k

Kaliyug : « Quelle époque ! » Pour les Hindous, le temps est divisé en quatre périodes, ou Yuga, la dernière étant Kaliyug, quand le mal s'empare de l'humanité avant la venue de Kalki, le sauveur.

kashayam : Tisane à base de plantes.

khana : Repas.

kirtan : Chant religieux, généralement chanté par une assemblée de fidèles.

kolam : Dans la tradition tamoule, motif géométrique dessiné à la farine de riz blanche sur le seuil des maisons et même des appartements. Ce décor place le foyer sous d'heureux auspices. La politesse veut qu'on évite de marcher dessus.

kolhapuri : Sandales originaires de la région de Kolhapur dans l'État de Maharashtra. En cuir, talon découvert, et décorées de perles, de paillettes, etc.

kundali : Horoscope.

kurta ou *kurti* : Vêtement traditionnel du nord de l'Inde ou du Pakistan. Tunique plus ou moins longue qui se porte sur un pantalon – le *salwar* (large), le *churidar* (moulant) ou un jeans. Les hommes portent le *kurta* pour être en tenue habillée.

l

lakh : Unité indienne : cent mille.
lathi : Bâton, gourdin.
lota : Verre, qui a souvent la forme d'un petit vase.
lungi : Simple pièce de tissu enroulée et nouée autour de la taille. Tenue d'intérieur.

m

mali : Jardinier.
Mami, *Maama* ou *Maami :* Formule de politesse pour s'adresser à une femme plus âgée. Autres termes : *Tai*, *ben*. *Mami* signifie littéralement « tante » (tamoul) ; *Tai* (marathe) et *ben* (gujerati), « sœur aînée ».
masjid : Mosquée.
mohalla : Quartier.
murti : Statue.

n

naka : Carrefour commerçant.
nallah : Caniveau. Rivières souterraines transformées en égouts.

p

paan : Feuille de bétel, que l'on mâche généralement avec un mélange d'arec et d'épices *(masala)*.
pallu : L'extrémité du sari, décorée sur un mètre, qui est rabattue sur l'épaule et flotte dans le dos.
panvati : Celui qui porte la poisse.

papad : Galette à base de farine de froment, de lentilles, de pois chiches, etc.

pau : Pain local, croustillant, typique de Bombay, hérité des Portugais.

peda : Biscuit du nord de l'Inde fait de lait qu'on a laissé lentement réduire et de sucre, décoré de graines de cardamome ou de pistaches. Sert d'offrande à la divinité.

pomfret : Grande castagnole (*Brama brama*, perciforme de la famille des *Bramidae*), poisson de l'océan Indien.

prasad : Plat consacré, offrande destinée à une célébration.

pucca : Extra.

puja : Cérémonie de méditation, de prière, d'offrande et d'adoration.

pujari : Prêtre hindou qui s'occupe de l'image sacrée d'une divinité, effectue des cérémonies comme l'*arati* et fait chanter le *bhajan* (l'hymne).

pukka : Zinzin, toqué.

puranpoli : Pâte feuilletée à base de farine, fourrée de noix de coco, *jaggery* (cristaux enrobés de mélasse) et lentilles cuites, aromatisée à la cardamome. Elle se consomme sautée à la poêle avec un peu de *ghee* (beurre).

r

raddi : Les *raddi* sont spécialisés dans la récupération de vieux journaux, verres et plastiques. Au début, ils revendaient des livres d'occasion, remplacés plus tard par des revues pornos.

raita : Yaourt battu avec du concombre (ou d'autres légumes ou fruits) et de la menthe fraîche.

rajkumari : Princesse.

rishi : Un sage.

s

Saade sathi ! : Sept ans de malheur !

sannyasi : Celui qui choisit dans l'hindouisme la voie du *sannyasa*, l'ordre du renoncement à la vie, et dont l'étape finale est la vie dans un *varna* ou un *ashram*.

seth ou *sheth :* Patron ou responsable.

shrikhand : Dessert du Maharashtra à base de crème fraîche additionnée de cardamome ou de safran et sucre.

sutradhar (sanskrit) *:* De *sutra*, les fils de l'histoire. *Sutradhar*, celui qui tient les fils, le marionnettiste. Métaphore pour parler du destin ou d'une personne manipulatrice.

t

tamasha : Grand numéro.

tiffin : Ensemble de trois récipients métalliques fermés et empilables pour transporter le déjeuner.

v

vat mala : Un chapelet pour réciter un mantra.

venn pongal : Mélange de riz et lentilles sautés, puis cuits à l'eau avec des grains de poivre, des feuilles de curry et de l'ase fétide, puis revenus avec du gingembre, du piment vert et des graines de cumin.

vibhuti : Cendres sacrées dont on s'enduit le front lors du culte. Symbole du caractère éphémère de la vie.

z

zari : Fil d'or ou d'argent utilisé en broderie.

zopadpatti : Taudis.

RÉALISATION : IGS-CP À L'ISLE-D'ESPAGNAC
IMPRESSION : CPI BRODARD ET TAUPIN À LA FLÈCHE
DÉPÔT LÉGAL : MARS 2009. N° 96320 (51218)
Imprimé en France